魅丽文化　桃天工作室

苏一姗 /著

百花洲文艺出版社
BAIHUAZHOU LITERATURE AND ART PUBLISHING HOUSE

图书在版编目（CIP）数据

平行爱恋 / 苏一姗著. — 南昌：百花洲文艺出版
社，2018.12
ISBN 978-7-5500-3080-0

Ⅰ．①平… Ⅱ．①苏… Ⅲ．①言情小说－中国－当代
Ⅳ．① I247.5

中国版本图书馆 CIP 数据核字（2018）第 247987 号

平行爱恋

苏一姗 著

出 版 人	姚雪雪
责任编辑	郝玮刚
特约编辑	巩思燕
内页设计	周 俊
出版发行	百花洲文艺出版社
社 址	南昌市红谷滩新区世贸路 898 号博能中心 A 座 20 楼
邮 编	330038
经 销	全国新华书店
印 刷	湖南关山美印有限公司
开 本	880mm×1230mm　　1/32　　印张 10.5
版 次	2018 年 12 月第 1 版第 1 次印刷
字 数	190 千字
书 号	ISBN 978-7-5500-3080-0
定 价	36.80 元

赣版权登字　05-2018-466

网　　址　http：//www.bhzwy.com
图书若有印装错误，影响阅读，可向承印厂联系调换。

C O N T E N T S 目 录

目 录

CONTENTS

作为一个吃货，我每天都要想个几十遍为什么刘若琛会得厌食症呢？

他怎么会舍得加拿大熏鲑鱼、香草焗龙虾意粉、法国鹅肝和神户牛肉呢？

那张铺着巴洛克风格的丝绒雕印桌布的餐桌上摆上了琳琅满目的美食，我的眼睛闪闪发光，一颗蠢蠢欲动的心早已按捺不住。

而对面的刘若琛轻轻地理了理领口的藏蓝色领结，微微皱了皱眉："番番，都给你吃吧。"

这……怎么好意思呢？

我微微一笑，可是刀叉已经迫不及待地冲向美食。

我叫鹿番番，是刘若琛的私人营养师，我认识他，归功于我的闺密于晓玥。于晓玥是我发小，这厮长得艳丽夺目，眼光甚高，从大学起就有了明确的人生目标，非豪门不嫁，大学一毕业就嫁了一煤矿老板，除了又老又胖还有一个亿的资产。结婚半年后，于晓玥就提出了离婚。她请了刘若琛作为离婚律师，传闻中刘若琛是业内的精英翘楚，言辞犀利，保持的胜诉记录是业内的传奇。可当我见到刘若琛时，却微微有些怀疑，因为他和想象中的截然不同。

在会客厅里，于晓玥说起那位煤矿老板滔滔不绝，绘声绘色。可刘若琛眉目沉静，沉默异常，只是右手持着一支修长的铅笔轻轻敲着桌，像是在认真思考什么似的。

待于晓玥停止说话，刘若琛才轻轻开口问道："你想得到什么？"

用我的小拇指想都知道于晓玥想分得尽可能多的财产，刘若琛不知道私底下同那个煤矿老板说了什么，让他选择庭外和解，自动放弃了一半的财富。

据于晓玥说，她老公驰骋商界多年，是传说中铁公鸡里的战斗机，想从他身上拔一根毛简直要了他的命。可他同刘若琛见过面后，脸都黑了一圈，气得当晚就住进医药吸了好几袋氧气。

那时我就对刘若琛印象深刻，看似不动声色，其实藏着大招。而这位刘若琛有个毛病就是不爱吃饭，有极其严重的厌食症。

为了报答刘若琛的恩情，于晓玥把我介绍给了他。

对！仅仅是治疗他的厌食症！

刘若琛锁骨突出，身材又高又瘦，走起来像是一根行走在人间的竹竿。

可他即使如此之瘦，也难掩五官之光彩，特别是那双眼睛，仿佛丝毫不受影响，依然璀璨，足以让人一望就心醉。

所以，当时我就下决心一定要治好刘若琛的厌食症。就这样五年下去了，刘若琛的厌食症仍然不见好转，而我却成了个实实在在的吃货。

吃人嘴软，拿人手短，也不知道是不是吃了刘若琛太多，我竟然喜欢上了他。

这样的暗恋随着时间的推移，越发波涛汹涌，我深深感觉这样的暗恋已经像就要爆炸的气球藏不住了。

我决定在今天也就是刘若琛生日的当天向他表白！

我放下面前的刀叉，望着对面的刘若琛，思忖片刻道："刘若琛，你觉得……我怎样？"

刘若琛骨节分明的右手轻轻地在餐桌上敲了敲，道："你很好。"

我心里慢慢涌起活蹦乱跳的喜悦，那……那你是不是对我也有好感呀？

过了片刻，刘若琛字正腔圆道："你很认真负责，因为你的帮忙，我没有再瘦。"

"喀喀——"我惭愧地抚了抚额："可是我还是没有治好你的厌食症啊！"

"没有关系，我知道你治不好的，这里有我的个人原因。"

他淡然回道，持着手机看了看消息，忽然勾嘴笑了笑。

我不禁问道："怎么？有什么好笑的？"

刘若琛仰头看我道："就是上次那位王小姐，她问，想分到老公的两千万财产过分不过分？"

刘若琛口中的王小姐，我倒是有些印象，她和老公多年来各玩各的，本是互不干涉。可她老公先下手为强，派出了私家侦探拍了不少她出轨的证据，这下闹上离婚，她就处于劣势了。

"你这是遇到了难题了吧？还笑得出来。"我担忧地看着刘若琛。

刘若琛却不紧不慢地道："想分到三千万才是难题，两千万一点也不过分。那个私家侦探被我收买了，他有的证据已经没了。"

我望着刘若琛一副胸有成竹的模样竟然有些失神。我虽说喜欢刘若琛，但是有时候他的现实老辣偶尔也会让我心惊。

刘若琛催促道："切蛋糕吧，你喜欢吃。"

我尴尬地笑了笑，知我者刘若琛也。服务生已经推来蛋糕，刘若琛一支一支地在蛋糕上插满了 33 支蜡烛，一排又一排，直到蛋糕上的图案已经看不清，他才停下："刚好 33 支。"

33 支蜡烛，今天是刘若琛 33 岁的生日。

我望着蛋糕上一排排摇曳的烛光，忍不住叹了口气。唉，强迫症真可怕。有厌食症又有强迫症的帅哥更可怕。

我突然悲从中来，如果刘若琛没有厌食症，他再长胖那么一点点就好了。

没关系，做了他的女朋友，我会更加努力让他变胖的！

可是，假如他真的变成了一个胖子，我还会喜欢他吗？

我还真没细细想过这样的问题，也许减肥比增肥容易得多。

嗯，我有信心！

我忍不住吞了吞口水，刘若琛又道："不要担心，没有人跟你抢。"

我抬眼望了望刘若琛，他显然误会了我的意思，他吹灭了蜡烛，已经把整个生日蛋糕递到了我的跟前。

我受宠若惊，客气地推了推，道："我减肥。"

革命尚未成功，同志仍需努力！

等我表白成功，再吃蛋糕也不迟啊！

我目光闪烁，欲言又止地盯着刘若琛半晌才道："刘若琛——"

一颗小心脏"怦怦怦"地仿佛要从喉咙跳出来。

"嗯？"

"其实……我喜欢你——"我埋着头，静静地看着脚上的高跟鞋，今天的高跟鞋颜色是我的幸运色烧包粉。

世界仿佛死寂了许久……

我的脖子都埋得生疼了还不见对面的刘若琛有任何反应。

哎哟喂，你到底给个反应啊！

我悄悄抬起头绽开一个明媚的笑容对上的却是一张冷静理智的脸庞。

"除了我能节省粮食之外，你喜欢我什么？"刘若琛一脸纳闷。

呜呜呜呜……

我望着刘若琛那张高清无水印的冷漠脸，一阵心痛，我怎么可能因为他节省粮食才喜欢他呢？

我喜欢的是他整个人啊！我喜欢刘若琛，即使他是那个吃力不讨好的离婚律师，即使他有严重的厌食症，即使他就像是一个病号一样，可是他的不苟言笑、他的理智严谨、他的辛辣作风都已经成为我这五年来的精神依托。

"我不值得你喜欢。"刘若琛冷漠地道。

不管怎样刘若琛拒绝了我，这使得我沮丧了一段时间。我辞去了刘若琛私人营养师的职位，这使得我空虚了很久，正好搁置的新家装修计划终于提上了日程。

我忙里忙外地跟设计师沟通，亲力亲为地去采购家具，努力让自己忙碌起来好遗忘刘若琛的存在。可是于晓玥的一个电话又把我拉回了现实，为了感谢我五年来对刘若琛的治疗，他准备送一个礼物庆祝我乔迁之喜。

我毫不留情地拒绝了，可万万没想到刘若琛送我的马桶已经被送到了我新家的门口！

我凄然地望着那个大理石马桶，原石打磨，深色花纹相间，一看就价值不菲。

算了，就当这个马桶做个念想吧。

三个月后，我搬进了新家。晚上收拾好行李后，我坐在马桶上悲从中来，刘若琛拒绝了我就算了，为什么送了个马桶给我？什么礼物不送偏偏送个马桶给我，这又是什么意思？

难道想让我每次如厕的时候都想起他吗？

我越想越奇怪，越想越气，伏在膝盖上忍不住自怨自艾起来。

也不知道过了多久，耳边好似响起了巨大的"砰——"的一声。

我本欲起来看看，偏偏使不上劲，好似在马桶上睡着了，像是做了一场冗长的梦之后，昏昏沉沉地从马桶上起来，跌跌撞撞出门，忽然听到身后有"哗哗"的水声。

我揉了揉耳朵，往回走了几步，发现声音是从蓝色浴帘后传来的，我背脊一凉，怎么可能会有水声？

我忘了关水龙头？我屏住呼吸靠近几步，此时却响起了一个陌生男人的声音，在低低地哼着小曲。

我喉咙微微发干，抓起门背后的扫帚，做了几个深呼吸，轻轻地撩起浴帘的一角一看。

蒸汽氤氲，水珠四溅，由下徐徐往上看，是一双粗壮的小腿，再往上是白花花的臀部，然后是又厚又壮的背部……

我又惊又怕，家里什么时候进了贼！

我当机立断，操起扫帚就要朝面前这个不速之客挥去……

倏然，那个陌生人回过身，灵巧地闪过了我的扫帚，他显然也很吃惊，大叫道："你……你是谁啊？"

我是谁？本姑奶奶的名字也是你随随便便能知道的吗？

"该死的小偷！"我英勇地再次挥动扫帚向他挥去。

"你……你说谁是小偷？"

废话，不是你还有谁？死胖子！还敢在我家洗澡。

真是活久见了，竟然还有这么嚣张放肆的小偷！

他迅速抽下墙上挂着的白色浴巾，裹在了壮实的身子上，警惕地后退了一步："你……你什么都看到了？"

"看到了？"我顿了片刻才反应过来他的意思，"有什么好看的，我才不爱看呢！"

他又退了一步，面红耳赤地问道："你……你为什么会在我家？"

开什么玩笑，这明明是我的新家！

洗手间的风格是我最爱的地中海风格，五彩仿古砖是我一片片去挑选的，橡木落地式洗手盆的颜色是我喜欢的蒂芙尼蓝，连这个浴帘的海洋之星图案都是我千挑万选才选中的。

我正欲辩解，环顾了一下四周，发现了不同寻常，这里哪还有什么五彩仿古砖？那个蒂芙尼蓝的洗手盆也神奇消失了，连浴帘上的海洋之星也不见了……

等等……

我抱着一丝希望回头看，那个纯手工打磨的大花绿大理石马桶也不见了！

面前明明是个白色的马桶！

我吃惊地瞪大双眼，这里的洗手间已经变成了黑白瓷砖装修的现代风格。

这里不是我的家！

容我想想，这到底是怎么回事？

我又望向了面前的男人，他微微皱了皱眉，那样的眉眼怎么越看越熟悉……

好像是……

我捂着嘴，震惊得说不出话来，缩小版的刘若琛变成了加大版的刘若琛？

不对不对，一定是在做梦！

形如枯槁的刘若琛怎么可能变成大腹便便的模样呢？

"你是……刘若琛？"我迟疑地问道。

他一阵莫名古怪地盯着我："你怎么知道我的名字？"

我吞了吞口水，狠狠地捏了自己的大腿一下，忽然意识到问题的严重性，又怯怯地问道："你……你真的是律师刘若琛？"

"律师？我还是个法律系的学生啊！"刘若琛抓紧浴巾，警惕地注视着我。

"学生？"我努力地深吸了口气，平静了一下问道，"那……那你现在几岁？"

"20岁。"

什么？20岁！

我认识的刘若琛明明已经33岁了！

我的智商明显不足以让我好好消化现在发生的一切奇怪的事情。

难道我作为女主角穿越了？

天哪！我一定是狗血穿越剧看多了！

要不然27岁的我怎么可能遇上20岁的刘若琛？

而他竟然还是个胖子！

我的回忆像一个大风扇在疯狂地转动，我不过睡了一觉，怎么会变成这样？如果面前的刘若琛20岁，那么这里应该是2005年，那我要怎么回到2018年呢？

刘若琛见我在原地来回踱步，涨红着一张脸，忍不住怯怯地问道："那个……大姐，你能出去……让我穿个衣服吗？"

"大姐！"我震惊地盯着面前的刘若琛，反问道，你竟然……叫我大姐？"

"那……应该怎么称呼你？"刘若琛一脸诚恳地问道。

转念一想，现在面前的刘若琛才 20 岁，是个小鲜肉，还是个圆滚滚的小鲜肉，叫我大姐好像也不为过。

"叫姐姐吧。"我僵着嘴角笑了笑。

我上下仔细打量了刘若琛一遍，心里一阵感慨，真是没想到啊，原来消瘦的刘若琛还有这么胖的时候！

"你……你在看什么？"刘若琛裹紧了浴巾，一张圆脸已经爬上了一圈红晕。

我微微眨眼，饶有兴致地冲着刘若琛眨了眨眼睛，这样会脸红的刘若琛还是蛮可爱的嘛。

刘若琛换好衣服时，我已经在他的沙发上坐下，茶几上堆着的都是薯条、可乐等琳琅满目的零食。我随手泡了碗杯面，呼啦呼啦地就着可乐吃了起来，这么一折腾还真是饿了。

刘若琛见我这么不客气，明显有些愠怒："你怎么随便吃我的东西啊？"

我兀自吸了口面，轻飘飘地抬眼看了他一眼道："一盒碗面就有 440 大卡，一罐可乐就有 153 大卡，一包薯片就是 548 卡，你知道你吃了这些会长多少肉吗？"

刘若琛大概没见过一个不速之客理直气壮地吃着他的东西还训斥他，一时竟有些语塞。

"说实话你得感谢我为你的减肥事业贡献了绵薄之力。"我又补充了一句。

刘若琛目瞪口呆地盯着我看，脸又不自觉地蔓延出了一丝绯色。

人生真是处处有惊喜啊！

这么容易语塞的刘若琛真是单纯可爱，他一定没想到之后的他会成为一个言辞犀利的律师。

其实现在这个容易害羞的刘若琛还真是招人喜欢，除了胖了一些之外。

我起身用力地捏了捏刘若琛的脸。哎哟喂，这皮肤啊，这手感啊，真好啊！

机不可失，失不再来，赶紧趁着这个机会多多占刘若琛的便宜！

刘若琛被我捏得七荤八素，好不容易才憋出一句话："请……请问，你捏够了吗？"

我干笑了几声，在刘若琛的眼里，我现在应该是个属性很奇怪的大姐吧？

"你还没告诉我，你是谁呢？怎么会到我家？"刘若琛问道。

我犹疑地看了刘若琛好几眼，应该怎么解释我为什么会在这里呢？

唉，说实话我也不知道自己怎么就到了这里。

嘤嘤嘤……人家不过在马桶上睡了一觉……

马桶！对！我是坐在马桶上穿越的。

那么！我在马桶上再睡一觉是不是就可以回去了？

"借你家马桶一睡！"

话落，我直奔厕所，两手托腮，放空自己，坐在了马桶上。

时间滴滴答答地过去……

我猛地睁开眼一看，四周并没有发生变化。

唉，我沮丧地走出厕所，正好撞上了刘若琛。

他看着我死气沉沉的模样，一脸担忧地问道："你……还好吗？"

我没有回答他，颓废地靠在了沙发上，思来想去到底是哪里出了问题。对，一定是我刚刚没有闭上眼睛，立即入睡！

我又急急忙忙地冲进了厕所，这么来来回回了几次，终于筋疲力尽地瘫在了沙发上。

此时刘若琛小心翼翼地往我身边坐下，递过了一杯热水，热心地问道："你是不是吃坏了东西，要不要吃点药？"

我泪眼汪汪地望着刘若琛，小鲜肉你真是好人，你比那个冷冰冰的刘若琛好多了。

我双手捧住了刘若琛的脸庞，用力地晃了晃，轻轻道："小鲜肉，你真是好人。因为你，姐姐今晚决定不走了。"

刘若琛的脸此时有些难看："这样不太好吧……虽然我爸妈不在家……"

想什么呢？我是这样随随便便的人吗！虽然我垂涎你很久了，但那也是 33 岁的你。

我打了个呵欠说："唉，好困。去睡觉吧。"

我边说边往卧室走去："哪间是你的卧室？"

"我只有一张床……"刘若琛为难地挡在了我的面前。

我踮脚用手揽住了刘若琛的肩膀，除了他身材有了变化之外，身高倒是一点没变，还是那么高。

"那我们一起睡吧。"我厚颜无耻地说。

"你到底是谁啊？"刘若琛涨红着脸，拧着眉头问道，"你再不说，我可要报警了！"

我盯着刘若琛许久，伸手捋了捋他眉间的皱纹，忍不住叹了口气："没想到你爱皱眉的习惯，20 岁就有了啊！"

"啊？"刘若琛急急后退一步，警惕地看着我，"我跟你很熟吗？"

唉，我长叹一声。

我跟刘若琛何止是熟，我不仅是他的私人营养师，这五年来我还是他的私人保姆和厨师。因为刘若琛的厌食症，我变着戏法给他做好吃的，我的厨艺越来越好，口味也越来越刁钻，对美食的要求越来越高，可这些对刘若琛丝毫没有吸引力。

后来我才意识到刘若琛的厌食症一定是心理毛病导致的。可到底是什么原因我也无从得知。

面前的刘若琛倒是一点也不像是厌食症患者，食欲倒是棒棒的。

我思来想去，如果把我经历的这一切同刘若琛说了，他必然以为我是个神经病，而此时的我感到疲惫不堪，想睡个好觉。只能可怜巴巴地说："我……只是一个失足少女……"

"没地方住，正好看你家门没关……"我扯着笑，两只食指别扭地叠放在了一块儿，"我……真的不是故意进你家的……"

"你行行好，让我借宿一宿吧……"

我径直朝着刘若琛的大床方向走去，下一秒我的衣领直接被刘若琛拽了起来，并拎到卧室外，他想怒却怒不起来，只是稍稍提高了声调：

"快说实话！"

"实话？实话是……"说就说谁怕谁，我平静道，"说实话，我认识33岁的你。"

"33岁？"

"对，那时候你是个出名的大律师。"

"你是想说你是从2018年穿越来的？"刘若琛面无表情地问道。

我点点头，刘若琛没有变，他的智商还是一样的高嘛！

刘若琛愣了几秒，哼笑一声："你最近在看《穿越时空的爱恋》吧？"

喂喂——

请看我的严肃脸！我像是在开玩笑吗？

唉，想想也难怪，现在是2005年，这部剧可是现在穿越剧的鼻祖啊！

"哈哈——"我干笑了两声，"这都被你识破了，但是人家真的是落魄少女无家可归，真是可怜又可悲啊！"

我说得异常动容，刘若琛却勉为其难地扯出个笑脸，反问了句："少女？"

少女就少女！你有意见吗？

"那好吧，但是你明天一定得走。"

在我的恳求下，刘若琛终于妥协，不情不愿地让出了他的沙发。我趁着刘若琛去洗手间的瞬间，一个'大'字姿势一躺直接霸占了他的床，睡到半夜，我越发觉得呼吸困难，好像有人掐住脖颈，喘不过气，而身体上好像也被重物压迫着无法动弹。我使了半天劲，却依然无法从压迫中挣扎出来，倒是感到半身麻痹，就要残废。

我的妈呀，该不会是鬼压床了吧？

我努力睁开眼一看，窗帘被风吹得呼啦啦响，床头灯忽明忽暗，显然接触不良。

我正欲起床关窗，发现一只粗壮的手臂搭在了我胸前，我嫌弃地掰开了那只手，察觉到竟然还有一只敦实的腿跨在了我的身上。

好重！

我转头一看，原来是刘若琛搞的鬼，而他竟然还在呼哧呼哧地打呼噜。

他到底是什么时候上的床！

我气得不行，大声叫道："刘若琛！"

他惊吓过度，忽然从床上跳起来，好不容易回过神，见我凶神恶煞地盯着他，不禁问道："你怎么了？"

我斜了他一眼道："你踩到我啦！"

昏暗中，刘若琛拖着沉重的身子，睡眼惺忪地往客厅走去。

我于心不忍客厅的沙发被刘若琛睡塌，独自一人抱着被褥搬回了沙发。三更半夜，忽然有点惆怅，看来我暂时是回不到 2018 年了，可是我待在这里有什么意义呢？

唉，我翻了个身，忍不住又叹了口气，刘若琛成了 20 岁的刘若琛，而我还是 27 岁的大龄剩女。

老天爷到底跟我开了个多大的玩笑啊！

我辗转反侧，难以入眠。

天边突然炸开了个响雷，我一哆嗦，坐起身来，脑海里突然灵光一闪！

那一瞬，我忽然想起于晓玥说刘若琛是十四年前就患上了厌食症，今年刘若琛不是正好 20 岁吗？！

我待在这里兴许可以找出刘若琛患上厌食症的原因，甚至能够在这里就帮刘若琛治好病，这样 33 岁的刘若琛就是一个健康的帅哥啦。

也许刘若琛送我马桶的原因就是想让我来到 20 岁的他身边帮他治好厌食症啊！

我做了一晚的美梦，梦里总是刘若琛那张棱角分明的脸庞，可待我一觉醒来，感觉一道阴影挡住了我面前的光线。

我抬头一看，见刘若琛庞大的身躯像一座高山挡住了窗户的光线。

我揉了揉眼睛看刘若琛，问道："你站很久了？"

"嗯，等你吃早餐。"

我一听刘若琛没有提撵我走的计划，十分兴奋，随便洗了把脸就和刘若琛一同出了门。吃早餐的地方是个路边摊，一点也不讲究，刘若琛豪爽地端着一盘早点到了桌前，我随便一望，惊讶不已。

"你买这么多几个人吃？"餐盘里摆着六个包子，几个茶叶蛋还有两包豆浆。

"两个啊！"刘若琛理所当然地道。

33 岁的刘若琛食量少得惊人，而 20 岁的他却这样暴饮暴食，我真是难以接受。

怪不得那么胖！

我心里忍不住埋汰了几句，一把夺过那个餐盘，刘若琛嘴里还咬着个包子，吞吞吐吐地问道："你……你干吗啊？"

我严肃地看着他道："以后的早餐只能吃一个肉包，一包豆浆，知道了吗？"

"我……"

"我、我什么啊……"我义正词严地呵斥道，"这么胖还有脸吃吗？"

刘若琛狼吞虎咽地咽下肉包，嘬着嘴，眼巴巴地盯着桌上的几个包子。

"你放心吧，有姐在，你一定能减肥成功的。"我自信满满地伸手拍了拍刘若琛的肩膀道。

刘若琛却不领情："我不觉得我需要减肥啊，开开心心的就挺好的。"

嘿，这小子竟然还对自己身材如此自信？

"那是因为你还没遇到让你减肥的人和事，"我谆谆教诲道，"到时候你想减肥就晚了。"

刘若琛有点不服气地道："人生得意须尽欢，想吃就要立刻吃。而且你干吗管我这么多？"

"我……"我迟疑看他，一不做二不休干脆道，"我……我是你未来的女朋友啊！"

"你不是说你是失足少女……无家可归吗？"刘若琛反问道。

"我那是骗你的，我真的认识 33 岁的你。"我肯定道。

刘若琛埋怨完，认真地看了我半天，说："不可能，就算我老了死了也不会喜欢你的。"

这人怎么那么毒舌啊！

"喂——"我气恼得不行，急急地追着他的步伐。

"我的眼光没那么差。"他又补充道。

喂喂喂，我还没嫌你胖呢，你有什么资格说这话啊！

我紧紧跟了上去，刘若琛回望了我一眼道："那你现在什么打算？"

我耸耸肩看着刘若琛："没什么打算啊！你去哪儿我就去哪儿啊！"

"那我带你去个地方吧……"刘若琛无奈地叹了口气。

我迟疑地看着刘若琛，心里好奇他会带我去哪里。就这样刘若琛带着我东拐西拐进了个僻静的小胡同，胡同深处有个僻静的小别院，浅绿色的门上只写了门牌号23号。刘若琛轻轻地敲了敲门，不一会儿，一个眉目和蔼，满头白发的老爷子开了门，笑着说："我等你们很久了。"

说罢便指引着我们往前走，院子刚刚翻新过，墙边摆着一排品种各异的铁线莲，粉色和白色的花朵争奇斗艳，把院落装饰得生机勃勃。

我望了刘若琛一眼，小声问道："那老头儿做什么的？"

刘若琛神秘兮兮地"嘘"了一声，说："做穿越研究的。"

我震惊地看着刘若琛，什么？还有做穿越研究的，那岂不是可以让我穿回2018年啊？

"你跟王教授好好聊聊。他会做出穿越方案的。"刘若琛认真嘱咐道。

"你……你是说……我、我可以穿越回去？"我激动地说不出话来。

"嗯。"刘若琛点了点头。

我咳了两声，望着刘若琛，忍不住问了句："那……如果我穿越回去了，你会舍不得我吗？"

刘若琛似乎没有料到我会问这个问题，纠结一会儿道："反正……反正我们还会再相遇的啊！"

说的也对，过一会儿我就会见到33岁的你啦，想想真是忍不住搓手期待呢！

我拍了拍刘若琛厚实的肩膀道："若琛，再见了。"

刘若琛稍显尴尬，局促点头："嗯，再见。"

我同那位王教授走进房间，房间的窗帘紧闭，不透一丝光亮，角落只有一张黑色办公椅和两张转椅，靠墙边上还摆了张蓝色的放松椅。

王教授让我坐在办公椅的对面，戴上老花镜，认真地握着钢笔在纸上写上我的名字问道："你是什么时候出现的状况？"

"什么？"我认真反问道。

他看了我一眼，清了清嗓子："你是什么时候知道自己穿越了。"

"昨天，昨天我明明坐在自家的马桶上，不过睡了一觉，一醒来发现浴帘背后洗澡的人是个大胖子，那可把我吓得不轻……"我如实答道。

"有什么症状？"王教授不耐烦地打断了我的话。

"症状？"

"喀喀，就是穿越后身体有什么不良反应吗？"王教授又问。

我摇摇头道："一切都很正常，就是有点伤感。"

"为什么？"

"我喜欢的男神变成了个胖子，你说我能不伤感吗？"我气恼道。

王教授捏了捏眉心，一筹莫展的模样道："那2018年那里是怎样的世界？"

"比这里有趣多了啊，有微信，有微博，有VR游戏，有视频直播……"

老先生听得一愣一愣的，我又解释道："这些你都不知道吧！支付宝你懂吧，再过十几年，没带钱包没关系，只要有个手机，面对面付款so easy（如此简单）！"

我夸张地摆了个"OK"的手势，王教授不禁狐疑道："这么方便？"

"何止啊，就说明星吧，隐私根本藏不住。狗仔可厉害了，窗帘一旦没拉上，第二天就上微博，什么都……"

"你那边的世界有点难以理解。"王教授诚恳回道。

"是吧，这就是科技改变生活啊……"

我开了嗓子忍不住同王教授多交流几句，可王教授迫不及待道："好，好，我知道了，现在开始治疗吧……"

"啊？"我眨眼看他。

他摘下老花镜，笑着改口道："鹿小姐是吧？现在你躺在放松椅上，我这就帮你回到2018年，那个丰富多彩的世界……"

这么一说，我有些忍不住地搓搓手了呢。

我按王教授的指示照做，躺在放松椅上，心里越发觉得这里不大对头，可又说不出哪里不对头。

"现在开始闭上眼，幻想自己在马桶上，你不过是在马桶上睡了个觉……"王教授慢慢道来。

"你看到了什么？"

看到什么？什么也没看到啊！

"你做了一场冗长的梦……"

我又没睡着哪能做梦啊！

我睁开眼用力地瞪着王教授，老先生被我吓着了，道："请鹿小姐配合治疗。"

我这才反应过来，刘若琛根本不信我说的话，他只是觉得我有精神病，这王教授就是个心理咨询师！

我继续闭起眼睛，可心里已经排山倒海，气得咬牙切齿，心里琢磨着怎么捉弄这位老先生。

"梦里你看到了什么？"王教授轻轻问道。

"梦里黑漆漆的一片，根本看不清……"

"你睁大眼睛，认真看，是不是看到了一盏昏黄的路灯……"

"对，不远处有一盏昏黄的路灯，我慢慢地走向那里，空气里弥漫着令人兴奋的味道，我好久没有闻到这么让人感到愉悦的味道……"

"让人感到愉悦的味道？"

"对！"

我忽然睁开眼，兀自地舔了舔嘴唇，一双眼直勾勾地盯着王教授，说："那是鲜血的味道，我真的好久没有品尝到这种新鲜的味道……"

我猛地站起身，张牙舞爪，像一个嗜血如命的吸血鬼，整个人就要扑向王教授。

王教授毫无预警，吓得不清，只能大叫道："救命啊——"

此时，门被急急忙忙地踹开，刘若琛冲了进来，径直就过来抱住我，我急于挣脱他坚实的身躯，狠狠地在他的手臂上咬了一口："让你当我是神经病！"

坐在诊室的门口，刘若琛默不作声，我也有气没处发。刘若琛怎么可以把我的话当成儿戏呢？他为什么不相信我的话！

我怒而转向刘若琛，问道："你是不是不相信我的话？"

他微微叹了口气道："你咬也咬了，我还敢不相信你的话吗？"

"真的？"我反复确认道。

他点点头，我这才拉着他的右手，仔细地看了看道："对不起，刚刚咬你的时候用的力气大了些。疼吗？"

其实我也挺心疼的，毕竟眼前的人是刘若琛啊，是我爱慕多年的对象，虽然现在他身材稍微胖了些。

他尴尬地缩起那只厚实的右手，局促地咳了两声。

"刘若琛，你想知道你以后是怎样的人吗？"我对着刘若琛问道。

见他不吭声，我继续道："以后的你是个知名的大律师，工作上你一直很顺利。只是你瘦得惊人，你有严重的厌食症，吃不下东西。"

刘若琛突然一笑："那岂不是很可怜？"

"对啊！"

我突然叹了口气，望着面前的刘若琛，心里还是想着那个瘦瘦高高的刘若琛。

"说起吃，突然有点饿了，"刘若琛忽然起身道，"你在这里等我，我去买点吃的。"

眼见刘若琛跨出脚步要走，我想喊他也喊不住了。

我心里有些纳闷，其实我们可以出去吃啊，反正你都已经包扎好伤口了啊……

我坐在诊所外的长椅上，等了半晌也不见刘若琛回来。

就这样，天彻底黑了，下起倾盆的大雨，我还没等来刘若琛来接我。

我的心突然一凉，刘若琛该不会就这样抛弃了我吧？

第四章

时间过了两个小时，我终于确认刘若琛狠心地抛下了我。

我这样的一个路痴根本找不着 2005 年刘若琛住的地方，更严重的是我现在身无分文又无家可归。

想想真是凄然，看着单纯的刘若琛竟然那么狠心，原来他一直没变，跟 33 岁的他一样心狠。

而我即使面对现在年轻的他依然显得太过稚嫩。

我冒着大雨走了一段，忽然凉鞋踢到了什么，一个一块钱的钢镚儿往前面滚了老远，终于停了下来。

我叹了口气，捡起了那个湿漉漉的钢镚儿，望了望前面的电话亭，现在可以打个电话给谁？

打给110告诉警察我来自2018年，不被人当成神经病才怪。

雨瓣里啪啦地落在我肩上，我飞速地躲进了电话亭，拿起电话筒，犹豫了很久，才拨通了此时心里唯一记得的电话号码。

"嘟嘟"两声，电话被接起。

我迫不及待地喊了一声："妈——"

对方一阵静默，半天才问道："喂，你是打错电话了吗？"

一刹那，我的眼眶忽然一阵湿润，这个稚嫩的声音正是14岁的我，还在念初一的我，对未来抱有无限幻想的我。

过去和未来，时空交错，像是一场梦一般。

我从未料到有一天可以跟14岁的我打这样一通电话。

我的头皮发麻，手指微微发颤，有话堵在喉咙，竟然一时之间说不出一个字。

"喂，你还在吗？怎么不说话呢？"她继续问道。

你好吗？小少女？

"喂，鹿番番，你好。"这个"你好"让我全身激烈地发抖。

"你是谁？"对面的她明显很是好奇。

我？我是27岁的你，我就是你的未来。

那时候的你是个营养师，你努力工作，有着一定的社会地位。你今后将得到了很多，也会失去了很多，你变得现实却也无趣了很多。你爱了一个人五年，可他根本就不喜欢你。

可这些都是时光给你最好的纪念。

如果再来一遍，希望你好好生活，但是不要喜欢上刘若琛。

可我统统都没说，我半天才道："你要好好照顾你妈妈。"

因为，你很快就会失去她。

"啊？"

"番番，谁的电话啊？"

"不知道。"

"那你跟一个陌生人还讲这么久，快过来吃饭。"

这个声音就是我年轻妈妈的声音，我已经很久没有听到过这个熟悉的声音。

这样失而复得的温暖让我热泪盈眶。

我噙着泪，迅速挂了电话。自己已经用完了身上剩下最后的一块钱，现在能去哪儿？

回家还是去找刘若琛？

我暗自好笑，我身无分文还能去找谁？

我双手插进裤袋，四十五度仰望着夜空，感受着四十五度的悲伤。

忽然，我从裤袋里摸出了一团纸，定睛一看，竟然是一张一百元人民币。

真是天无绝人之路啊！

看着这张旧版的一百元人民币，我一下明白过来这肯定是刘若琛留给我的。

他也不是冷血得不可理喻嘛！

思来想去，我还是决定去找刘若琛理论一番，他以为这样就可以抛弃我了吗？关于刘若琛律师的履历生平，他曾经在哪所大学读的法律系，我还是记得一清二楚。

我用那张一百块钱打了个的士到了刘若琛的学校门口。

哼哼，刘若琛你还是逃不出我的手掌心的，我拢了拢右手掌。

到了法律系教学楼附近，我却有点后悔。现在已经八九点了吧，他们应该早就放学回家了，思及此，我连忙抓住了身边的男生，问道："请问你知道大二的刘若琛吗？"

"你认识刘若琛？"男生上下打量了我好几眼。

我暗自欣喜，看来刘若琛在学校还是有点名气，履历上的他可是学校里的优质生，这么看来的确名声在外。

"对啊，你认识他吗？这会儿他在哪儿？"我好奇追问。

面前的学生继续说："我正要去找教导主任，他在自习室和秦扬打在了一块儿。"

打架？

"你既然认识他就赶紧去劝劝架吧。"

我在那个男生的指引下找到了自习室，在拨开一层又一层的人群后，我看到刘若琛同一个黑衣男生焦灼地纠缠着。

那男生应该就是秦扬，他的身材看起来匀称有力，身高跟刘若琛差不多，可动作灵巧，刘若琛根本不占优势。

我努力在脑海里搜索了半天，终于想起刘若琛有个死对头秦律师。我没有见过他，但是据我所知他们老死不相往来，那么那位秦律师应该就是这位秦扬。

"啪——"秦扬一个拳头下去，刘若琛的脸上嘴角立马染上一丝血迹。

而下一秒，刘若琛反过来想挥出拳头，偏偏被秦扬灵巧地躲了过去。毕竟刘若琛也不是省油的灯，他的脚狠狠踹在了秦扬的小腿上。可秦扬摔倒在地上的一瞬也顺势拉了刘若琛一把，刘若琛重重地倒在了水泥地上。

啧啧，真是疼！

我深吸一口气，竟然有点心疼刘若琛。

"别打了——"我厉声喊道。

两人这才从纠缠中停下来，气喘吁吁了半天。而刘若琛直直地盯着我，眼中有些惊讶："你……怎么回来的？"

我耸耸肩轻松回道："我说过我知道你的一切啊！"

一旁的秦扬忽然笑了："打不过我，搬救兵了啊！"

此时我才看清秦扬的正脸，皮肤黝黑，眼睛细长却有神，最引人注意的是他的一双薄唇天生上扬，时时刻刻看似都在微笑。

"搬什么救兵？"刘若琛嗤之以鼻。

"这位不是你姐？"秦扬似笑非笑。

"姐？是你的姐吧？"

刘若琛冷哼一声，作势又要和秦扬扭打在一块儿。此时，周遭的人群忽然默默地退到两旁，一个戴着黑框眼镜，穿着黑白相间的职业套裙的中年女人走到了前面，呵斥道："无理取闹！"

我一看那人的装扮就像是学校里的教导主任，果不其然，这位王主任对着两个男生训斥道："法律系的学生，知法犯法！"

刘若琛和秦扬终于停下了手上的动作，王主任继续道："你们两个人，我要和你们的家长好好谈一谈。"

她蹬着高跟鞋走了几步，又回望了我一眼，问道："你……你不是这个学校的人吧？"

刘若琛此时已经起了身，不动声色地走到我身边，解释道："她是我姐。"

"你姐？"王主任哼笑一声，"我可听到你刚刚说她不是你姐姐。"

"喀喀！"我尴尬地咳了两声。

"我妈。"刘若琛面色冷静地又回道。

"喀喀喀！"

我面如土色，差点顺不过气。

我是你妈？刘若琛你也太能睁眼说瞎话了，我这么青春靓丽哪里像你妈了？

而且现在的我不过比你大七岁而已！

"她……她是你妈？"王主任一脸不信。

刘若琛僵着笑解释道："其实……她是……是我继母。"

噗——

我仿佛感到一个雷从天劈下，把我轰得七零八落。

后妈？后妈！

人生真是处处有惊吓，比如现在我莫名其妙地成了刘若琛的后妈一样。

我臭着脸望了刘若琛一眼，谁想他竟然给我绽开了一个明媚的笑容，笑个屁啊！以为这样我就会原谅你抛弃我的那些事吗？

哼！做梦！秋后再跟你算账！

我和刘若琛并排着坐在王主任的办公室里，这一次我是以家长的身份。在刘若琛还小的时候，他爸妈就离异了，老师应该早就知道，但他有这么年轻的后妈王主任大概始料未及吧。

　　"这么年轻就要教育这么大的孩子不容易吧？"王主任扶了扶眼镜，说。

　　我摸了摸后颈，翻译了下这句话的意思，大概是这么年轻就做后妈不容易吧？

　　"我和若琛的相处方式比较随和自然，就像他姐姐一样……"我哈哈笑了笑，望了一眼刘若琛。

　　刘若琛忙不迭用力点头，回道："其实这些年真的是辛苦了我……妈，我们不是亲生胜似亲生。"

　　噗——

　　望着刘若琛虚伪的脸庞，我硬是扯出了一个淡定的笑容，用力地点头。

　　"请问要怎么称呼您呢，刘若琛的家长？"

　　"哦，我姓鹿，小鹿乱撞的鹿。"

　　"哦，鹿女士啊！"王主任双手叠加放在膝盖，语重心长道，"你知道，刘若琛这个学期的逃课现象十分严重……"

　　我吃惊地看着王主任，说："不会吧，若琛这样的优质生不是不逃课的吗？"

　　王主任定定地看着我，解释道："优质生？上学期若琛已经重修了两科……"

　　"重修？他这么聪明的人怎么可能重修？"我难以置信。

　　王主任清了清嗓子，又道："鹿女士我看你对刘若琛的了解甚微，说实话学校本来已经对刘若琛下达了劝退的通知，是我一力挡了回去。"

　　"劝退？怎么可能啊！"我激动回道，"下学期刘若琛就会被学校以优异的成绩推荐去荷兰的莱顿大学学习。回国后他是以论文第一名的成绩毕业的。"

　　我反应太过激烈，王主任静默了两秒，亲切地笑了笑："这大概是鹿女士对若琛这个孩子的殷切期望吧。"

　　"这怎么可能是我对他的期望，这就是他的履历表啊！"我当即愤慨地站起身。

　　王主任尴尬地喝了口茶又道："鹿女士，我们学校和荷兰的莱顿大学并没有合作关系，何况大二的学生我们一般不会推荐出国学习的。"

　　我有点气得不行，刘若琛那张履历表我可是倒背如流。

　　现在看起来怎么好像不是那么一回事呢？

　　我跟着刘若琛灰头土脸地走出教导主任办公室，一眼就看到秦扬正依靠在一扇门的背后，双手插在裤袋，盯着我们两人。

　　刘若琛一看到秦扬就要勒住他的衣领，我十分丧气地拽住了刘若琛的衣角，问道："你要干吗？"

　　"你别管。"他气恼恼地说。

　　"你听不听话啊？"我提高声调喊道。

　　刘若琛莫名地看着我，我摇摇头，望了望一旁的教导主任办公室，他这才作罢。

　　"乖，听话。"我忍不住伸手顺了下刘若琛的头发。

　　他挣脱开我，不满道："你……"

　　"我……我什么我啊，叫妈！"我抬高声调，意味深长地看着他。

　　他碍于王主任还在办公室，好不容易才咽下一口气，喊道："妈——"

　　"嗯，乖！"

　　我好不容易占刘若琛的便宜还不好好把握机会！

　　一旁的秦扬不禁"扑哧"笑出声，说："抱歉，若琛，我爸的官司我根本插不上手，而且案子已经审完了。那个男生的确偷了东西。"

　　"可他只不过随同犯罪，对盗窃的赃物去向并不关心。他还是个未成年人，理应轻判。"

"那无辜的失主呢，谁又为他申诉求情？"秦扬反问道。

"七年，你不觉得很残忍吗？"

秦扬笑了一声，走近了一步："若琛，你的同情心太泛滥，法理面前是不能有私人感情的。而且你连律师证都没有，有资格评头论足吗？"

刘若琛深深地吸了口气，气急败坏地走在前面。我急急地追了上去。他回头望了我一眼冷冷地问道："你为什么还要跟着我？"

"你还想丢下我？"我反问道。

我跟着他走了一路，直到他上了公交车，我才默默地坐在了他的身旁。

公交车缓缓启动，这座城市虽说沐浴着繁华的夜色，但是周遭还是有一排排破旧的平房，再过13年，这座城市再也看不见这样的平房，大楼高厦随处可见。

我忍不住呼了口气，刘若琛忽然问道："你口中的刘若琛真的这么优秀吗？"

"啊？"我侧过头望了一眼刘若琛。

他回头看我："他从不逃课不重修，还有去荷兰的莱顿大学学习。回国后以论文第一名的成绩毕业的。毕业后是一名优秀的律师。"

我抬眼看了一眼刘若琛，刘若琛的履历表漂亮得不像话，可现在看来很可能是他伪造的。

这么一想我却微微有点失落："现在看来可能不是这样。"

我幽幽地叹了口气，又想到了什么："但是他的确是个很优秀的律师，胜诉率是业界的传奇。"

"那么……那时的我都为什么人打官司？"

刘若琛忽然问道，眼神中似有灼灼亮光。这样的亮光，我似乎也有过，那是对未来的希冀。

我思忖片刻，并未开口。

十三年后，面前这个还显稚嫩的男生将会成为一位离婚律师，他的客人非富即贵。因为只要离婚中需要分割的财产越多，他所获得的报酬就越高。

所以他窥探隐私，吹毛求疵，不择手段地从中取利。

"谁给的钱多就给谁打官司。"我老实回道。

"尿棍！"

话落，刘若琛就急急地要下公交车，我忙不迭跟了上去，忽然发现他这个"尿棍"好像是在骂自己。

"你要去哪儿？"

夜色微凉，这么奔波了一天，我好想找个地方休息，可刘若琛下车的地方，似乎不是往他家的方向。

"我跟你说了不要跟着我。"他急急回头看我，厉声道。

"你利用完我就打算丢下我了吗？"我直白道，"你爸妈早就离异，离婚后，你爸在美国开了一个小诊所，是一名出名的内科医生。而你跟随你妈，你妈是一名出名的大律师，她辛苦把你带大，你是想让她知道你这么没出息差点被劝退了吗？"

他定住脚步，认真看我道："对不起，我爸的确是个还算出名的内科医生，但是不在美国，他被医疗队派遣到了遥远的喀麦隆做支援了。另外我妈的确是在律师事务所上班，不过，她仅仅是一个普通的文员而已。"

"但是呢，有一点你说对了，我妈的确含辛茹苦把我带大，所以我不会轻易退学。"

我当即气得直跺脚，刘若琛你这个大骗子，你到底对我撒了多少谎啊！

我追上了前面庞大的身子，大喊道："刘若琛，你到底哪句话可以听啊？怎么和你之前告诉我的全然不同？"

"抱歉，对你撒谎的人不是我。"

他忽然转过身，我一个趔趄，整个人猝不及防地倒在了他的怀中。

那样温暖的胸膛就像铺着一床软绵绵的厚被，把人裹着，遮风避雨，安全感十足，似乎还不错。

他咳了两声，我慌张撒出他的怀中，仰头一看，明亮的路灯下，他圆圆的脸庞慢慢爬上了一抹绯红。

哎哟喂，刘若琛竟然脸红了。

"不是你，可……那就是你啊……"

我说的话没毛病啊，和我说这些话的人不就是 33 岁的刘若琛。

"他说话不老实，可我不会。"刘若琛又回道。

我已不再与刘若琛争论，因为此时我和刘若琛站在了一个桥洞的下面，这里一片破败，潺潺流过的污水十分呛人，两个垃圾桶旁边满是垃圾，而不远处搭了个摇摇欲坠的白色帐篷。我环顾了下四周，总觉得耳边穿过的风都阴森森的。

我的背脊一阵发凉，战战兢兢地问道："刘若琛，这……这回你不是要把我丢在这吧？"

"你觉得呢？"他斜了我一眼。

我清了清嗓子道："喂，我看你也不是绝情的人，要不然也不会在我的口袋里塞上一百块钱，你看我这样无家可归也是不忍心的，对不对？"

"再说了，我跟你也是老相识啊，再过个十几年你就会遇到我了……"

还没等我说完话，刘若琛就一个霸气地把书包里的一个塑料袋扔进了其中一个废旧的垃圾桶。

我愣了愣，有些丈二和尚摸不着头脑，问："你这是哪出啊？"

他也不听我说话，把书包里的东西都掏空了往垃圾桶扔……

我干站了几秒，也不知道这位少爷到底发哪门子的火，还随手捞出了黑色塑料袋。

这一看还吓了一跳，黑色塑料袋里放着几只臭袜子，可袜子下压着的明晃晃的是几张一百元的钞票。

我伸手一摸，货真价实，确实是人民币啊！

我屁颠屁颠地跟在刘若琛的背后喊道："刘若琛，你丢人民币了。"

他回头看我，云淡风轻地说："我知道。"

我咽了咽口水，有钱任性也不是这样玩的吧。

"那你干吗丢到垃圾桶？"

他夺过我手上的黑色塑料袋，又往垃圾桶丢去："你管得着吗？"

"你这不是便宜了拾荒者吗？"我追问道。

他认真转身看我，说："我就是为了便宜拾荒者。"

我愣了愣，有点不太明白刘若琛莫名其妙的发善心，只是顺着刘若琛的目光望去，不远处的灯光忽明忽暗，那个摇摇欲坠的白色帐篷里，影影绰绰地好像走出了一个佝偻的老太太。

我一下反应过来什么，问道："她和你什么关系啊？"

他也不说话，径直地走到了桥上面，才随手找了个桥墩坐了下来，说："就是那个未成年人的奶奶。"

我忽然想到刘若琛同秦扬刚刚在王主任办公室外争论的话题，好像是个未成年人偷了东西，判了七年，而刘若琛觉得此事并不公正。

"那个小男孩误入歧途，跟着小团伙偷窃，他还那么年轻，而他的奶奶一直靠着拾荒生活，生活一直不太好……"

我望着刘若琛单纯的眼神，竟然一时有些失神，那种包含善意又纯净的目光，我多年未见。

"你认识？"我又问。

刘若琛望了望我道："他偷过我的钱，我抓过他，告诉他不要辜负她奶奶拾荒给他赚的学费，他答应我会改邪归正，只是没想到他后来还是……"

他沉重地叹了口气，很是遗憾。

而面前的男人竟然是那位不久以后就会不择手段，叱咤法律界的刘若琛。

他曾经是这样心慈手软的刘若琛，这是让我从未想过的。

那一刻，我有些迟疑，20岁的刘若琛和33岁的刘若琛到底是不是同一个人？

是怎样的经历让他变得不一样？

我打断了他的话，说："你大可直接给她资助，为什么还要这样费力地把钱藏在塑料袋扔进垃圾桶，等着她来捡呢？"

他哼笑一声，炯炯的眼中有着星海般的光芒："你不觉得意外之喜，总比赤裸裸的施舍来得动人吗？"

那个老太太大概永远不知道有个人刻意制造了一个意外之喜给她。

秋夜的风有点凉意，我静默地盯着刘若琛许久，他对我这样炙热的目光很是不习惯，说："干吗这么看我，我不会发善心收留你的！"

话落，刘若琛绝情地走在了正前方，我着急地追了几步，在他身边晃了晃道："喂，你对一个陌生人都可以这么发善心，可我跟你那么熟，你对我这么绝情绝意，真的好吗？"

我挡着他高大的身躯，不让他走，他气得不行，只能瞪我，却无可奈何。

我的身体向前倾了倾，整张脸就要埋进他的脖颈，刘若琛紧张得不行，喉结微微滚动。

我抬头一看，刘若琛那张圆脸已经面红耳赤得像个红气球。

我看得有趣，用手捂了捂刘若琛的脸庞，像个暖手袋，滚烫得不行。

"刘若琛——"

"你……你要干吗？"一紧张刘若琛就容易结巴。

"你的脸太大了，"我扬起嘴角又笑了笑道，"听姐姐一句话，你真的要减肥了。"

刘若琛并未料到我说的是这样一句话，恼怒得不行，僵着脸道："我不想减肥。"

"肥胖就是亚健康，"我认真诚恳地道，"知道营养师的职责是什么吗？通过科学搭配饮食帮助会员改善亚健康。"

"然后呢？"刘若琛问道。

"我可是业内知名的营养师，一般只为个人服务，收费极高，"我又道，"你想啊，我愿意做你私人的营养师，你应该感恩戴德啊！"

"哦。"他淡淡地回了一句，又道，"去吃东西吧。"

敢情刘若琛没听懂我的意思吗？又吃东西！

"两份冷面，三盘煎饺，两笼包子，再加两份牛滑汤吧，"刘若琛合上菜单，又望了望我，道，"你还要什么？要不要再拿两份豆花？"

我夺过他的菜单递给店员道："就这些，不要豆花。"

"她不要豆花，我要一份豆花。"刘若琛对着店员微笑道。

"大晚上的你点这么多干吗？"我质问道。

他坦荡荡地回道："心情不好，多吃一点不行吗？"

"你知道这些食物有多少卡路里吗？"我夺过刘若琛的手中的诺基亚，喃喃自语，"我觉得有必要给你下一个计算卡路里的APP，好久没用这种手机，也不知道有没有这种软件……"

"老板，还有豆花吗？"

"不好意思，最后一份已经卖掉了……"

我摸了摸耳朵，微微有些发热，而内心却莫名其妙起了涟漪。

这个声音太过熟悉，仿佛就是一个多年未见的好友。

我微微抬头，只见一个穿着蓝色条纹衬衫，过膝长裙，背着一个嫩粉色书包的女孩站在柜台前，听到没有豆花，她颇为遗憾地甩了甩马尾，"都是今天补习太迟了。"

话落，她沮丧地往外走去。而我们这桌要的东西已经上桌，我叫来老板道："老板，这碗豆花打包。"

"喂，我现在就想吃……"刘若琛不解地看我。

"帮我做件事。"我突然一脸认真地对刘若琛说。

我躲在昏暗小路旁的私家车后面，只见刘若琛喊住了那个穿着蓝色条纹衬衫的小女孩："喂，你等等……"

女孩回头惊讶地看着面前的刘若琛问道："你有什么事？"

"这份豆花，有个人让我交给你。"

女孩迟疑片刻，接过那份豆花，望着刘若琛，问道："那人是谁？"

"是个漂亮的姐姐，她说你刚补习完肯定很想喝碗热腾腾的豆花。"刘若琛笑着回道。

"可是……"小女孩微微迟疑。

"放心吧，那个姐姐是好人。"

"谢谢啊！"女孩的脸上绽放出了一抹欣喜。

望着那个女孩的背影走远了，我却忽然有点失神。

嘿！十四岁的鹿番番，我们终于相遇。

虽然你并不认识我，可我却是另一个你。

谢谢你，十四岁的鹿番番，你那么单纯无邪，你那么热爱生活，你那么积极向上。

因为有你才成就了现在的我。

既然我到了这里，我就应该好好照顾你。

躺在床上，我忽然想了很多，我遇到了自己，是不是能够改变十四岁那年发生的事情，我最想改变什么？十四岁看了太多光碟，所以成了近视眼，十四岁暗恋了一个男生，却始终没敢表白。十四岁那年⋯⋯

我越想越难以入眠，兴奋地跑到客厅踹了踹睡在沙发上的刘若琛，他睡眼惺忪地揉着眼睛，问道："大晚上的怎么了？"

"刘若琛，我有个问题想问你。"

我一脸郑重其事，颇为严肃。他好不容易坐直了身子，一脸懵懂地盯着我道："你想问什么？"

"如果你可以遇到十四岁的自己，最想告诉他什么？"

他掀开被子，哀叹一声钻进了被子。

我死劲地摇晃了他几下，他才气鼓鼓地憋出了一句话："好好睡觉，远离神经病。"

第二天一大清早，刘若琛就被我拎起来吃早餐了。本该是个美好的周末，他偏偏得早起，埋怨了一路，直到到了昨天那家小店门口，他才闭了嘴。

他困惑地看了看我，问道："我说走了这么久，原来你喜欢上昨天那家店的味道。"

我抬头望了望那家小店的牌匾，黄底白字，"老黄小吃"四个字倍感亲切。真是没想到啊，我竟然忘记了这家熟悉的小店，那可是陪伴我青葱岁月的小店。要不是昨天看到了 14 岁的自己，我大概也没想起刘若琛带我来的是这家老店。

看来所谓记忆里的味道其实和想象中的还是不太相同的。

端坐在小店内，我点了两份豆花，像是在等待什么似的，一直朝着小店门口张望。

而刘若琛恹恹地看着我，问道："鹿小姐，请问你有什么打算？"

我回望了他一眼，这么突然叫我鹿小姐还真是不习惯。

可我心不在焉地望着店门口，根本没空搭理他，只是随口问道："什么打算？"

"你该不会是想让我养你吧？"

刘若琛不知何时又叫了两份煎饺，我一把夺了过来，说："你忘了我昨天说的吗？我要帮你减肥，以后这些美食，我就勉强帮你吃了。"

刘若琛眼巴巴地看着近在咫尺的煎饺，最后郁闷地抓起旁边的调味瓶，正要往豆花上加几勺糖就被我拽过了小勺。我语重心长地道："以后豆花你就吃咸的吧。吃糖容易胖。"

"豆花怎么吃咸的啊？"

我狠狠地剜了一眼刘若琛，舀了一勺豆花往嘴里送，道："我就觉得挺好吃的啊！"

刘若琛放下勺子，问道："那你打算怎么养活自己？我是个学生养不起你。"

我顿了顿，刘若琛的话并无道理。我现在的衣服还是穿越过来穿的那身，要是没有钱，我在这个世界都养不活自己，还想着怎么穿越回去？

我想了想，现在在这个世界估计营养师不好就业，但是我还有一身好厨艺啊！这可不能随随便便浪费啊，我双手一击对着刘若琛道："我可以去你学校的食堂当大厨啊！"

刘若琛差点把口中豆花喷出来，慌张挥了挥手："绝对不行，你现在是我的后妈怎么能去我学校的食堂打工！"

"有道理啊，"我扯着嘴角对着刘若琛笑了笑，道，"可是你后妈也得吃饭啊！"

"老板打包一份豆花……"

忽然，我瞥见店外的一个熟悉身影，接过豆花，急急地拽着刘若琛追出店外。刘若琛一头发蒙，我着急地指了指前面的那个小女孩。

刘若琛一见还是昨天的那个小女孩，心里有些疑惑，但还是把手中的豆花送给了那个小女孩。

小女孩的眼里尽是困惑，犹豫了很久，刘若琛同她说了什么，她才收下了豆花。

看着那个小女孩背着粉书包渐行渐远，我才问道："你和她说了什么？"

"我告诉她，送豆花的姐姐是她妈妈一个挚友的女儿，让她尽可放心。"刘若琛又道。

刘若琛才问道："她是你妹妹啊？"

"我没有妹妹。"我回道。

"那是你女儿啊？"刘若琛又问。

"拜托，我现在才 27 岁，十几年前才 14 岁能有这么大的女儿吗？"我愤愤不平地道，"就算在另一个平行世界也不可能吧？"

刘若琛迟疑片刻，震惊道："难道……她就是你吗？"

我点了点头，刘若琛还没从震惊中缓过神来，又道："这是真的吗？"

"难道真的有平行世界的存在？"刘若琛喋喋不休地道，"是不是你在这个世界做的某个决定，就会影响未来的那个世界？"

我望了望老黄小吃门口的招聘启事，随口答道："对，所以我要改变过去。"

我回头认真地望着刘若琛道："所以我要在这个世界帮你减肥，找到你患厌食症的原因，那么那个世界的刘若琛就会成为一个健康的男神。"

"在做这一切之前，我要先找到工作。"我撕下了一张招聘启事在刘若琛的面前晃了晃。

他吃惊地看我："你要在这里工作？"

我耸耸肩回道："为何不可？"

我最终在老黄小吃店当上了厨师，虽然老板曾经怀疑我的身份，因为我迟迟拿不出身份证，但是看在我厨艺不错，薪资要求又低的分上，也不再多问了。

真是风水轮流转啊！

明明在那个世界的我是拿着几十万年薪的人，现在却偏偏得在这里勒紧裤腰带过日子。

　　还好，我死皮赖脸地赖在了刘若琛的家里省了不少房租。刘母离婚后组建了新家，刘若琛不愿融入新组建的家庭，所以刘母只好把这套房子留给了刘若琛，只是偶尔回来探望儿子。

　　这天，我一个人待在家里，忽然听到屋外的门铃响起来，心里有些慌张，会不会是刘母突然拜访，而我该怎么解释自己的身份。

　　我透过防盗门上的猫眼往外望去，只见来人不是刘母，而是刘若琛的死对头秦扬。

　　见他坚持不懈地按着门铃，似乎有什么急事，我便打开了门。

　　他见屋内的人是我，也不惊讶，而是礼貌道："阿姨，你好！"

　　阿姨？

　　我撩了撩刘海儿，心想我现在在外人面前是刘若琛年轻的后妈。既然如此，做戏还是要做全套。

　　我硬生生地扯出了一个笑容："你好，那个……若琛不在家……"

　　"我知道，我是来找你。"秦扬嘴角荡漾的笑容真是好看。

　　我让出了一个位置，秦扬也不认生，直接在沙发上坐下。我这才困惑地问道："你找我……有什么事？"

　　"若琛已经一周没有去上课了。"

　　"啊？"我一脸吃惊，刘若琛这些日子每天早出晚归，不去上课还能去哪里？

　　"不会吧？"我心存疑惑道。

　　秦扬又道："你不知道吗？"

　　我认真地摇摇头，秦扬噙着笑又道："你……不是刘若琛的后妈吧？"

　　秦扬的笑意动人心魄，让我竟然有一瞬间的失神，这厮看起来笑意盈盈，其实笑里藏刀。

　　"你觉得我不是刘若琛的后妈？"我又问，"那我还能是他的谁啊？我又不是神经病没事冒充他的后妈。"

　　秦扬耸耸肩，笑着道："我同若琛从小一起长大，他的事情我基本都知道，我好像并未听说他爸爸有再婚。"

我一时语塞，不再吭声。

既然他早就看穿我的身份，那晚为何不向老师说明我不是刘若琛的后妈，而在此时说。

"那你觉得我和刘若琛是什么关系？"我又问。

他托腮思忖片刻，嘴角微勾："你应该比我们大不了……几岁吧？"

我迟疑盯着秦扬。

他又道："虽然还不清楚你们的关系，但是你和他关系应该不错吧？"

喀喀……

关系不错？这要从何说起。

"既然你和刘若琛是死对头，你干吗要告诉我他没上课呢？"我颇为好奇地问道。

秦扬微微耸肩道："刘若琛把我当成死对头，而我把他当成朋友，他是做律师的材料，我不想让他误入歧途。"

"现在看来，你跟他这么亲密，也只有你才能帮他了。"秦扬又道。

我想了想秦扬的话有道理，要是这个世界的刘若琛误入歧途，最后毕不了业，那我在那个世界岂不是见不到当大律师的刘若琛。

可是，我能怎么帮刘若琛？

"我都不知道他在哪里，我怎么帮他啊？"我摊手表示无能为力。

秦扬却忽然道："我知道他在哪儿。"

我是在渔湾社区找到刘若琛的，渔湾社区是个老社区，石墙灰瓦略显破旧，这个小区四通八达，每个巷口转角处都摆着很多小摊。在我印象中，自己曾经来这里补习过几次英语，后来那个英语老师跳楼自尽了，想到这里，我环顾了下几幢楼房默默地感到脊背一阵发凉。

社区的尽头正好有一块空地，此时正密密麻麻地聚集了几十个穿着蓝色马甲的义工，我一看红色横幅，原来是个法律义工的服务。

我无奈地吸了口气，无利不起早的刘若琛竟然去做义工？

疯了疯了，也不知道以后的那个刘若琛会不会被现在的他气个半死。

　　我在人群四处张望刘若琛的身影，偏偏此时身后有人拍了拍我的肩膀。

　　我猛地回转头，委实受了很大的惊吓，面前的女人不过三十多岁，一身收腰衬衫连衣裙，可脸色却略显憔悴，厚厚的粉底依然遮不住厚重的黑眼圈，一对厚唇抹了均匀的樱红色，笑起来含蓄又内敛："小姐，你也来这里找律师咨询吗？"

　　"你……你你……你是……"我颤巍巍地后退了好几步。

　　突然看个死人复活，我怎能不吃惊？

我瞪大眼，惊恐万分，硬是没把后面那个"鬼"字憋出来。

我面前的女士显然对我的举动感到奇怪，不禁问道："怎么了小姐？你认识我吗？"

"没有没有……"

我只是觉得头皮发麻，慌乱地挥挥手，差点就要落荒而逃。此时，忽然有一道庞大的阴影挡住了我的视线。

"小姐，法律咨询在前面。"刘若琛笑着指引道。

女人奇怪地回望了我一眼，就到前方去了。刘若琛这才拍了拍我的肩膀，问道："你怎么来了？"

我还没从刚刚的惊吓中回过神，对着刘若琛没好气地说："我还没说你呢，不上课来这里做什么？"

"喂，你不是真的把自己当成我的家长了吧？"刘若琛不满地道。

我瞥了一眼刘若琛，谁想当你的家长，我那是为了未来的自己考虑，为了 33 岁的刘若琛负责。

"你回不回去上课？"我质问道。

刘若琛摇头道："我这里的事还没忙完呢。"

这里的事？我看了下周遭的人群，连买菜短斤少两这样鸡毛蒜皮的小事都来咨询，还真当这里的法律顾问闲得发慌。

可刘若琛不以为然，他解释说正是这里的人不懂法，才要真正地普及法律知识。听完这话，我差点都要对刘若琛肃然起敬了，原来刘若琛曾经是一朵胖胖的白莲花？

"你头上的圣母光辉真是闪瞎了我的眼睛。"我干干地笑了一声。

刘若琛耸耸肩道："说实话吧，我也是有私心的，想拜王德明为师，可他不收我，只能死皮赖脸跟着他了。"

"王德明？"

刘若琛一脸骄傲道："德民律师所的王德明大律师，我偶像。"

刘若琛的偶像已经被人群围了一圈又一圈，根本看不着。而人群不远处还有个战战兢兢不敢上前的女人，望着那个女人，我心有余悸，躲在了刘若琛的背后。

"怎么？你认识那女人？"刘若琛困惑地问道，"干吗那么害怕的样子，看来是老相识啊！"

我心里一颤，说起来也是十几年前的事情了，不远处的那个女人正是我初中的英文老师林英子，她因为不堪家庭暴力，在我初中毕业那年跳楼自杀了。

我点头把事情的来龙去脉告诉了刘若琛，等到活动结束后，刘若琛有些惆怅地告诉我："她还没找到王律师问问题，就被一个男人带走了。"

我心里突然涌现不好的猜想，那人应该就是林英子的丈夫，此时发现她想找法律咨询，回家后指不定会发生什么事。

我知道林英子住的是哪个楼层，可是我现在以什么身份去救她？

我心里乱成一团麻，而刘若琛看着我一脸不安的模样，不禁问道："怎么了？发生什么事了？"

"你先回学校，我有点事要办，"我想想又道，"对了，王律师可以帮我老师吗？"

他愣了一秒看我，点点头："当然。"

刘若琛走后，我站在林英子跳楼的那幢楼前许久，今天我是不是可以做些事情改变一些未来会发生的事情呢？

我或许可以救林英子一命。

我爬上了这幢有些古朴的旧楼房，到了三楼才停下脚步。楼道的地上堆着一些旧酒瓶和旧报纸，我深吸一口气，忽然有些紧张，脑海忽然涌起《不要和陌生人说话》的场景，要是林英子的老公像安嘉和一样变态的话……

"砰——"

屋内传来一声碗筷碎裂的刺耳声音，让我全身打了一个激灵，我着急地敲门，大喊道："开门，开门——"

我拼命地拍着门，生怕会发生什么事。此时，门"嘎吱"被打开，探出的是一个裸露着上半身的男人，他单手撑在门上，一脸横肉，双眉挑起，目光是满满的不耐烦："你找谁啊？"

我认出了他，他就是林英子的丈夫赖国峰。我来过林老师家补课过，见过他几次，每次林英子见到赖国峰都会变得小心翼翼，说话小声。当时我年纪还小，还以为这是他们家庭的相处方式。现在看来，林英子十分害怕赖国峰。

我清了清嗓子，道："林……林英子住在这儿吗？"

"你找她什么事？"赖国峰一脸怀疑地上下打量着我。

"我是她同事，今天下午有个紧急会议，我是来找她一起去的。"我努力平静地解释道。

"她同事？"赖国峰干笑一声，冲着里面喊了一句，"英子，你同事找你。"

不一会儿才见林英子慢吞吞地走出门，她的脸上明显有刚擦去不久的泪痕，见到我的一瞬微微有些讶异，半天不说话。

"英子，她是不是你同事？"

林英子嘴角微动，半天不敢吭声，我催促道："英子还不走，主任该要着急了。"

"哦哦……"林英子用力点着头，道，"是啊，国峰，这是我……我同事，我出去一下，马上回来。"

赖国峰仍然怀疑地盯着我看，那样的目光就要把我望得全身都是洞，我慌忙拉住英子的手就往屋外走，到了公交车站我才微微地松了口气。

"你到底是谁？"林英子猛地甩开我的手，质问道。

我望着她，竟然一时不知如何解释。难道我要告诉她，她曾是我最喜欢的英语老师，因为她的启迪和鼓励，我才喜欢上了英语学习吗，而这次我是来拯救她脱离苦海的？

"你是不是想和赖国峰离婚？我可以帮你啊！"我开门见山道。

她一脸意外地看我，问道："你到底是谁？你……你怎么知道我家的事情？"

"你别管我怎么知道的，我真的能帮你的忙，你难道不想早点摆脱那个恶魔吗？"我又道。

林英子泪光闪闪地看着我，用力地点了点头。我同她在附近的咖啡店谈了很久，她告诉我她已经不堪赖国峰一次又一次的家庭暴力了，可是每次她提出离婚，只会被赖国峰打得更加凶狠。有一次她被赖国峰打得鼻骨断裂，在家休养了整整一个月，却不敢同学校的同事透露半点。我听后忽然想起有一次林英子以生病为由请了一个月的假，那时候正好赶上期末，换了个很凶的英语老师，让我们全班嘀咕了很久。

我做了决定，打算明天带林英子去见王德明律师。直到半圆的月亮爬上了夜空，我才同她告别。而我心里迫不及待地想把林英子的事情和刘若琛商量商量，我打了个电话给他，他并未接电话。下了公交车，我沿着马路慢慢地走，心中忍不住感叹，明明自己从小到大不爱管闲事的，怎么到了这里却变了个人？

难道是刘若琛的正能量影响了我？

我兀自低头笑了一声，忽然瞥见地上的一个长长影子，转头一看，偏偏空无一人。

我暗自倒吸了口气，加快脚步往前走了好几步，可脚步声不依不饶地紧随。

我走得越来越快，脚步声也越来越急促。

我动了动喉咙，忍不住想回头一看，就在这瞬间，我的手臂突然被人拉住。

我抬头一看，大吃一惊，面前的人正是刘若琛。

"不要回头看，有人跟踪你。"刘若琛面无表情地道。

"是谁？"我低声问道。

"我猜，应该……是林英子的丈夫。"刘若琛又道。

我一阵后怕，赖国峰是什么时候跟踪我的，我全然不知。他不会已经知道我不是林英子的同事了吧，这样的话一切都前功尽弃了。

刘若琛似乎看出了我内心的担忧，忽然紧握住了我的手，问："害怕吗？"

我看着刘若琛深深的眼眸，竟然一瞬失神，仿佛站在我面前的就是 33 岁的刘若琛。

"有我在，有什么好怕的？"他反问道。

我像个迷妹一般盯着他看，要是他是 33 岁的刘若琛就好了……

他握得我的手更紧了，调笑道："是不是现在的我比 33 岁的时候更有吸引力啊？"

我干笑了两声："是比 33 岁的刘若琛有安全感多了，毕竟你比较重。"

"无所谓，我一直把重当成优点。"刘若琛不以为然地道。

怪不得有心宽体胖这个成语！

"你会帮林英子吗？"我想了想又问道，"王德明收费贵吗？"

刘若琛忽然笑了笑："你不该是先顾虑自己的安全吗？"

我深深吸了口气，可身后的脚步声并没有停下的意思，刘若琛低下头对我说："前面转角，我们且看看身后的人到底想怎样！"

我抬头看了看刘若琛，又望了望前面小巷的转弯处，刘若琛是想在那里给身后跟踪的人一个下马威。

前方转弯处近在眼前，我紧张万分，赖国峰根本是个无赖，他能够跟踪我，肯定已经想好了后路。

等候的几秒，却显得异常漫长。

身后的那个身影不紧不慢地往这里靠近，刘若琛攥紧手心，目光锐利，我微微地呼了口气，躲在了刘若琛的背后。

"该死的跟踪狂！"

刘若琛扑向那个身影，两人拼命扭打在一块的瞬间，我发现有些不对头，大声喊道："等等！别打了！"

两人这才松开了手，那个跟踪狂根本不是赖国峰，竟然是秦扬。

"秦扬？你干吗跟踪我们？"我不解地问道。

秦扬微微耸肩道："我只是顺路路过，突然有点好奇……"

"好奇什么？"刘若琛皱眉问道。

"你们之间的关系啊！"秦扬勾起嘴角笑得意味深长，"现在看来，我已经知道了……"

"知……知道什么啊？"

我结结巴巴，这么看来秦扬已经误会了我和刘若琛的单纯关系。

秦扬朝我走近一步，一双黑眼波涛汹涌："我只是没想到，刘若琛的口味这么重！"

重个屁啊！

哎哟喂，小鲜肉你能不能单纯一些啊？

"秦扬，你不要乱说话。"刘若琛义正词严道。

秦扬嘴角还是挂笑："刚刚你都牵着她的手那么久了，难道还是我误会吗？"

这回换作刘若琛脸红结巴："我……我和她不是你想的那……那样……"

"那是哪样？"秦扬饶有兴致地挑眉问道。

我着急解释道："其实……其实我是来自未来，2018 年，我认识33 岁的刘若琛……所以……"

"哦？你来自 2018 年？"秦扬细细地打量了我好几眼。

我知道他根本不相信我的身份，可现在我又没有证据可以证明自己。

"怪不得不同寻常。"秦扬又道。

我和刘若琛互相望了好几眼，秦扬竟然相信我从 2018 年来的事实？

"你相信我说的话？"我吃惊地瞪着秦扬。

秦扬也不回答我的问题，只是问道："那你在那个世界认得我吗？未来的我是怎样的人？"

每个人都好奇自己的人生之后会发生什么，有这样的机会窥探未来，自然不会轻易放过。

我思忖片刻，秦扬是刘若琛的死对头，我根本没有在那个世界见过他，只是听过刘若琛的秘书说过一些这位秦律师的八卦。

秦扬故意在刘律师事务所对面的写字楼开事务所，明明相隔一条街又是老同学却从未见过面。秦扬的业界风评比刘若琛好得多，可惜婚姻不顺，刚结婚一年就离了婚，独身多年也不见再娶。

我沉默了一会儿，忽然笑了笑："那时候的你事业挺不错的，就是……"

"就是什么？"秦扬迫不及待地追问。

我委婉地说："就是……婚姻这块有稍许不……顺……"

秦扬愣了一秒，忽然笑出了声："呵，你倒是有点像算命先生啊！"

"那我呢？"刘若琛忽然问道，"婚姻顺利吗？"

"你你你……什么啊？"我瞥了刘若琛一眼，凑近他耳边小声道，"不是跟你说了，我是你女朋友，我们那时候还没结婚，不过……快了。"

我弯起嘴角扯出一个灿烂的笑意，可面前的刘若琛却微微有些失望地说："我不相信，我不会喜欢你的。"

"喂……"

"秦扬！"

我回头一看，此时走来的女孩，身穿一身裸粉色翻领休闲运动短袖，下身只是条牛仔短裤，却衬着整个人青春活泼。

她微微一笑，嘴角梨涡十分动人："我和秦扬约着去打羽毛球，没想到途中看到你们，他就说有点事找你们。"

"哦……祝意潇……你，你好。"

我回头望了刘若琛一眼，刘若琛那张圆脸红彤彤的，已然是一个大苹果。他只有紧张时候才会面红耳赤，说话吞吐。

我望着面前的女孩，竟然有些失落，她大概是所有青春年少的男性同胞眼里女神级的存在。也难怪刘若琛紧张心跳，乱了分寸。而我呢，已然是个 27 岁的大龄女青年，在 33 岁的刘若琛眼里不过是个备胎，在这个世界又成了他口中的后妈。

世事难料，谁也不会想到一个马桶就这样改变了我的人生。

"你好，我叫祝意潇。"面前的女孩介绍道。

我僵了半天，才反应过来她在对我做自我介绍，便回道："你好，我是鹿番番，是刘若琛的……"

我迟疑片刻，此时也厌烦了撒谎，只是道："不重要，不重要的角色。"

祝意潇笑了笑，害羞地推了推身旁的秦扬，说："还打不打羽毛球啊，都这么迟了。"

"打啊！"秦扬转过身问道，"你们俩要不要一块去？"

我回望了一眼刘若琛，他目光里明明是有期待，可是嘴里还是凉凉地对着秦扬说："不客气，我们还有事。"

目送秦扬和祝意潇离开后，刘若琛仍然目视前方，依依不舍，半天才问道："秦扬的前妻是祝意潇吗？"

"啊？"我转头看了一眼刘若琛，秦扬的前妻据说是个模特，因为私生活不检点二人才离了婚。

"应该不是吧。"我回道。

刘若琛微微呼了口气道："那就好……"

顿了顿，他又猜测道："他那样的人应该会让前妻净身出户吧？"

我仰头看着他道："相反，他只留下了律师事务所，把所有的财产都留给了前妻。"

这个八卦消息我屡次听刘若琛的秘书说起，秦扬好歹是个有名气的律师，只要走上诉讼离婚，他自然有自己的手段争取到最大的利益。他选择净身出户真是难以理解。

刘若琛不可置信，震惊不已。

是啊，他这个同学本该比他现实老辣，没想到未来却成了个大善人。

他又追问道："那……那 33 岁的祝意潇过得好吗？"

我摇摇头，颇为遗憾道："对不起，这是我第一次见她，而那时的你也从未提过她。"

刘若琛长长地叹了口气，转身就走。

我望着他的背影，心里头忽然闷闷地不舒服。

我想，我吃醋了。

回到家后，我在床上翻来覆去依然无法入睡。想了半天，忽然坐起身来，响指一划，也许刘若琛患上厌食症的症结就是祝意潇啊！

我兴奋不已地爬起身，眼见刘若琛不在沙发上睡觉，只听到浴室里有哗哗的流水声，忍不住在门口等了会儿。

直到他穿着一条大短裤走出浴室，我才欢欣雀跃地冲进浴室，笑着道："刘若琛，我想到要怎么给你治病了。"

刘若琛的头发还在滴水，见到我的一瞬，紧张得双手捂胸，惊讶道："你……给我治病？"

"对啊，我要帮你追到祝意潇。"我托腮暗自打着小算盘，让你追到祝意潇，然后再拆散你们。

"可是……祝意潇不会喜欢……我吧……"刘若琛支支吾吾道。

我上下打量了刘若琛几眼，他紧张得把胸捂得更紧了。

我轻轻地弹了弹他的肚皮道："都胖成这样，还遮什么遮啊！"

"鹿……番番……"刘若琛气急败坏道。

"没人对你感兴趣的。"我横了他一眼说。

"你……你怎么知道没人对我有兴趣？"

"又不是喜欢吃肉包干吗对你有兴趣，"我毫不留情地毒舌道，"看来，减肥之事必须提上日程了。"

第二天一大早，刘若琛坐在餐桌前愁眉苦脸地吃着我准备的瘦身餐，他持着叉子挑了半天后，郁闷道："都是草怎么吃啊！"

我双手捧脸，笑着道："这都是新鲜的蔬菜和水果，为了追到女神牺牲小我又有什么。"

刘若琛古怪看我："照你这么说，你是我未来的女朋友，你现在帮我追求别的女孩，不觉得奇怪吗？"

我卸下围裙，意味深长地笑了笑："对啊，反正你最后都是我的，我就为了你的厌食症牺牲一下吧。"

"你还真伟大。"刘若琛冷哼了一声。

"是吧，"我抿唇一笑，"我也觉得自己特别高大伟岸来着。"

话毕，我又道："对了，你和王律师说了吗？我打算今天中午把林英子约出来，跟王律师谈一下离婚的官司。"

"告诉你个消息吧，我偶像愿意给林英子提供法律援助。"

刘若琛的消息真是个极好的消息，赖国峰控制着整个家的家庭收入，林英子请不起律师，交不上诉讼费，根本无法以诉讼的方式离婚，有了法律援助，林英子一定能顺利脱离虎口。

我仿佛看到了林英子的希望，喃喃自语道："太好了，她终于不需要走到绝路。"

可刘若琛似有所思道："可是你有没有想过，如果现在真的发生了改变，是不是未来有些事情也会随之发生变化？"

我仰头望了望刘若琛，我一心只想着帮助林英子脱离困境，从未想过改变未来的后果。

改变未来？会不会影响我回去呢？

"你说万一我回不去了怎么办？"我忽然想到这个问题，转头正视着刘若琛。

刘若琛迟疑片刻，半天才说："如果回不去……就待在这里吧。"

如果回不去，我理应很难过才对，可此时刘若琛说的这话，我却莫名地觉得待在这里好像也不错。

真是奇怪了，我慌乱地摇摇头，对自己的想法感觉意外。

中午，我给林英子连打了几个电话，却不见有人接听，想来想去会不会事情发生了变故，便同老黄小吃的老板请了个假。下午去了我曾经就读的初中，可得到的结果却是林英子请了假。

打不通电话，找不到人，难道林英子失踪了？

还是……她找我们帮助的事情被她的丈夫发现了？

我有点心虚，只能找来刘若琛一同去了林英子的家，我按了门铃，这个点赖国峰应该去上班了，如果林英子在家应该会开门。

过了一阵子，门嘎吱一声被打开，林英子微微探出头，她见到是我和刘若琛，一脸惊恐。

"你……你们有什么事吗？没事的话……我还有事要忙……"

话落，林英子就要关门。倏然，刘若琛挡住了就要阖上的门，我忙不迭道："我们有话和你说，请让我们进去吧。"

林英子战战兢兢地看着我，半天才点了点头。

我和刘若琛一同进了门，林英子的家装修很简单，客厅只摆着灰色的布艺沙发，玻璃透明小矮几和棕色的电视柜，电视和冰箱都有点年代痕迹，倒是饭厅橱柜上的一排排各式各样的酒瓶吸引了我的注意力。

这里的装潢跟我十四岁那年所见一模一样，那时，年纪还小只是觉得林老师家的酒可真多啊，却从未联想到她的丈夫爱酒如命。

林英子见我盯着橱柜看，便解释道："我老公，他喜欢喝酒。"

我转头看她，问道："喝了酒，就打你吗？"

林英子坐在沙发上，目光闪烁，双手交叉，浑身却不自觉地发颤："他嗜酒这个习惯的确不好，但……但我不打算和他离婚了。"

"你很冷吗？要把空调关了吗？"刘若琛发现林英子在剧烈地颤抖，不禁问道。

"不要关，"我阻止了刘若琛，又道，"她是因为害怕才这样！"

林英子低头不说话，我继续道："赖国峰是不是威胁你了？"

刹那间，林英子的情绪崩溃，她泪眼涟涟道："他已经知道你不是我同事了，你不要来找我了，只要你再来找我，他就会再打……打我……"

"正因为如此，我们才来帮你啊，难道你想继续在这里过着这样的生活吗？"我激动不已道，"你知不知道继续这样下去，你命都会保不住，你的女儿会成为没妈的小孩，而你那个没心没肺的老公没半年就再婚了……"

我一时冲动，把我知道不久会发生的事情一股脑说了出来，可林英子却困惑不已地盯着我看。

刘若琛伸出手碰了碰我，我意识到自己说得太多了，只能道："我……我只是说想象中最坏的结果。"

"没用的，"林英子深吸了口气道，"我已经摆脱不了他了……"

"怎么会！"我推了推身边的刘若琛，说，"这位就是刘律师，他来到这里就是要给你提供法律援助的。"

刘若琛一脸震惊地回头看我，我冷不防瞪了他一眼，他只好硬着头皮道："对，根据《××反家庭暴力法》的第十九条规定就是法律援助机构……"

"讲那么多干吗，你帮不帮她？"我抬高声音，情绪激动道。

刘若琛被我呛了一声，只好道："当然啊！"

林英子目光还是在犹疑，我安慰道："有我们在，不会有事的。"

"好……我相信你们。"静候了几秒，林英子终于下定决心。

"但是我希望不要以这个原因提出离婚。"林英子低声道。

"为什么？"我不解。

"请原谅我还想顾忌自己的脸面，我不想让别人知道我被丈夫家暴……"

可就在此时，屋外传来了激烈的敲门声，赖国峰大声呼喊道："快开门，我没带钥匙！"

林英子仿佛受到极大的惊吓，紧张地从沙发上起来，喉咙动了半天道："他……他回来了……你你们……赶紧走啊……"

我也有些忐忑，可现在往哪里走，一开门不就正好跟赖国峰撞个满怀吗？

"快开门啊，臭婆娘，在里面忙活什么啊！"门外的人还在不断地催促着。

林英子一脸惊慌失措，刘若琛这才徐徐起身，淡定道："我们从窗户走。这里是三楼，楼层很矮不会有危险。"

我吃惊地看着刘若琛，跳楼？

我的妈妈咪呀！我有恐高症啊！

刘若琛当机立断抓住我的手来到窗前，我往楼下看了看，这幢楼的背后只有一堵墙，楼下是一个窄窄的小巷，鲜有人经过。目测距离地面的距离也不算矮，我头晕目眩，立马后退一步道："我……我不能跳。"

"为什么不能？"刘若琛侧头看我。

"我……我有恐高症……"

"跳了就没有恐高症了！"

话音刚落，刘若琛直接拽着我的手，纵身一跳，我根本没做好思想准备，当下只觉得身体在迅速下降，耳边有呼呼袭来的恐怖风声，只能紧紧闭起双眼。

直到风声结束，我才感觉到自己已经安全降落，而落地的位置似乎压到了什么柔软有弹性的物体。

万幸万幸，我没有死。

我睁开眼一看，自己竟然身处在一个垃圾桶内，身旁都是臭气熏天的垃圾，呛得人无法呼吸。

我捏紧鼻子，环顾四周，刘若琛……人呢？

"刘若琛！"我大声叫道。

"刘若琛——"

那个刘若琛不会有事吧？我心里有些担忧。

"别叫了，我在你下面！"半天，有个熟悉的声音从垃圾桶内传来。

我这才反应过来，原来我压着的软绵绵的东西一直是刘若琛。

我狼狈地爬出垃圾桶，刘若琛紧跟其后，我望了望他，惊诧不已道："我真是没想到……"

"没想到什么？"刘若琛拍了拍身上的灰尘，沾沾自喜道，"你是不是想说，我竟然帮你垫背，很感动啊？"

我淡淡地瞥了他一眼，老实说："我只是想说你这么庞大的身躯能塞进垃圾桶真了不起。"

"你……"刘若琛一时语塞。

我抬头望了一眼三楼林英子家的窗户，冷不防地说："你居然可以从这么高的地方跳下来，为什么不陪我坐摩天轮？"

我回望了一眼刘若琛，他纳闷地盯着我看。我忽然想起自己曾经看了部爱情电影，上面说只要两个相爱的人在摩天轮上接吻，就可以一直走下去。那时的我被爱情冲昏了头脑，幼稚地想和刘若琛照着电影情节一起坐摩天轮，感受恋人之间的甜蜜情节，可惜刘若琛当时以恐高拒绝我了，殊不知真正恐高的人是我。

想一想当时的自己真是智商为零！

我哀叹了一声，忽然愤怒地转向刘若琛道："33 岁的你真是让人讨厌！"

我愤愤不平，头也不甩地往前走去，身后的刘若琛叫道："喂，你去哪啊？你不感谢我吗？如果不是我……"

我摘下头上的香蕉皮，忽然觉得自己又好笑又可怜。那时的自己自以为刘若琛早晚都会看到默默在他身后的自己，可他哪里看得到？

在那个世界看不清想不明白的事情，却在这里赤裸裸地看个透彻。

林英子已经一周没有去上课了，而赖国峰最近忽然也请了假，天天待在家里看着林英子。我内心里涌现了不好的预感，赖国峰应该发现了什么，不仅限制了她的外出，还天天看住她不放。我暗自感到愧疚，会不会是我的出现让林英子的处境更加危险了呢？

"豆花一碗！"

我正心不在焉地坐在收银台游神，这个声音让我忽然回过神。

我抬头一看，面前穿着一身笔挺的黑色西装的男生正是刘若琛，他笑意盎然地看着我。

今天老黄小吃的收银员请假，我便临时兼下了这个职位，见刘若琛穿得这么正式，忍不住问道："你今天穿得这么正式干吗？有辩论会吗？"

"不是，下班后和你一起去林英子家。"刘若琛神秘兮兮地道，"放心吧。"

我今天提早下班，傍晚四点多，就急匆匆地赶到了林英子的家楼下，只见刘若琛一人拎着一个黑色公文包早已等候许久。

我望了望四周，狐疑地问道："你偶像呢？那个王德明大律师呢？"

"他没来啊！"

"没来？不是说好了他要给林英子做法律援助吗？"我问道。

他不以为然道："他是答应了，但是没答应要亲自请林英子女士去他的事务所啊！"

我纠结地看他，说："那……那你是什么意思啊？"

"你昨天不是说我是刘律师吗？这样的事情我解决就好了。"刘若琛挺直腰板，自信满满。

我一阵无语，着急上火道："且不说你现在根本不是律师，你知不知道赖国峰是什么人啊，他就是个无赖啊！街头巷尾有谁不知道啊，谁要是敢卖菜多算他一点钱，不把你摊位给掀翻了。"

"我知道啊！"刘若琛扬了扬嘴唇，"可是我比他胖，比他无赖。就算打架，我也不一定会输了他。"

我仰头看着刘若琛，这个刘若琛除了胖之外，哪里无赖了？我突然后悔，自己当时是不是不应该让他干涉这件事。他还是一个学生，理应好好学习，假扮律师，打架做坏人都不是他应该做的事。

我摇摇头，来回踱步了半天，说："报警，我们应该报警才对，非法拘禁是犯法的对吧！"

我从包里找出诺基亚手机就要拨打 110 报警，可刘若琛却握紧了我的手，不让我动弹，他皱了皱眉道："你不能报警，因为你本不该存在这个世界的。"

我的手一松，对，刘若琛说得对。我本不该存在这个世界，如果我报警了，警察怎么也不会相信我的身份。

"让我试一试。"刘若琛又道，"只要把林英子带出家里就好了。"

我看着刘若琛有些犹豫，可此时身后的那幢楼忽然传出了撕心裂肺的惊呼声。

"救命——"

我抬头一看，只见林英子那间屋子的人影晃动，被逼到窗前的身形影影绰绰看上去正是林英子。

"快上楼！来不及多想了！"

刘若琛拽住我的手径直就往三楼去，敲门敲得惊天动地，周围的邻居来来往往也被吸引到楼道旁。

"赖国峰，你快开门，我是林英子的代表离婚律师，你再不开门我就要报警了。"刘若琛提高声调，大声叫嚣。

半天，林英子的门才徐徐打开，几个邻居见开门的是赖国峰，有些害怕都急忙散开了。

赖国峰半靠在家门上，望了望我，又上下打量了刘若琛几眼："你是林英子的代表律师？"

"对，她人在哪里？"刘若琛一脸镇定。

"我凭什么告诉你？"赖国峰俨然一副无赖的模样。

刘若琛淡淡一笑："赖先生，以拘押、禁闭或者其他强制方法，非法剥夺他人人身自由的行为最高是可以判处三年以上有期徒刑的。"

我侧头望了一眼刘若琛，此时他镇定自若，不惊不慌的模样倒是有点像 33 岁的他，在法庭上胸有成竹，胜券在握。

赖国峰眼神飘忽，明显有些害怕，半天不说话。

"我……我在这里。"

林英子惊慌失措地越过赖国峰，像只受惊过度的小兔子躲到了刘若琛的背后，她满脸泪痕，嘴边脖颈尽是血迹。

"赖国峰，我……要和你离婚……"林英子全身发抖地转过头看我们，又道，"你们会救我的对吧？"

"我们走吧。"我冲着林英子点了点头，拉了拉刘若琛的西装，示意他见好就收，生怕在这里待太久，会暴露了身份。

刘若琛点点头，转过身准备带着林英子离开，可我们几人刚跨出几步就被叫住。

赖国峰懒洋洋地说：："这位先生，你说你是律师，你有什么证明吗？"

赖国峰突如其来地一问，让我和刘若琛忽然都一愣。

迟疑片刻，赖国峰冷笑了起来："你们到底是谁？信不信我报警！特别是你，我见到你的第一面，总是有种似曾相识的感觉。"

毕竟我曾经到赖国峰家。

"你上次假扮英子的同事，这次又来捣什么乱！"

赖国峰凶狠地盯着我看，我面不改色地道："报警？这位刘若琛大律师就是名副其实的律师，在离婚官司上保持着业内令人赞许的胜诉率，你不相信是吧？刘律师快把律师证给这位赖先生看一看。"

身旁的刘若琛一阵沉默，我回望了他一眼，他尴尬地朝着我使了使眼色，示意我赶紧逃命。

开什么玩笑啊，做戏也要做全套啊，证也不办一本！

"律师证呢？"赖国峰伸手就要拽回林英子，"没证别想带走我老婆！"

我立马挡在了林英子的身前，气势如虹道："不可以！"

"证是吧？给你就是了。"话落，刘若琛从公文包内掏出一本证直接甩给了赖国峰，趁着赖国峰查看证的间隙，刘若琛带头带着我们两个人仓皇逃跑，一到大街上，赶紧拦了辆的士，直接往王德明大律师的事务所开。

刚刚那一瞬真是太疯狂了，我好不容易缓了口气，忍不住大笑了起来。

"你笑什么？"坐在副驾驶位置的刘若琛回头问道。

我笑道："我开心啊，开心我们终于虎口脱险！"

"我也没想到自己有一天会假扮律师。"刘若琛唏嘘一阵。

身旁的林英子惊讶得眼睛都开始游移："你竟然不是……律师？"

我侧头看着林英子，安慰道："你放心吧，我们现在就要带你去见王德明大律师，他会给你提供法律援助。"

一切都显得很顺利，王德明律师决定接下了林英子的离婚官司，并在官司结束前向警方申请了对林英子的人身保护，只要林英子能够顺利和赖国峰离婚，她之后跳楼自尽的悲剧就不会发生。

好不容易到了周五，我决定做一桌菜同刘若琛庆祝一下这件事完满结束。曾经33岁的刘若琛最喜欢吃我做的卤鸡翅，虽说他有厌食症，偶尔也能吃上一两个。我做了一大桌的菜，很是欢喜自己的厨艺没有退步，可转念一想不知道现在的刘若琛喜不喜欢我做的菜。

刘若琛下午只有两节课，本该很早回家，可我等了半天不见他回来，倒是等到了秦扬的电话。他的那边声音嘈杂，他努力压低了声音道："鹿番番，等等教导主任会给你打电话，但是你千万不要来……"

"为什么？"还没等我说完后，秦扬就把电话给挂了。

果不其然，不一会儿我就等到教导主任的电话，说是刘若琛在外假冒律师被发现了。我拎着一个包着急出门，在路上才知道事情的经过。那天，刘若琛随手抛给赖国峰的证竟然是他的学生证，赖国峰顺着学生证找到了学校，胡搅蛮缠了一番。

我也来不及抱怨刘若琛怎么关键时候犯蠢，把学生证抛给人家，只想着这件事千万不要影响了他的前途。

下了的士，我火急火燎地赶到了教导主任的办公室，只见秦扬在办公室门口拼命地冲着我摇头，示意我不要进去。

可我哪里还管得了那么多，刘若琛伪装律师的事情看来情形并不妙，如果刘若琛被勒令退学，这都是我的原因，而现在我有什么理由不在他的身边提供帮助？

我推开了教导主任的办公室门，眼见王主任两手交叉，坐在了转椅上，而对面站着的高大胖胖的身材就是刘若琛。他见到我的一瞬，脸色阴沉，欲言又止。

我忙不迭礼貌道："王主任，你好，若琛又有什么事麻烦你了？"

王主任笑了笑道："鹿女士，不好意思让你跑一趟，因为若琛这件事比较严重，我不仅叫了你，还让他的亲生母亲也一起来的。"

我的身体微微发僵，回望了一眼背后的沙发，只见一个身着 V 领条纹短袖和黑色阔腿裤的女人蹬着高跟鞋走到了我的跟前，她的目光里有深深的疑惑，半天才道："我是若琛的妈妈，林友真。"

我做梦也没想到会在这里碰到刘若琛的妈！

说实话，在那个世界，我也只是远远望过刘若琛的妈一眼。那次林友真在刘若琛的办公室谈了很久，二人好像吵了一架，林友真愤愤离开。那时候我在门外等了很久，看到林友真摔门而出的一瞬还以为是哪个愤怒的客户，从秘书的口中才得知那人是刘若琛的母亲。

我当下身体发僵，半天说不出话来。只见林友真又道："鹿小姐，方便到门口说几句话吗？"

我望了望林友真背后的刘若琛，点了点头，林友真同王主任打了个招呼和我一起出了办公室。

我同她走到了楼层背后的楼梯间，她开门见山道："我想知道你是谁？"

我动了动嘴唇，想要解释什么，林友真又道："我丈夫根本没有再婚，你为什么要装作若琛这孩子的后妈？"

"我……"我咬着嘴唇，只能放弃解释道，"对不起……"

"你为什么接近我儿子？"林友真继续质问道，"你到底想要做什么？"

"我没有想做什么……"

我着急想解释些什么，林友真又道："我不管你是谁，有什么动机，请你不要再靠近我儿子了，这次他假扮律师，差点被退学，也是因为你吧……"

"我……"

"若琛，他还是一个孩子，他太过单纯，容易被骗……"

林友真后面的话我都没听清，我只觉得很抱歉，此时我应该离开才对。

如果我还在耽误刘若琛，那么他很可能真的不能成为大律师。

我和林友真告别后，回到了刘若琛的家。我本就没什么行李，把钥匙放在了饭桌上，看着一桌的菜，留下了张字条：少吃点，减肥。

我离开了刘若琛的家，忽然有了一丝无家可归之感。还好在老黄小吃工作的这些日子，拿了些薪水，我租了间小隔间，环境并不好。楼下是一排小卖部，夜晚人声嘈杂，但庆幸的是，在这里我有间属于自己的小世界了。

我躺在自己买的新床上，一阵疲惫感席卷而来，不一会儿就睡着了。

当晚我梦见了刘若琛，33岁的刘若琛。

他已经不那么瘦了，脊背挺直，肩膀宽厚，一身黑色西装，把他衬得很是挺拔。

他长腿交叠，后腰靠在沙发上，抬起那只价值十万的腕表看了看时间，轻轻扬起嘴角道："番番，你迟到了。"

我迟疑地走到他的跟前，他抬起那双漆黑的眼睛看了我一眼道："你知道我收费很贵的。"

刘若琛律师的咨询收费的确很贵，所以他的时间观念比谁都强。他从不迟到，说话简短切中要害，多说一个字都嫌累。

我很是抱歉，竟然说："对不起，我不是故意。"

"你有什么要求都可以提出，接下来的官司我会为你争取。"刘若琛抬起手上的笔记本，认真地盯着我看。

我疑惑地看着他，官司？什么官司？

"就是你的离婚官司啊！"刘若琛接着道。

我惊愕得说不出话来，我还没有结婚，怎么可能离婚啊！

"你忘了吗？高儒文和你的离婚官司……"

噩梦惊醒，我的背后已然是一身冷汗，高儒文这个久未提起的名字又出现在了我的记忆中。

我静坐在床上，过去的种种辛酸往事忽然涌上心头。高儒文是我交的第一个男朋友，当年刚毕业，单纯天真，自以为爱情比金钱来得珍贵，所以从这段爱情的开始到最后，我都心甘情愿地把自己的财产往里砸。

直到我确定要同高儒文结婚领证的那天，于晓玥才带着刘若琛找到了我。

他给我提供了一份高儒文的财产报告，郑重其事地告诉我，高儒文已经是个负资产的穷光蛋。

我很震惊，可又觉得只要两个人在一起，赚多少钱都不是难事。

于晓玥目光闪烁，只是不断劝我不要结婚，可我依然没有回心转意的意思。

刘若琛沉默异常，不再吭声，而于晓玥气恼道："番番，你知道那个高儒文……"

"没事。"刘若琛打断了于晓玥的话，平淡道，"她有自己的选择。"

不想没过多久，高儒文就向我提出了分手，他的态度很坚决，电话关机，搬家远走，让我彻底找不到他。

我伤心了有段时间，于晓玥一个晴天霹雳才把我从醉生梦死中捞起来，原来高儒文早就结婚了。

而我一直是个傻乎乎的第三者。

我暴跳如雷，于晓玥心虚地告诉我，是刘若琛不让她把这个消息告诉我。

我生气地冲进了刘若琛的办公室，他的办公室还有位客人，他端着咖啡杯，半倚靠在沙发上，目光如星星璀璨却看不出有半丝温度。

他送走了客人，公事公办道："番番，你知道我的时间很宝贵。"

"为什么骗我，你明知道高儒文已经有妻子，为什么不早告诉我？"我愤怒质问。

可刘若琛依然云淡风轻："反正你们都要分手，你为什么要知道那么多呢？"

"知道得越多难道不是越伤神吗？"他又反问道。

我后来才知道，是刘若琛让高儒文离开我的，用于晓玥的话说，刘若琛是不想让我受伤，才没把高儒文已婚的事实告诉我。可我不能原谅刘若琛对待我的感情像对待一件官司一般公事公办。

那之后的很久，我不再同刘若琛说话，只是规规矩矩地做他的营养师和私人厨师，直到有一天他吃完我做完的菜，欲言又止了半天，才说："番番你做的饭很好吃，可是你太沉默了，沉默得让我吃不下。"

我狠狠地斜了他一眼，他又清了清嗓子，姿态放得更低："你能对我说句话吗？"

我忍俊不禁，他想让我原谅他，可是偏偏还逞强。

他仿佛是阳光初绽的第一道光芒，耀眼偏偏还带着一丝寒冷。

这样可爱的刘若琛让我又爱又恨。

为了躲避刘若琛，我离开了老黄小吃，在离我初中的母校最近的地方，又找了份临时工。

这次，我终于有空去好好看望一下小少女了。

我溜进了学校，初一二班，一切恍若昨日。我记得很清楚我坐在的位置应该是第一桌的第三排，果不其然，我一眼就看到了十四岁的自己。

这节课是语文课，老师姓张，她刚毕业不久，带的第一个班就是我们班，最喜欢穿牛仔裙，嘴角有颗美人痣，说起话来永远眯着双眼，让人倍感亲切。

这节是作文课，张老师在背后的黑板上写下了几个大字"给未来的自己"。

"上次的作文我已经看完了，我想请鹿番番读一下自己的作文……"张老师道。

我脸颊发热，仿佛台上的张老师叫的人是此时的我，

小少女徐徐站起身，握着面前的作文本，念道："嘿，未来的你，你好……"

全身仿佛有一股电流经过，我整个脑子发蒙，全身剧烈发抖。

"不知道未来的你过得好不好？还热爱写作吗？还会在半夜三更的时候给心中的男女主角编故事吗？其实我希望你成为一个作家，可是妈妈希望你成为一个医生……"

我望着那个小小的背影，眼睛却不自觉地发酸。我的小少女，辜负

你的希望了，我不再给心中的男女主角编故事了，因为我做不成女主角。

"但无论如何，愿你成为你所想的模样，即使深在泥沼，仍然望得见明月。希望你有爱的人，最好他也爱你。如果事与愿违，也不要灰心，我知道你固执己见，像块顽石，可没人知道你脆弱起来就是块碎豆腐，但我相信时光漫长，你能勇敢，你会失忆……

"愿你终有一日鲜衣怒马，爱恨分明，不负此生。"

此时此刻，我只觉得视线模糊，热泪盈眶，仿佛我内心的那个最柔软的地方被人深深触碰到。

这世上，最能安慰我的人竟然是自己。

"番番……"身后有人轻轻地碰了碰我的肩膀。

我回头一望，站在面前的人正是刘若琛，他笑着看我："我就知道在这里可以找到你。"

我望着他，抹了一把脸上的泪，淡淡道："你找我干吗？"

"我妈是不是对你说了什么？"刘若琛追问道。

我不正面回答他的问题，而是道："教导主任怎么罚你？"

"口头警告，没事了，番番。"他又道。

"哦。"

我轻描淡写地点点头，转身就走，刘若琛急急地追了上来说："你要去哪里？这里只有我能帮你。"

我回头看他，态度决绝道："你不要跟着我，我在这里不靠你也能活下去。"

"可是你不是说你是我未来的女朋友吗？在这里我不照顾你还有谁照顾你？难道是坐在教室里的那位？"他皱眉反问道。

我望了望教室里的那位小少女，一字一顿地对着面前的人道："刘若琛，我骗了你。未来，你也不是我的男友，还有，我喜欢的是33岁的你，而不是面前这个胖子。"

我冷着一张脸，说得绝情绝义，刘若琛似乎愣了很久，才说："所以33岁的我比现在的我好吗？"

我点点头，笑了一声道："至少不是个让人讨厌的胖子。"

刘若琛沉吟不语，眉头紧锁，只是冷冷地盯着我看。

他这副皱眉的神情像极了十三年后的他，我竟然有种恍如隔世之感。

我还回得去吗？

即使回去了，我还是原来的那个鹿番番吗？

时间就这样静止了几秒，刘若琛转身离开。望着他的背影，我突然后悔，我为什么要这么伤害他的自尊。

可我不这么说，我还会因为自己的出现而影响到他的人生吧？

实际上，他应该顺利毕业，顺利成为大律师，而这些未来都不应该因为我的出现而改变。

刘若琛不再来找我，我想他应该生了我的气，而我现在也好好安静一下，好好想想之后的路应该怎么走。

我同林英子联系了几次，她说赖国峰因为她提出了离婚到学校闹了很多次，使得她不得不被领导劝说在家休息，但是她不会放弃和赖国峰离婚的想法。

我很高兴她终于有勇气改变自己的人生，这也算是我在这个世界做的一件好事吧。

我新的工作地点就是母校对面的甜品店，老板叫阿珍，是个快四十岁的中年女人，还是记忆里的模样，喜欢戴五彩缤纷的发箍，说话温暖，但是人特别好。看我一个女孩子不容易，允许我晚上早点回家，还会特地送上一份红豆沙让我打包带回家。

"这里的红豆沙真的那么好吃吗？"

"不信就来一碗啊！今天做活动买一送一哦。"

"可是没有人陪我一起吃啊！"

我抬头一看，来人竟然是秦扬。他穿着身简单合身的白衬衫，随意的淡蓝色牛仔裤也把他衬得高大挺拔，他薄唇上扬，饶有兴致地盯着我看。

"不知道你有没有空一起喝碗红豆汤聊上两句？"秦扬问道。

今天的客人不是很多，我跟老板打了个招呼，便同秦扬找了个僻静的位置坐了下来。他才道："你在躲刘若琛？"

我回避了他的问题道："你怎么找到我的？"

"说实话吗？"秦扬顿了顿又道，"因为不相信你的身份，所以调查了下你，发现你以前在这里念书，就过来看看，不想真的碰上你了。你是来看望十四岁的自己？"

我哼笑一声，心想秦扬也果真是心思缜密的人，他不相信我来自未来，便自己调查了起来。

"找我什么事？"我换了个问题回道。

"你知道吗？也不知道刘若琛发什么疯，他现在竟然在减肥。他报了健身教练，每天都去上健身课……"

我忽然沉默，看来上次说的那些话应该是伤到刘若琛的自尊了。

"这和我有什么关系？"我懒懒地回道。

秦扬若有所思地道："这二十年来，他忽然想减肥的原因竟然是因为你。"

"他坚持不了多久的。"我耸耸肩一副并不看好的模样。

"那你可以每天半夜来我们学校的操场看一个胖子跑步，他的毅力比你想象得要强大。"

秦扬去柜台结完账，我忍不住问了一句："你为什么要把这些告诉我呢？"

"说实话我还蛮担心他变瘦的，"他毫不掩饰道，"因为他喜欢祝意满。"

我点点头，他又递了一张纸给我，说："这是刘若琛的瘦身完成表，从他健身教练那里拿来的。"

秦扬走后，我看了看那张瘦身完成表，上面详细地记载着每天刘若琛需要的运动量和每天的完成情况。我看了看上面的食谱，忍不住笑了出来，看来刘若琛已经吃草吃了半个月，我那么努力地限制他的食量，都不见得他听话，难得他这次可以坚持下去。

我没忍住好奇心，第二天晚上十一点多的时候来到了刘若琛学校的体育场，偌大的体育场点着零星的几盏路灯。夜已经深了，跑道上只见到一人的身影。

我一眼就看出了那个身影，也不知道是不是出现了幻觉，那个背影似乎真的消瘦了许多。

我静静地看着他，一圈一圈地绕着体育场跑步，直到第十圈，他才瘫倒在地上，秦扬说得对，我小觑了刘若琛的毅力。

只要他想做的事，他可以比想象中还努力。

那次之后，我再也没有去看刘若琛跑步，我下了决心同他断了一切联系。

可天不遂人愿，一个月后，我在店里接到了林英子的电话。

她的情绪很低落，在电话里泣不成声："怎么办？我女儿的抚养权就要被赖国峰这个人渣抢走了……"

我在她断断续续的说话声中，才明白事情的起因经过。之前赖国峰一直骚扰林英子，导致她停课了一段时间，因为她休息时间太长加上家长对林英子的状态十分有意见，林英子不得不辞职，失业在家有段时间，这样就给对方律师争夺抚养权提供了有力的借口。而林英子的情绪很不稳定，她越失控就越无法扮演一个好母亲的角色。

结果很糟糕，林英子女儿的抚养权很可能会判给赖国峰。

"林老师，你不要着急，我会帮忙的。"

我紧张万分，生怕林英子做傻事。

"没用的，谢谢你，小鹿，最近多亏你的帮忙。"林英子的声音显得软弱无力，"但是我还不知道你的名字，对不起……"

"老师，老师……你记得我的，我是鹿番番啊……"

我顾不上那么多，只能焦急地喊道，而对面的林英子早已挂了电话。

我心急如焚，看了看墙上的日期，突然涌现了不好的预感，如果我记得没错就是在这个月，林英子跳楼自杀的。

我报了警，心想此时林英子应该就在家，匆忙给老板请了假，就赶往她家。在途中，我想了很多，此时能够信任的人似乎只有刘若琛，便鼓起勇气给他发了个信息，简明扼要地说明林英子要出事了。

我赶到渔湾社区时，发现林英子所在的那幢楼下密密麻麻地都是人，一群警察在维护秩序，警戒线围了一圈又一圈，而地上摆着的救生气垫已经充好气。

我仰头一看，天台上明晃晃地站着一个摇摇晃晃的女人，似乎随时都可能往下掉。

我急急忙忙地越过警戒线，直接往楼上狂奔，那种惊恐像是爬山虎一般密集地布满了内心。

不要跳，老师你不要跳！

我赶到天台时，见林英子孱弱的身体在风里晃得厉害。我生怕惊动她，只能压低脚步，缓慢地朝着她靠近。

直到到了跟前，她回头看我，大叫道："你不要靠过来，没有女儿我活着还有什么意义！"

"林老师，你不要着急，女儿的护养权我们可以再争取，可是孩子没有了妈妈怎么办？"

我一步一步地朝着她靠近，劝说道："我知道你很爱你的女儿，她才十四岁啊！"

林英子老师的女儿跟我同岁，在这个世界也只是个念初一的小女孩。

她满脸泪水，用力地摇着头，她的眼里看到一丝犹疑。

我继续道："难道你就这样放弃你女儿了吗？"

她的全身在激烈地发颤，我伸手想抓住她的手，不料在下一秒她的手一滑就要掉下去，我使劲全力把她的手握紧，我咬紧牙关道："老师，你不要松手——"

不要松手，我不想再看到悲剧的发生。

我用尽吃奶的力气把她拉了上来，可自己偏偏没有站稳，一趔趄就踩空了。

"啊，救命啊！"

我死死地拽住水泥挡板，突然一只手向我伸了过来。

我望着面前的男人竟然有点失神，他是刘若琛？

"发什么呆啊，快上来！"

刘若琛用力地拽着我的手，我顺着他的手臂，慢慢往上使劲，好不容易才踩上了水泥地。

我瘫坐在地上，气喘吁吁，刚刚那一下简直是惊心动魄。

"擦擦汗吧。"

我扬起头，白衬衫在阳光下泛着淡淡的光泽，短短的板寸头映着一张棱角分明的脸庞，而那双清澈的眼眸里似乎有温柔的光芒。

我有一瞬间的失神，刘若琛又道："番番……"

"哦，谢谢。"我接过刘若琛手中的纸巾，又多看了一眼刘若琛的脸。

这个刘若琛已经不是那个胖子刘若琛，也不是那个瘦骨嶙峋的刘若琛。

他是刚刚好中码的刘若琛。

面如冠玉，目若朗星，这个刘若琛真好看。我暗自感慨道。

刘若琛又问："你还好吗？"

"老师呢？"我立马爬起身来。

刘若琛扬了扬下巴，我望着那个跪坐在地上的林英子，她又懊恼又自责："对不起，鹿小姐，连累你了……"

看着林英子的模样，我也很是难过："老师，你要相信我们，我们是来帮你的。"

"没用了，下周就宣判官司的结果了……我没有工作，没有能力抚养孩子……"林英子垂头丧气。

"也许事情还有转机。"刘若琛忽然道。

我抬头看着刘若琛，此时他冷静的脸庞，仿佛让我看到未来的那个刘大律师。

我们陪着林英子回到家里，现在她已经同赖国峰分居，而女儿也暂时寄养在了外婆家中。

经过这么一闹，她明显疲惫不堪，不愿意再提赖国峰的任何事情。而刘若琛口中的"转机"似乎给了林英子一些抚慰，送我们出门的时候，嘴角还挤出一丝笑意。

可我内心还是有些不踏实。出了门后，我就忍不住问道："你的转机是什么？"

"你觉得到了这时候，官司输赢的关键是什么？"刘若琛问道。

这不是明知故问吗？

我轻哼一声，不耐烦道："关键就是林英子现在没有工作，所以法官不会把孩子给一个没有抚养能力的妈妈抚养。"

"不是。"刘若琛短短回道。

我不解地看着刘若琛："不是？"

我诧异地问道："那是什么？"

"是谁让林英子没有工作，是赖国峰，是他的骚扰让林英子没有工作。"刘若琛认真地分析道，"我们只要证明这一切都是赖国峰的原因，再加上林英子的女儿已经满10周岁，完全可以征询她的意见，只要她选择跟随妈妈，这不就是转机吗？"

我点点头，忽然觉得刘若琛说得十分有道理，迫不及待地说："那我们行动起来吧。现在应该去找林英子的同事，找到赖国峰骚扰的证据。"

我刚准备行动起来，下一秒就被刘若琛抓住了手臂。

我疑惑地看着他，他这才松开手，脸色绯红道："刚刚把你拉上来的时候，耗了不少体力。去吃点东西吧。"

还是那个爱害羞的刘若琛。

我暗自好笑："嗯，刚刚惊魂未定，的确需要压压惊了。"

刘若琛变了性情，居然请我去吃草。看着面前的营养沙拉，我忍不住叹了口气道："你怎么说变就变啊？这么健康的饮食？"

"因为你说我是个讨厌的胖子。"刘若琛语无波澜道。

我瞪了刘若琛一眼，还真是容易记仇呢！

"你还没告诉我，我妈和你说了什么？"刘若琛忽然又问道。

我摇了摇头，说："这不重要，是我不想因为自己的出现影响你的人生。"

"可是你还是影响了我的人生。"刘若琛定定地注视着我，弯了弯嘴角道，"你的出现就已经改变我的人生，不管现在还是将来！"

我头皮骤然发麻，瞪大眼睛看着面前的刘若琛，他说得不无道理，也许我在这个世界上的每一步都会对未来造成影响。

　　而在我遇到 20 岁的刘若琛那一刻起，就已经潜移默化地改变着他的人生。

　　刘若琛手中的汤勺顿了顿，抬头看了我一眼："我为什么减肥，那是因为我不想输给未来的那个自己。"

　　我奇怪地看着他，有些不明白他的意思，他又道："那个 33 岁的我。"

　　"可……那都是你啊！"

　　我忽然觉得这个说法很是别扭，可是在这个世界，我的确也遇到了 14 岁的自己。如果 14 岁的小少女知道我的存在，会兴奋还是失望？

　　"那的确都是我，可是你口中的那个刘若琛却不是我期待的模样，"刘若琛神情有些凝重，又道，"我学法律的初衷，是因为我外公，他在解放前就是一个律师，他输过的官司比赢的多，可他乐在为民请命。我敬佩他，在于他有风骨。"

　　我望着刘若琛，那双眼睛里有灼灼燃烧的热血，这个有理想且有信念的他居然让我觉得钦佩。

　　"可你口中的那个不择手段的讼棍为何是未来的我？"刘若琛目光暗了下来。

　　我突然想起网络的一段话：对不起，我没有活成你期待的模样。那应该怎么办？

　　无解。

　　可窥探的未来是不是能改变呢？

　　我心一动，忽然道："也许就是你的厌食症改变了一切……"

　　刘若琛定定地望着我，那样深深的眼眸里似乎有着看不透的想法。这一次，我竟然猜不透他的心思。

　　这个 20 岁的刘若琛似乎与我第一次见他时有些不同。

　　他长大了？抑或是成熟了。

　　半天，他才勾了勾嘴角，笑道："我们出发吧。"

　　可事情远远没有我们想象中的简单，我以林英子朋友的身份去学校帮林英子拿她落在学校的办公用品，同她的同事打听了一些赖国峰的消息，才发现他们根本没有见过赖国峰，所以所谓的骚扰根本不存在。

那么为什么林英子说是因为赖国峰的骚扰才辞职。

难道她在说谎？

走出学校，我心中还是揣着满满的疑惑，半天才停住脚步，很是想不通。

我对着刘若琛道："你说，是不是林英子说谎了？可她为什么说谎？"

刘若琛思忖片刻，说："她没有理由撒谎，辞职对她没有好处，她应该的确受到了赖国峰的骚扰才会害怕得辞职。"

"那我打电话给她问清楚赖国峰是怎么骚扰她的。"我急忙道。

林英子本就不希望提起赖国峰，听到我的问话，她才不得已说起了前段时间的一些事情。

原来，赖国峰还是很聪明，他没有笨到去骚扰林英子的同事，也没有去学校闹事。而是每次开车在林英子去学校上班必经的小道里等候林英子。只要林英子经过时，他就会故意按喇叭。

本就对赖国峰异常恐惧的林英子，在那些日子仿佛就是惊弓之鸟，最后不得不辞了工作，战战兢兢地待在家里。

我和刘若琛找到了林英子说的小道，那是条十分偏僻的小路，偏偏是林英子到学校最近的小路。两边都是郁郁葱葱的不知名的大树，巨大的树冠遮住了太阳，只剩下茂密的树叶缝隙中洒下点点滴滴的金色光线。而树上叽喳的鸟声，让我有一种身处在鸟的天堂的错觉。

"林英子说这里树多，不晒人，所以都往这条小道去学校上班。"

我抬头看了看遮天蔽日的大树，有点失望地看向刘若琛，好像没有摄像头。

刘若琛也找了一圈，最后只能放弃地摇摇头道："的确没有摄像头。"

我叹了口气，没有摄像头，就找不到林英子被骚扰的直接证据。

这该如何是好？

如果林英子愿意以家暴的理由提出离婚，一定可以赚得同情分，可惜她不愿意。

唉，我又长长叹了口气。

忽然间，天上似乎有个重物砸下，我伸出手想去摸摸脑袋，却被刘若琛喝止。

"不要动。"刘若琛弯着眉眼，隐忍着笑意看我。

"是……是什么？"我心中涌起了不好的预感。

刘若琛终于忍不住，扑哧大笑："鸟屎！"

"天哪，鸟屎！"我又气又急，从小到大我最怕鸟了，凡是带着羽毛的生物都让我如临大敌。

当时于晓玥戴着一个插着羽毛的帽子，我跟她并肩走在路上都保持着一米的距离。

而现在我的头上竟然顶着一坨鸟屎。

这对于我来说简直是晴天霹雳！

"别动，我帮你。"

刘若琛找出了一张纸巾，准备擦去我头上的鸟屎，可是没忍住狂笑道："你干吗那么紧张？不就是鸟屎吗？"

"喂，要是你头上有鸟屎，看你还是不是这么轻描淡写……"

"等等——"

等等？

我见刘若琛停住了动作，目光直直地盯着前方，不禁有些困惑："怎么了？"

刘若琛忽然小心翼翼地朝着我身后走去，我冷不防地回头一看，只见铺满落叶的地上，此时多了一个小东西。

小东西挥动着棕色的翅膀，扑哧扑哧地在地上跳来跳去，叫起来十分高昂有力。

我揉了揉耳朵，最受不了这种叫声尖锐刺耳的鸟了！

刘若琛弯下腰想伸手去抓那只小鸟，可他的动作太大，小鸟受到惊吓腾空飞了起来。

这都什么时候了，刘若琛还想着抓鸟。

我战战兢兢地走上前，问道："刘若琛，你别玩了……"

"你知道那只是什么鸟吗？"刘若琛忽然问道。

我诚实地摇头道："不知道。"

我那么怕鸟，怎么会对鸟有研究。

刘若琛认真地解释道："那只鸟是小云雀，求爱的时候，雄鸟会发出悦耳的声音吸引雌鸟。"

"哦。"

我点点头，转念一想又不对头，什么鬼啊？我管那是什么鸟……

还有求爱到底关我什么事啊！

"现在是五月份，正好是云雀繁殖期。"刘若琛越说越激动地道，"真是太好了！"

"你到底在说什么啊？刘若琛！"

我被头上的鸟屎气坏了，再想到没有赖国峰骚扰林英子的证据，正如同一只热锅上的蚂蚁。

可现在的刘若琛无动于衷，居然还被一只鸟吸引了？

"这里是不是林荫隧道附近？"刘若琛又焦急地问道。

"好像是吧……"

我越看越觉得刘若琛不对劲，忍不住问道："你到底想说什么啊？"

"我知道谁能帮助我们，快走吧。"

刘若琛拽着我的手准备往回走，刚走几步，我就叫住了他："等等……刘若琛。"

他停住脚步，俯身看着我，轻动薄唇问道："怎么了？"

我皱眉指了指刘若琛的头发，说："你……你的头上也有鸟屎。"

"那你快帮我弄下来啊！"

我为难地看着刘若琛，说："对不起，我有轻微的恐鸟症。"

见刘若琛的脸忽然沉了下来，我顿时有种同病相怜之感。

"你的意思是我要顶着一坨鸟屎回家？"刘若琛又问。

"我可以请你免费洗头。"我异常爽快地说。

他怀疑看我，问道："去哪里洗头。"

"我家啊！"我畅快地笑了笑。

所谓的我家也只是一个小隔间，外面的大厅合租的还有几户人家，来来往往，人声嘈杂。

我关上门，这才得到了片刻安静。

可刘若琛的脸色并不好看，半天才道："这就是你家？"

是的，十二平方米的房间加上一个四平方米的厕所就是我家。

我也没想到有朝一日，我竟然会窘迫到这个地步。

"怎么了？"我问道。

"没事，我去洗头。"刘若琛若无其事道。

等刘若琛出了浴室，我也匆忙去洗了个头，吹干头发，走出洗手间时，发现小小的房间已经被刘若琛整理了一遍。

放在沙发上的杂志被整整齐齐地叠放在了柜子上，床头柜上的化妆品也被刘若琛按照高矮顺序摆好。

我怔怔地看着刘若琛，他倒是有点不好意思道："我不是嫌你乱，我有强迫症。"

"哦，我懂。"

那个在生日蛋糕上整整齐齐地插上三十三支蜡烛的刘若琛，我还是记忆犹新的。

也不知道那个你过得好不好，我轻轻地叹了口气。

"你叹什么气？"

我回过神，突然想起正事，问道："你还没说谁能帮忙呢！"

刘若琛看了我一眼，说："那人你也认识。"

"谁？"

"秦扬。"

秦扬？他能帮上忙？是因为他爸爸也是律师吗？

我心中很是困惑："这件事和秦扬怎么扯上关系了？"

"秦扬这个人和你截然不同，你是有恐鸟症，可是他却爱鸟。所以去年在学校办了个爱鸟协会，每年四五月份都会去林荫隧道附近录制小云雀发情的声音。"刘若琛解释道。

"这个爱好还蛮特别的……"我干干地笑了笑，可是还是有点摸不清头绪，"可是，我还不是很明白你的意思。"

"林荫隧道附近根本没有安装摄像头，所以我们无法找到赖国峰每天在那条小道上等候林英子的影像。"

此话的确没错。

"但是！还有声音啊！"

我忽然恍然大悟："你是说，那个爱鸟协会可能会录到赖国峰骚扰林英子的声音。"

刘若琛若有所思地点点头："有可能只是车子的喇叭声，但是如果有他们争执的声音就更好了。"

"刘若琛，你简直太聪明了！"

我兴奋地揉了揉刘若琛的脸庞，他的脸一下就热了起来，浮现出浅浅的红晕。

"你怎么会这么聪明！"

"其实……还好啦……"刘若琛尴尬道。

我忽然意识到自己有点失态，忙不迭松开了手，有些抱歉："不好意思啊，有点失态。"

"没事，你……要是喜欢就揉吧。"刘若琛结巴道。

我揶揄道："还是算了，手感没有以前好了。"

"你是想说以前因为我胖，所以脸大好揉吗？"刘若琛气恼反问。

我点点头，没忍住笑："哦。"

刘若琛一时无语，只能冷眼看了我一眼。

刘若琛的发现终于让这件事有了转机，我欣喜若狂又道："那你还不赶快去找秦扬啊！

"应该是你去找他。"

"为什么呀？"明明你们两人才是同学，让我去找他是个什么道理？

"因为，我不求他办事的。"

男人之间的友谊还真是难懂，看秦扬那么关心刘若琛，不像是两人真的有仇啊！

我同刘若琛一同去了学校，他正好去上自习课，而我用他借来的图书卡在图书馆里找到了正在看书的秦扬。

我偷偷在他对面坐下，发现他正聚精会神地看着一本英文小说，根本没有察觉到我在他的对面。

半天，他这才微微抬头看了我一眼，眼中有些惊诧："你怎么会在这里？"

"刘若琛说你上自习就会来图书馆看书。"我老实回道。

秦扬靠在椅子上，扬了扬眉，问道："你和刘若琛和好了？"

我点点头说："算是吧。"

秦扬合上那本土黄色封面的英文小说，嘴角微微扬了扬。我瞥了一眼，发现封面上写的一行书名是 *Lily's world*（《莉莉的世界》）。

"我想请你帮个忙。"我又道。

"哦？说说看"秦扬饶有兴致地看着我。

我把要帮助林英子同丈夫离婚，和要争取女儿抚养权的前因后果跟秦扬娓娓道来。

他听得很是认真，最后皱了皱眉问道："我能问个问题吗？你为什么要帮你那位老师？"

我叹了口气，小心翼翼地看了看周围的人，小声说："说起来你可能不信，本来她在2005年就会因为家暴跳楼自杀，我想救她一命。"

秦扬的眼里看不出讶然，相反不禁勾了勾嘴角。

我看着秦扬，总觉得这人不同寻常。刘若琛听说我是穿越而来时，明显十分惊讶。可他却出奇的冷静，还问起他的未来。

"你为什么每次都像是一个算命先生呢？"秦扬双手交叉，含笑道。

我认真重复道："我说的是真的。你可以帮我吗？"

他耸耸肩道："刘若琛说的没错，我们的爱鸟协会的确每年五月份都会去林荫隧道附近录制小云雀发情的声音。虽然这次去的人不是我，但是要找到那个同学，帮你也不难。"

我缓缓地舒了口气，终于守得云开见月明啊！

"可是，你有没有想过你这样做的后果？"秦扬忽然问道。

我不解地望了秦扬一眼："啊？"

"你看过 *Lily's world* 吗？"秦扬忽然把面前的书往我的方向推了推。

我不禁摇摇头道："不好意思，我不看原版英文书。"

全英文的书也太考验我四级英文水平了吧？

"你救活了林英子，你就改变了她的命运，你有没有想过这中间会不会有别的事情也发生了改变，这有可能是蝴蝶效应。"

秦扬抑扬顿挫的声音，让我失神片刻。

他为何能如此冷静又清楚地指出这一切？

"我只是担心你后悔而已。"秦扬又道，"这本书先借给你看，如果你没有改变主意明天可以来找我。"

我望了望面前的英文小说，又看了看已经起身的秦扬顾长的身影，纳闷不已。

什么鬼啊！

给我本英文小说算怎么回事啊！

我找到刘若琛的时候，教室的同学已经散去，只剩下他一个人还抱着一本红色法典，我也持着手上厚厚的黄色封面的小说朝着他挥了挥："你看小红书，我看小'黄'书。"

刘若琛托腮看着我，说："秦扬给了你一本小'黄'书，然后……打发了你？"

"还是本英文原版小说。"我叹了口气道，"你还是看你的书吧，我也看看这本书到底说的是啥。"

话落，我就找了个位置坐了下来，下了个英文软件，可是看了几页，我就乏了，干脆上网查了下这本书大概说了什么。

我随手一搜，才发现这本书的人气还是十分高的，某瓣的评分竟然高达8分。内容主要讲的是一个女孩为了救回母亲，穿越回过去四次，可她每次都以为自己拯救了母亲，却发现始终无法改变既成的命运，而她第三次穿回未来时，发现自己的男友已经不认识她了。原来在第三次的穿越时，她为了阻止母亲出门，在和男友本该相遇的那天待在了家中。

只不过几百字短短的内容梗概已经足以让人唏嘘感叹了，让我突然对这本书有了兴趣。

"我想回家了。"我忽然道。

刘若琛古怪地看着我，我又道："我想在家里安安静静地把这本书看完。"

我请了个假，第二天不打算去店里，我就打算这样用自己夹生的英文水平加上英文词典的翻译把整本英文原著给看完。等我看了三分之二时，天已经大亮了。

我一夜没睡，却异常清醒。

Lily的人生真是让人万分感慨，她没能改变母亲的命运，却偏偏失去了男友。

自己爱的男人失去了对自己所有的记忆，仿佛自己从未在他的世界存在过。而在她的世界，他却是她此生最美的故事和依赖，从青葱到成熟，从花开到花落，她仿佛看了一场无声无息的话剧。

她是主角，而他早已出戏。

这样的疼痛和无边无际的苍白只会重复地在Lily的人生中回旋。

听不见声音，看不见未来。

我再也看不下去了，眼泪失控地打在书页上。我出了门，打了辆车来到刘若琛家门口。这才发现，朝霞的那一抹粉红悄悄地爬上了天空，我看了看手表，才清晨五点多。

刘若琛小区对面正好是一排小吃店，我找了一家锅边店，坐了下来。早餐店碗筷叮咚的声音，街边小摊贩的叫卖声和来来往往买菜的路人是早上独有的风景。

　　我吃完一碗锅边糊看了看手机时间，已经到了早上 6 点。

　　我打了个电话给刘若琛，他睡眼惺忪地接起手机，问："番番，你怎么这么早起床"

　　"我根本没有睡。"

　　"那你现在应该去睡觉啊！"

　　我顿了顿，说："我在你家对面的锅边店。"

　　刘若琛静默了一会儿说："你等我十分钟，我马上下来。"

　　等到刘若琛出现在我视线里时，我已经出了锅边店站在了他的小区对面。

　　他穿着一身月白色 T 恤，黑色短裤，看起来很家居，匆匆下了楼，就往外走。直到我喊住了他，他才停住了脚步。

　　"番番，你怎么了？"

　　我现在的状态并不好，黑眼圈，眼眶微微红着，头发还有点乱。

　　"你看了一夜那本小'黄'书？"刘若琛不以为然地笑了声，"你是不是被秦扬给骗了啊？什么书能让你这副状态？"

　　"刘若琛。"我喊道。

　　他怔怔看我，问："怎么了？"

　　"我们可以拥抱一下吗？"

　　刘若琛惊诧地看着我，有点不明所以我突然的要求。

　　我又道："我只是看了那本书有点多愁善感，你不答应也没事。就当我大清早发神经吧。"

　　那本书的确让我有点发神经，我竟然同 Lily 有种感同身受之感。如果刘若琛忘了我怎么办？

　　即使他不喜欢我，我也不希望他忘记我。

　　刘若琛把我拉入怀中，大大的手掌摸了摸我的头发，缓缓道："好吧，让你占我这个小鲜肉的便宜吧。"

"刘若琛，你会不会忘了我呀？"我忽然问道。

"你说的是现在的我，还是以后的那一位？"他不禁问道。

"重要吗？"

似乎顿了很久，他才缓缓道："未来不知道，现在，我不会忘了你。"

我抬头看他，他的神情冷峻，黑眸如朗星，有灼灼之光。

片刻之间，我竟然推翻了之前种种想回去的想法，在这个世界也不错，因为有这个刘若琛的存在。

"谢谢你，刘若琛。"

刘若琛耸耸肩说："好吧，接受了。那你请我吃早餐吧。"

"为什么？你不知道我在这里很穷吗？"我愤愤道。

刘若琛无奈地摊手："我急着下楼，忘记带钱了，你不会连吃个早餐都斤斤计较了吧？"

我点点头说："今时不同往日，现在的我特别穷。这样吧，十三年后我再请你吃海鲜大餐吧，今天的早餐先记账，到时候你得还我钱。"

"那我能等到十三年后再还你早餐钱吗？"

"做梦！"

陪刘若琛吃完早餐，我准备把那本 *Lily's world* 还给秦扬，剩下的小说我不想再看了，总觉得太过伤神。

今天本是个周末，但刘若琛说，秦扬应该还会去图书馆。我一想这人还真是爱书如命啊，抱着试一试的心态找到昨天那个位置，果然秦扬还坐在原处。

周末清早的图书馆，人特别少。他一个人坐在一张四人桌的面前，窗外的阳光洋洋洒洒地挥洒在他的身上，他一动不动，那静谧的脸庞，让人仿佛觉得面前好像是一幅人物画。

"书还给你。"我把那本原本英文书放在秦扬的面前。

他抬头看我，问道："你看完了？"

"看了三分之二，不敢看结局。"我诚实回道。

"要我剧透给你吗？"

我挥了挥手道："不用了，小说就是小说，并不能代表什么。我已经决定了，要去帮她。"

秦扬点点头，说："好啊。这场官司我也想去现场观看。"

"秦扬——"

我回头一看，身后走来的人正是祝意潇，她的怀中抱着几本法典，见到我的一瞬，微微吃惊道："咦，你不是……刘若琛的……"

"我们见过一面的。"我起身同她打招呼。

她抿了抿唇，嘴角梨涡若隐若现："哦，刘若琛呢？"

"他没来，是我找秦扬有事情。"我笑着说。

祝意潇看了看我，又望向秦扬，秦扬这才咧着嘴，笑了笑："确切来说，应该是来找你的，意潇。"

这让我和祝意潇面面相觑，秦扬又道："我们找个地方具体聊吧。"

我们三人在校外的一家咖啡馆坐下，听了秦扬的解释，我才明白，原来这段时间去林荫隧道持着听鸟仪录制小云雀发情声音的人正是祝意潇和另外一个女同学。听了我的请求，祝意潇忽然反应到了什么，道："你说的那个男人是不是开的是一辆白色卡罗拉，车牌的尾号是 358？"

我舒了口气，终于看到了希望，用力点头道："你的记性真好。"

"不是我的记性好，是因为那天那个男人和一个女人吵得有点厉害，导致我那天白白去了一趟，根本无法录音。"祝意潇又道。

"这就算了，之后的日子，那辆卡罗拉准时出现在那个路口。那个女人看到那辆车就想绕道，那个男人就下车纠缠。"

"那你的录音有他们争吵的内容吗？"我又问道。

她犹疑道："这个不确定。"

我拧着眉头，祝意潇又道："但是我能出庭作证，那个男人凶巴巴的样子可怕极了。一看就不是什么好人。"

我简直是大喜过望，没想到祝意潇就是一个小天使啊！

那么这次林英子的护养权争夺终于有了胜算。

祝意潇赶着去参加羽毛球协会，早早就离开了。我和秦扬一起走出咖啡馆。

"既然祝意潇可以帮忙，你干吗跟我绕这么一大圈？"我没好气地问道。

早知道祝意潇可以帮忙，我就不找秦扬了。

秦扬微微动了动薄唇，说："我只是觉得你现在做的事很可能是无用功。"

"你该不会真的相信小说吧？"我有些无语。

"你知道为什么这本书那么红吗？"秦杨又问。

我叹了口气，《穿越时空的爱恋》这么红，自然带领了一片穿越文的大红啊，何况这种穿越文在十年前还是新兴产物呢。

秦扬接着说："因为，作者说这本小说是她的亲身经历。"

我难以置信道："这只是作者说的片面之词。"

"可是我信了。我既然信你是穿越而来，为什么不相信这个作者说的话？"

秦扬的反问让我突然沉默了。如果我此时做的事是无用功，无论我怎么努力，即使争夺下了她女儿的抚养权，那么林英子还是会在今年死去。

我僵着脸看他，其实心已经开始动摇。

"不试试怎么知道不行！"

我回头一望，身后的男人正是刘若琛，他眉头微蹙道："秦扬，有的时候我觉得你特别迷信。"

"你怎么来了？"

我知道刘若琛讨厌秦扬，所以并不愿意自己出来求他帮忙。

"我给你打电话了，你没接。"

刘若琛解释，我持着手机一看，果然一排的未接来电是刘若琛的电话。

"就像迷信你父亲一样，好像他就是你的神。"刘若琛忽然道。

秦扬也不甘示弱道："我父亲的确是个出色的律师，我崇拜他并没有错。"

"如果此生都像你父亲一样不管真相是如何，只要按照所谓的法律办事，不带一丝人情味即可。那么此生岂不是很单调？"刘若琛目光如炬，咄咄逼人。

"所谓事情的真相应该交给的是警察，和律师无关。"秦扬直面刘若琛的目光道。

"所以一点人情味都不能有？"

秦扬忽然笑道："若琛，作为一个律师，如果你对每一个当事人都那么有人情味，那么会直接影响你的判断力。我不觉得我父亲有什么错。"

"你父亲的确没有错，他只需要赢就够了，还哪里有空看那些当事人的软弱和眼泪。"刘若琛冷笑一声。

秦扬摇头不解："我看你今天很冲动，不想与你争论。"

我忽然有点不懂，为什么刘若琛突然发这么大的火，甚至有一点上纲上线了。我们只不过是在说林英子的事情，需要牵涉到秦扬的父亲吗？

秦扬同我告别，转身离开。而我看着刘若琛，内心满满困惑："刘若琛，我们不过在说林英子的事情，你为什么跟秦扬怼上了？"

"还记得那个拾荒老人吗？"刘若琛的脸色很是难看，低垂的眼眸里暗淡无光。

我突然想起那个破败的桥洞下，刘若琛曾经给那位判七年刑的未成年人的奶奶的意外之喜。

我动了动喉咙，心中忽然有了不好的预感："那位奶奶……她怎么了？"

"死了。"刘若琛面无表情地说。

我不再说话，他却道："我只是遗憾没能在她孙子偷我钱之时，就让他改邪归正。这样他的奶奶也许就不会这样抑郁而终。"

"刘若琛，这和你无关，我们只能做自己该做的事情，并不能改变命运的齿轮。"我安慰道。

刘若琛定定地望着我："可是你可以啊。你可以改变那个老师的命运。"

我望着刘若琛的眼睛，那双眼睛给了我无穷的力量，好像在说既然下了决心，就放手去做吧。

我点点头说："嗯，刘若琛，我们不会输的。"

　　我的确在做一件难以想象的大事，我在救一个已经死去的人。

　　赖国峰本来以为孩子抚养权胜券在握，不料王德明大律师举出了因为赖国峰骚扰林英子，导致她失去工作的证据，让他大惊失色。

　　结果不出意外，林英子终于得到了女儿的抚养权。法庭上，她喜极而泣。可赖国峰明显失去了控制，他大声叫嚣道："你们这些人会得到报应的！"

　　"我不会让你们好过的。"

　　那双森冷的目光穿过法庭上的人群，却忽然迎上我的目光。

　　我背脊忽然一凉，感觉到了无端的威胁来袭。

　　出了法庭，我才松了口气，一切都已经结束了。我的努力终于没有白费，林英子终于得到了女儿的抚养权。

　　在法庭的门口，林英子牵着女儿的手，喜极而泣地叫住了我，说："鹿小姐，真的谢谢你的帮忙。"

　　我脸色绯红笑道："不客气。主要是王德明大律师的帮忙，当然还少不了这位未来的律师。"

　　话落，我把目光落在了刘若琛身上，他也笑着扬了扬下巴很是得意。

　　林英子也朝着刘若琛点了点头，忽然问道："其实，鹿小姐，我们之前是不是见过面？我总觉得你很眼熟。"

　　我忽然愣了愣，望着她半天没说话，林英子才说："我们素未谋面，你却那么帮我……"

　　"我……"

　　我吞吐半天，倒是林英子的女儿说："妈妈，你有没有觉得她特别像鹿番番。"

我沉着脸，目光微闪，不敢说话。

"哦，鹿小姐，我班级里有个女孩也姓鹿，叫鹿番番，经常来我们家补习，所以嘉嘉也认识。"林英子笑着解释道。

我忽然有点失神，当时的自己和嘉嘉同岁，关系还是不错。可惜，林英子跳楼自杀后，嘉嘉的抚养权就归父亲，后来就转了学，跟着奶奶住在了一起。

之后的事情，我也就记不清了。

"你们长得真的好像，你是鹿番番的姐姐吗？"嘉嘉又问。

我坚定地摇摇头说："我不知道你口中的女孩是谁，但是既然我们长得像应该很有缘分吧。"

"嗯，姐姐我下回介绍鹿番番跟你认识。"嘉嘉笑靥如花道。

我点点头说："好啊！"

我们正说得激动，路边有一辆白色卡罗拉忽然经过，我一眼就看到驾驶位上的人是赖国峰。

他慢慢地摇下车窗，嘴角闪过了一丝狰狞无比的笑意，阴冷的目光忽然就刺向了我。

我忽然退后一步，一个趔趄就要摔倒，下一秒被刘若琛扶住了胳膊。

"你不要怕，我在。"刘若琛沉声说。

我点了点头，勉强笑了笑，低声说："我没有怕，你不要乱说。"

林英子紧紧抓着嘉嘉的手，直到轿车开远了，她才缓缓地舒了口气："我会带着嘉嘉搬家，让她有个安静的学习环境。"

赖国峰的确已经成为林英子母女的阴影，但还好，这次赖国峰被限制了探视权，这对母女总算可以过上安稳的日子。

送走了林英子母女，祝意潇正好笑着朝着我们走来。我望了望身旁的刘若琛，他自从瘦了后自信了许多，但是看向祝意潇灼热的目光依然没有变。

我笑着迎了上去："意潇，谢谢你今天的帮忙。"

我是真心实意地谢谢她，如果没有她的帮忙，林英子根本无法得到女儿的抚养权。

"姐姐，你客气了。"祝意潇笑着说。

祝意潇的这句"姐姐"让我吃惊不已，祝意潇又道："既然你是若琛的姐姐，我叫你姐姐你不会介意吧？"

"不介意，不介意。"我笑着摆手。

"秦扬呢？"刘若琛问道。

"哦，他有点事，提早走了。"

"那……我们一起吃饭，庆祝一下吧。"刘若琛支支吾吾道。

我望了望刘若琛，这么小心翼翼的模样，明显就像个情窦初开的少男生怕被女孩拒绝。

"这样……方便吗？"祝意潇犹豫问道。

"怎么不方便了，好不容易赢了官司，我们也帮了不少忙，应该庆祝庆祝。"我笑眯眯地推了推刘若琛的胳膊。

他拼命地点着头，一脸期待。

"那好啊！"祝意潇答应道。

路上，刘若琛和祝意潇正在讨论吃什么，而我已经偷偷打电话帮刘若琛预约了一家牛排馆。

其实我一直认为刘若琛的厌食症应该跟祝意潇有关系，现在的刘若琛已经瘦了，谦谦君子并不比秦扬差。

他如果追上了祝意潇，应该就不会郁郁寡欢患上什么厌食症了吧。

我跟在他们身后走了一段路，忽然叫住了刘若琛，我朝着他使了使眼色，让他过来说话。

他奇怪地走到我旁边，问道："怎么了，番番。"

"我帮你预约了家牛排馆，价格不贵，但环境不错。特别适合你和祝意潇说说话。"我诡秘地笑了笑。

他不解地问道："那你呢？"

"我有点事，就不去了。你们好好吃。"我又道。

他直直地盯着我，欲言又止，我又笑了笑："其实你不比秦扬差，加油。"

"你知道你在说什么吗？"刘若琛冷着声音又问。

笨蛋，我当然知道自己在说什么，如果不是因为你的厌食症，如果不是希望未来的你健健康康，我才不要这么傻地撮合你和祝意潇呢！

"知道啊，我真的有事！"我眯着眼，面不改色道。

"你在这里能有什么事，你认识的人就那么几个！"刘若琛执拗地质问道。

"我不能去看我妈吗？"

"你妈妈？"刘若琛困惑地看着我。

我不多解释，推了推他，望了望前面在原地等待的祝意潇，低声说："快走啦，人家女孩子在等你。"

话落，我笑着转身往回走，可是内心却忽然空落落的。

想想从前，只要哪个女客户对刘若琛有非分之想，都会被我一一挡住，想办法解决。我这么爱吃醋的人，竟然能够将刘若琛推到另一个女孩的身边，真是不可思议。

现在的我要去哪里呢？

我真的蛮想去见见这个世界的妈妈，13 年前的她应该还很年轻漂亮，或者见见小少女也不错。不知道我真正地站在她的面前，她会不会想到我是长大了的她。

想着想着，我就坐上了公交车，来到了那家熟悉的豆花店。

我点了一碗甜豆花，在店里慢慢等候，却没有等到小少女，可能今天她放学直接回家了吧。

我走出豆花店，夜色已经深了，我失落地一个人往租的房子的方向走去，内心百感交集。

刘若琛说得对，我在这里能有什么事？

狭长的窄巷里有一轮明月，像一个明晃晃的蛋黄，寂静的小巷仿佛只能听到自己的脚步声，这样的寂静让我有些害怕。我慌忙加快脚步，穿过这条小巷，外面就是热闹的大街。

可我走了两步，仿佛身后有轻微的脚步声。我顿住脚步，警惕地转头一看，发现身后跟着一只黑漆漆的小猫，仿佛融入夜色中，只有两只眼睛像是黄色的灯泡，警惕地瞪着我看。

我舒了口气，虚惊一场。

我忙不迭加快了脚步，此时身后的猫咪忽然尖叫一声。

我猛地回头一看，"啪"的一声。

一个篮筐从头而降。

耳边是狰狞刺耳的笑声，我拼命地挣扎，膝盖骤然遭到了激烈的撞击，我头一蒙，整个人瘫倒在了地上，失去了知觉。

等我醒来后，眼前一片漆黑，嘴巴塞着团布，发不出声来，而双手已经被捆绑住了。

我屏住呼吸，努力冷静下来，周遭有滴答的水声，而远处似乎还有车辆来往的声音。

我应该还没被带走，还在小巷里面。

我活了二十七年还从未经历过这样的情形，心里既焦急又害怕，也不知道脸上是汗还是泪，只是想要迅速摆脱束缚。

那个捆绑我的人应该会很快回来，我得想办法自救。

我努力冷静下来，用尽全身的力量，凭着直觉往外挪动，只要到大路上就会有人看到我了。

我咬紧牙给自己鼓劲，我可以的，鹿番番。

可是怎么动，我似乎还在原地打转。

"呜呜呜——"

我发不出声音，喊不出救命，刹那间，我忽然感到漆黑的绝望像是世界末日一般袭来。

自己会不会就此在这个世界死掉？

妈，我好想你。

如果你看到 27 岁的我站在你面前，你会怎样？

惶恐？惊喜？还是难以置信？

我们母女错过的事情，我还没好好做补偿，怎么能就这样死掉？

"滴答——"

"滴答——"

水管的漏水声让我感到时间煎熬万分，视线的阻碍让我的听觉忽然变得清晰，我仿佛听到了有轻轻的脚步声在慢慢向我靠近……

是那个袭击我的人来了吗？

不，不要靠近我！

我的脑海一片空白，致命的恐惧像蜘蛛网慢慢地把我越捆越紧。

"你还好吗？"

有个女孩的声音忽然响起。

是的，宛若黎明将至。

我用力摇头，嘴巴发出呜呜的声音。

女孩摘掉我的头罩，倏然而至的光线，让我看清了面前的人。

"姐姐，我帮你。"

话落，她就开始帮我解开捆绑的绳子，等我身上的绳子都已经松开，我立刻站起身，抓起了她的小手："快走。"

人生真的太奇妙，我万万没有想到救我的人是十四岁的自己。

对，十四岁的小少女。

她微微迟疑地看着我："可……我家在那里。"

我紧张地望了望巷子的深处，一个长长的身影正一步步地朝着窄巷靠近，一步又一步，脚步诡秘又沉重。

我瞪大眼，推着她往前走，大声喊道："快跑。"

她显然也受到了惊吓，听从了我的话，飞速地奔跑了起来。

而身后的脚步声明显没有放过我们，直到到了大路，人如潮涌的街头，我和小少女才停下了脚步。

"谢谢你。"我看着小少女微微笑了笑。

她的额头布满细细的汗珠，笑容腼腆："姐姐，你一个人要注意安全。"

"嗯。"我拼命地点着头，"你也不要太晚回家了，妈妈会担心的。"

这样彼此的关怀，仿佛应该隔着时空才对，而如今却近在咫尺，不可思议。

"好的，再见。"小少女冲着我挥了挥手。

我点头目送着小少女离开，似乎过了很久，才回过神来。

会是谁要绑架我？

赖国峰？

因为我帮助林英子争夺到了女儿的抚养权，所以他才要报复我？想起法庭上他的目光，我忽然有点心有余悸。

走到家楼下，我还是有些精神恍惚。

"鹿番番——"

我猛地回头，看了看前方，昏黄的路灯下站着的人正是刘若琛。

这么晚了，刘若琛怎么会在这里？

只见他脸色阴沉地走到我跟前，问道："你去哪里了？这么迟才到家？"

我惊魂未定，只是感到疲惫："我想回去睡个觉。"

"你怎么了？"刘若琛皱眉显然发现我的不同寻常。

看来刘若琛不会轻易放我去睡觉了，那干脆问问今天他和祝意潇的约会情况。

"你和祝意潇吃完饭了？我推荐的牛排馆不错吧？"

他点头："是挺不错的。你今天故意走开，是想撮合我和祝意潇吗？"

"嗯哼。"我轻松耸肩，看来这傻小子领悟得很快。

"可是，你不是……应该喜欢我的吗？"刘若琛支吾道。

我震惊地看着他，竟然也一时无语。

他清了清嗓子，说："我的意思是，咯，喜欢未来那个我。"

我难道应该告诉眼前的男人，我现在撮合他和祝意潇，只是防止他患上厌食症吗？

算了我还是不要这么给自己的脸上贴金了。

我挥了挥手道："嘿，未来的事难说，不是还得过个十三年吗？"

"你吃饭了吗？"刘若琛又问。

这么一说，好像真的有点饿了。因为等待小少女，我只吃了一碗豆花，刚刚又那么惊险刺激，导致我现在饿得不行。

我摸了摸肚子，尴尬地笑了笑："没吃多少，有点饿了。"

"那我带你去吃点东西。"

嗯，的确要吃点东西压压惊了。

话落，他就拖着我的手臂要走，可还没走一步，他突然顿住脚步。

他徐徐抬起了我的右手臂，神情古怪，惊讶问道："你的手臂什么时候受的伤？"

"受伤？"

我收回手臂，右手臂上明明应该光滑白皙，可是此时不知何时出现了大约五厘米的伤疤，像是一条灰色的蜈蚣十分惊悚骇人。

我心里发毛，一股慑人的寒意袭来，不可能啊，我的手臂根本没受过伤，可这古怪的伤疤真实存在，而且明明是旧伤，仿佛存在了很多年似的。

"这怎么可能！"我皱眉看着刘若琛，"我……什么时候出现的伤疤！"

刘若琛同样不解："你这伤疤应该很久了才对，可是为什么我之前没有发现？"

一个危险信号骤然在我脑海里闪现，我留下的这个伤疤很可能是以前所留下的，那么应该是……

"不好！是小少女有危险！"我忽然喊道。

刘若琛困惑问道："你在说什么啊？我怎么听不懂。"

"刘若琛，是十四岁的她有危险，因为她受了伤，所以我的手臂才会留下伤疤啊！"我着急解释道。

刘若琛半知半解地问："你刚刚遇见了她？"

"我刚刚被袭击是她救了我，而她很可能因为我的原因被那个坏人跟上了。"我脸色涨得通红，着急解释。

我在原地来回踱步，自言自语："怎么办？怎么办啊？我要怎么救她？"

"刘若琛，如果她死了……"

我惶恐地盯着刘若琛："我是不是也不会存在？"

刘若琛动了动薄唇，点了点头。

完了，我扶着额头，果然不能逆天帮助别人改命啊，真是报应不爽啊！

难道我活不过十四岁了吗？

"你别走来走去了，让我好好想想。"刘若琛面色冷静道。

我停下脚步，努力试着让自己的心安静下来。对啊，刘若琛这么聪明，他一定比我有主意。

倏然，他转头看我："你跟她在路口分开，那么她应该是朝着家的方向走去，我们就去看看她回了家没，说不定问题没有你想象的严重。"

"你什么意思？"

"她说不定已经脱险了。"

我舒了口气，跟上他的脚步，忍不住问道："可……你怎么知道她没有危险？"

他继续解释道："你想，你只是出现了一道伤疤，可是其他地方毫发无损，而且你现在不是还好好的吗？"

"对哦对哦！"我缓缓地松了口气。

可仿佛又想到了什么似的，我说："说不定只是暂时脱离了危险。我们还是快点走。"

我和刘若琛打了辆车，一路疾驰朝着我记忆中的家开去。十四岁前，我住在深里盾，想想我和刘若琛的家庭背景还是有一点相似的，我父母也是早早就离了婚。我母亲抚养我到十四岁，可就在这一年发生了意外去世，后来，我就跟着父亲一同生活了。

　　一路上熟悉的风景，让我有种错觉，我就是十四岁的鹿番番。

　　一切都没有变，我还是那个早起读书，晚上去补习，最喜欢豆花的小女孩，可是事故还是发生了，就在十四岁那年，我失去了母亲。

　　我同刘若琛在路口下了车，望着不远处小区的灯光，仿佛一场梦，不真实，我顿住了脚步。

　　"走啊，番番。"刘若琛催促道。

　　我迟疑一会儿，跟着刘若琛一起往前走，可刚到了小区的门口，我就察觉到了不对头。进入小区的一小段路上有点点血迹，我忽然不安起来，眼神闪烁地盯着刘若琛。

　　他忽然握紧了我微凉的手指，目光专注地说："没事，番番。"

　　我有种预感，小少女就在附近。

　　只要她存在，我就存在。

　　我跟着了几步，血滴却在花坛周围失去了踪迹。

　　对，是小少女！她受了伤。

　　可她的人呢？

　　"你知道应该去哪里找她吗？"刘若琛问道。

　　去哪里？我急得在原地团团转，刘若琛又提醒道："最了解她的人应该是你才对。"

对，我应该最了解她。

如果发生了不开心的事情，她应该会去哪里？

我思忖片刻，径直往花坛背后走去，果然地上都是沾染血迹的白色卫生纸，显得触目惊心。而不远处的大榕树下，我终于看到小少女。

这里就是她的秘密基地。

她坐在了树下的木桩上，盯着手臂上的伤，神情慌张。

"你没事吧？"

我着急追了上去，握起小少女的手臂一看，手臂上撕开了一个大口子，刺目的鲜血汩汩流出。

"姐姐，你怎么在这里？"小少女惊讶看我。

"我送你去医院缝针，不然伤是不会好的。"

刘若琛拦了辆车，我带着小少女上了车，匆匆就往医院去。刘若琛帮忙挂了个医院的急诊，等小少女缝完针出了病房，她紧张地看了看手机的来电，迟迟不敢接。

我看了看来电显示，是妈妈。

踌躇片刻，我替小少女接听了。

"喂，你好。"

"你是……"

我久久未吭声，对面的妈妈继续问道："番番，番番，她还好吗？"

"她很好，您放心，"顿了顿，我继续道，"我是番番的体育老师，她今天在上课的时候意外受了伤，刚刚我送她去医院缝了针，现在还在医院。"

我面不改色地说完话，静静地等待着对面的妈妈说话。

她的口气焦急道："谢谢你老师，我现在就过来。"

深深的长廊，现在显得有些安静，我和小少女并排坐在白色的椅子上。我问道："你看到是谁伤害你了吗？"

她摇摇头道："天太黑了，而且那人戴了口罩。"

小少女和我分开后，那人就跟上了小少女。在漆黑的转弯处，他准备挟持小少女，还好她用力地咬住了他的手，使得他不得不松手。可正因为如此，那人才丧心病狂地持起刀砍下，万幸的是小少女只是手臂被划了一大道口子。

正因为如此，我的手臂上有同样大小的伤疤。

"我不知道该怎么办，我怕妈妈担心，所以在楼下不知道怎么办……"小少女沮丧地看着我。

"不会有事的，姐姐会帮你的。"我说，"这段时间你早点回家。"

那个人的目标应该是我，不是小少女。

她拼命点头，眼里尽是惊慌失措。

我忽然心一动，紧紧抱住她，摸了摸她的脑袋，安慰道："没事了，番番，一切都没事了。"

我在安慰她，也在安慰着自己。

穿越过十三年的时光洪流，我在安慰另一个自己。

这一刻我们仿佛是彼此的光芒。

我陪小少女等了一会儿，直到妈妈来了，我却没有勇气面对她。

她束着马尾，穿着身白色衬衫搭配着棕色长裙，妈妈的身材真的很好，从背后看仿佛像是一个二十多岁的年轻姑娘。

她看着小少女手臂上的伤痕，嘴里责骂不停，可是眉眼之间都是深深的心疼。

妈妈就是那样，嘴里不饶人。

看着她带着小少女离开的身影，我噙着的眼泪，终于噼里啪啦地像是雨珠一样落下。

身后的刘若琛轻轻拍着我的肩膀，轻轻问道："需要借你个肩膀吗？"

我抹了抹眼泪，说："给我张纸巾就好。"

他小心翼翼地递过纸巾，我的情绪终于刹那间崩溃，坐在长椅上哭得稀里哗啦。

刘若琛有些难以理解："番番，你还好吗？是不是哪里不舒服？还是刚刚那个坏人的袭击让你还在后怕？"

他应该难以理解我为什么在遇见妈妈的那一刻情绪彻底失控，因为我没有告诉刘若琛，我妈妈就在我十四岁的时候离开的。

仿佛时光重来了一遍，我又可以看见活生生的妈妈，这种失而复得的感觉，怎能让我不感慨万千。

折腾了一天，回到家已经是深夜，刘若琛担心我的安全，直到送我到家门口他才放心。

"你明天下午可以提早下班吗？"刘若琛忽然问道。

我古怪地看着他，说："你有事吗？"

"嗯，有点事。"他目光专注，认真地盯着我看。

我迟疑一阵，说："我跟老板说下，应该可以提早半个小时。"

"好，我下午就两节课，上完课来找你。"

"哎，你还没说什么事啊！"

话落，刘若琛转身就离开，留下满脸困惑的我。刘若琛这么神秘兮兮的，到底是什么事？

第二天下午，一阵刺耳的轰隆声突然出现在了甜品店的门口，我好奇地往落地窗外望去，一辆拉风的白色哈雷停在了店门口，车上的男生摘下头盔的一瞬，让我不由得一愣。

这人真的是刘若琛？

我还不知道刘若琛会骑哈雷，看到他那模样，我很是惊奇地出了门。

"你该不会是带我去兜风吧？"我好奇地问道。

他耸耸肩，嘴角上扬："我这副模样，好像挺招人眼球的。"

我环顾四周，刘若琛今天穿了白色短袖校服，黑色长裤，扬着嘴角微笑，靠在白色哈雷上，果然吸引了很多周遭年轻女孩的目光。

"招人个头啊！"我毫不留情地瞪了他一眼。

看来刘若琛减了肥后，不仅颜值直线上升，连这脸皮也厚了不少。

"走不走呀？"我催促道。

刘若琛眯着眼看我笑："遵命。"

他驾着哈雷熟练地穿梭在大街小巷，我坐在他身后，却显得有点心不在焉。

因为，我的手不知道应该放哪里……

抱着他的腰吗？我却忽然有点不敢下手！

天呐，刚开始他是个胖子的时候，我不是上下其手，顺手得不得了吗？

怎么现在，他瘦了。我倒是害臊了？

刘若琛忽然一个急刹车，我整个人惯性地撞到了他的后背。

"鹿番番，抓紧了。不然出了危险，我可不负责。"刘若琛转过头，一副得逞的模样。

我清了清嗓子，轻轻地圈住了刘若琛线条明朗的腰部，脸却不自觉地热了起来。

刘若琛在一幢居民楼底下停了下来，我摘下头盔有点奇怪地盯着刘若琛，他带我来这儿有什么目的？两分钟后一个西装革履，打扮正式的男人解开了我心中的疑团。

"刘先生，你好，我是房产中介小张。"那位自称是小张的男人礼貌地同刘若琛打招呼。

房产中介？

我把刘若琛拉到一旁，困惑问道："你找房产中介干什么？你要买房啊？"

"当然不是，我是替你租房子。"

"我住得好好的租什么房？"

刘若琛也不理我，自顾自地对着小张说："你有适合单身女性的房源吗？"

小张连连点头说有，我却有些不悦刘若琛的自作主张。

"我不想搬家，我没有钱。"我直截了当地说。

"你没有钱，我有钱，走吧。"

话毕，刘若琛也不顾我的意愿，就推着我往前走。中介小张是个二十出头的小伙子，为人热情又八卦，见刘若琛看了几套房源都不满意，趁着刘若琛到处打量房子的设施时，忍不住对我说道："姐姐你运气真好，你男朋友那么用心地为你租房子。"

"他哪里像我男朋友？"我冷不防地反问。

"不是吗？"小张吃惊地看我。

我咳了两声道："没看出来他比我年轻啊！"

"不会啊，姐姐你长得真年轻，还单身吧？"小张又问。

我警惕地上下打量小张，他讪讪笑道："姐姐你别误会，我只是想说这间屋子特别招桃花，这里一共租了三户单身女性，结果通通都因为住在这里认识了男朋友！"

小张殷勤无比，我饶有兴致地打量了一下屋子，这间一室一厅的公寓格局工整，家具电器齐全，看起来的确不错，但是价格也很好看。

"而且对象都不错，非富即贵呢！"小张又道，"绝对不是烂桃花！"

"招桃花？"我自言自语，绕着屋子转了一圈，点点头道，"好像还不错。"

"哪里不错？"刘若琛突然从厕所探头看我。

"这屋子风水不错！"

"我觉得不好。"他突然特别严肃地说。

我和小张都忽然一愣，刘若琛又道："这里应该闹过鬼吧？"

刘若琛这话一说，让小张脸色一沉，急忙道："刘先生，这可不能乱说啊！"

"我没有乱说，你看这门上还有半块符纸。"刘若琛面无表情地指着大门上的那块土黄色的纸。

我定睛一看，棕色的防盗门上果然贴了一小块发黄缺角的纸，那张土黄的纸上果然写着些看不懂的字，这么一看果然像张符纸。

"这……"小张犹疑道。

"本来说好的两千五一个月，突然可以优惠五百块钱应该也是这个原因吧？"刘若琛淡定无比地道。

小张急忙解释道："刘先生，真不是这个原因。之前这里住的是一家三口，本来公寓就小，三个人挤在一块儿，肯定会对屋子造成些损害。我这才给你申请少了五百块钱。"

"那你还说住在这里的都是单身女性，招桃花！"我气急败坏地指责道。

小张自觉自己撒谎理亏，一脸窘态。刘若琛又道："既然如此，再便宜三百块钱吧。"

我吃惊地瞪着刘若琛，有没有搞错啊，让我住闹鬼的房子？

"这……"

"不同意就算了，不见得你这套公寓租得出去。"

话音落下，刘若琛径直拉着我的手往屋外去，我正欣喜自己终于逃出了鬼屋。

谁想，身后的小张叫住了我们："刘先生，你等等……"

"等什么呀，我们不租了。"我当即拒绝道。

"姐姐，我们真的只能再少三百了……"

"好！"

好个屁啊！我转头看向刘若琛，他却轻巧地冲我耸耸肩。

刘若琛以他的名义租下了公寓，小张见我俩在斗气，签完合同后灰溜溜地走了。

只剩下我和刘若琛两个人大眼瞪小眼。

"我不想住这里。"我开门见山道。

刘若琛饶有兴致地靠在沙发上看我，说："你不是要招桃花吗？"

"可现在是招鬼！"我气急败坏。

刘若琛一副恶作剧得逞的模样："也不错啊，热闹！"

喀喀，热闹？

"要住你住。"话落，我拎包准备离开。

"门上那张纸不是符纸，只是褪了颜色的对联。"

怎么可能？

"小张本来就因为撒谎说这屋子招桃花被拆穿感到羞愧，所以他也没仔细看那张纸到底是不是符。"刘若琛解释道。

我不相信，走上前仔细一看，那一小张纸倒是有点像是红色的纸褪色后的模样，可是上面的字的确是看不懂啊，说是符文也说得过去。

"可上面的字……"

"我猜这对联本来撕了大半，可是没有清理干净，还剩下一小条贴在门上，这前租户正好有个小朋友，贪玩就在上面写了一行字，因为小朋友的字不好看，感觉就在鬼画符，乍一看还真的以为是贴着一道符。"

我半信半疑地在门前打量了很久，才琢磨出上面那几个字是"逢考必过"。

"那你还说……"我气急败坏地转脸看他。

"要不然怎么可能以一千七百块租下这间公寓？"刘若琛反问道。

这么一看刘若琛还深谋远虑了啊！

顿了顿，刘若琛又解释道："我们看了那么多小区的公寓，也就这间公寓最合心意。小区的环境好，屋子的格局也不错，有 24 小时的保安管理，特别适合你一个人住。"

我盯着刘若琛，没想到他为我考虑得这么周到。我又问："可是我住得好好的，干吗突然搬家？"

"你哪有住得好好的？"刘若琛反问道，"那里不适合你住，鱼龙混杂。"

"可是——"

"你忘了昨天还被袭击了吗？那里不安全。"刘若琛又道。

我未料到刘若琛心思如此细腻，默默地替我考虑了这么多。我心里微微一动，竟然隐隐有些感动。

"可是这房租那么贵，我养不起自己。"我微叹一口气，在这里我只能赚那么点钱，付了房租还怎么养活自己。

"有我啊，"刘若琛忽然道，"我前段时间替人写论文，赚了些钱。可以帮你出一半的租金。"

我忽然哼笑了一声，没想到刘若琛会想要帮我付房租，他才20岁，不过是个学生。

"我是说认真的。"刘若琛眉目怡然，嘴角微扬。

刘若琛对我这么好，让我真的不适应。

如果33岁的他像现在的他一半就好了？

在那份感情里，我一直卑微如尘，从来都是我为他考虑，为他担心，做他的小厨娘。而他只会淡淡地说一句他不值得我喜欢。

我失神地望着刘若琛，他的目光就像是波光粼粼的湖水，深邃且带着盈盈光芒。

"你干吗对我那么好？"我突然问道。

他怔怔看我，半天不吭声。我才道："因为未来的你拒绝了我，所以你想补偿？"

"他不值得你喜欢。"

话落，我望着他颀长的身影渐渐消失在门外。

20岁的他竟然和33岁的他说了同一句话，时间真是奇妙！

搬家还是提上了日程，我的行李本来就不多，基本上也没有什么值得整理的。但是我还是请了祝意潇来帮忙打扫新家的卫生。

因为林英子的事情，我和祝意潇你来我往，互相交换了电话号码，关系处得还不错。祝意潇不仅人美心善，一直以为我是刘若琛的姐姐，听说我要搬家，自然答应了帮忙。

搬家的前天晚上我梦见了33岁的刘若琛，他好像又瘦了，依然不喜欢吃饭，满满的一桌菜都是我根据营养学的标准帮他特别准备，可他只吃了几口，又跑进了卫生间。

"砰——"一声用力的关门声。

随后，我听到了他惊天动地的呕吐声。

他走出卫生间，一张脸苍白得看不到血色。我努力扯着嘴角说："若琛，你再吃一些吧。"

他用力摇头，眼窝深陷。

"你已经三天没吃东西了，今天只喝了杯美式咖啡。"

"我不饿。"

我紧紧皱着眉，心里很是担忧，刘若琛每天的卡路里摄入量不超过40大卡。

这样下去，我很担心刘若琛可能会死掉。

"我不想吃。"

"可是你会死掉的，再这样下去！"

"那就死掉吧。"他清淡地看着我说。

我从梦里醒来，后背莫名潮了一片，五年的陪伴，让我知道刘若琛患上厌食症的可怕。

美食当前却毫无食欲，吃饭成了一种折磨。

看着他形容憔悴，让我更想为他分担一切。

我要帮刘若琛。

即使他从未喜欢过我，可我对他依然没有变。

在这里，我可以帮林英子改变命运，我也想帮妈妈改变既定的命运，可当务之急应该先帮助刘若琛改变本该注定的一切。

不管怎样，先解决了刘若琛的情感问题吧。

我也不知道从哪里看来的一段话，大体意思是情感问题最容易导致人变态，指不定刘若琛就是因为求而不得，所以患上了厌食症。

那祝意潇很可能就是症结！

搬家那天，祝意潇早早来到我的新公寓，她赞叹公寓的环境好，价格低。我连忙把功劳推给了刘若琛。刘若琛自然没想到我会请祝意潇来，又惊又喜。

唉，看到刘若琛注视着祝意潇的灼灼目光，我都忍不住吃醋了。

算了，我就不跟 20 岁的刘若琛计较了！

过去就算过去，我要向未来看，向 33 岁的刘若琛看。

卫生打扫完后，祝意潇准备告别，我热情相邀道："意潇，就留下来吃饭吧，尝尝我的手艺。"

刘若琛吃惊看我，说："你厨艺？"

我冷眼瞪了他一眼，未来你就知道老娘的厨艺好了。不对，现在你就提前知道了！

"若琛太久没吃姐姐做的饭了，都忘了我的厨艺了。"我笑着瞥了刘若琛一眼，又走到祝意潇的面前，"意潇，千万不要拒绝，就当作乔迁之喜吧。"

"好啊！"祝意潇点点头。

谁想我做饭做了一半，手机就响个不停，我一看手机号竟然是秦扬。此时，千万不能让这小子破坏刘若琛的好事！

我拒接了秦扬的电话，可他坚持不懈地打电话，最后我干脆关了机。直到我端着菜走出厨房，却忽然愣住了。

秦扬不知道何时竟然坐在了我家的沙发上！

他也不回避我吃惊的目光，嘴角笑意浓浓地道："姐姐，我打电话问你家怎么走，你怎么不接？"

我怔忪看他，祝意潇抢先回道："姐姐在做饭，听不见手机声吧？"

"对对！"我立马点了点头。

"哦？"秦扬似笑非笑地道，"意潇说姐姐做饭特别好吃，让我一起来，应该不会打扰了姐姐吧？"

"不会不会。"

"谁说不会，不做事还想吃饭？"刘若琛半靠在单独的沙发上，手里握着游戏机，看似漫不经心地回道。

我叹了口气，看来这两人见面不怼不舒服。

"这么说好像是，可是我带了礼物，大闸蟹！"秦扬微笑地持着茶几上的网袋，里面有着几只活蹦乱跳的大闸蟹。

"哈哈哈……真是让秦扬破费了。"我微笑看着秦扬说。

秦扬微微耸肩说:"不客气。"

"虽然你买了大闸蟹,但我总觉得少了点什么。"我故作思考。

秦扬好奇问道:"少了什么?"

"酱料啊!秦扬,一起去超市吗?"我期待地看向秦扬。

"为什么要他去,我陪你去。"刘若琛忽然起身。

"你要去做大闸蟹!"我咳了几声,又道."快去吧!"

刘若琛眨眨眼说:"可是……"

在他说出"我不会"三字之前,我把他拽进了厨房,低声说:"好好做大闸蟹。"

"可是我真的不会。"刘若琛诚实地盯着我看。

我认真地看着他说:"抓住大闸蟹,控制住它,然后清蒸了它。"

"这么简单?"刘若琛不可置信地看我。

"嗯,这个过程的重点是你要和祝意潇团结合作。"我语重心长地道。

我不知道刘若琛听没听懂,毕竟有些事他表现出超凡的智慧,有些事就不知道能不能体会到我的良苦用心。

秦扬倒是很爽快地同我去了超市,我在超市瞎逛了很久,而秦扬已拿了几种品牌的酱油在我面前晃了晃,问道:"你喜欢哪一个牌子的酱油?"

"你呢,买你喜欢的。"我笑着回道。

"不好意思,我吃大闸蟹不蘸酱。"秦扬诚实地回道。

我一副恍然大悟地挑了个牌子的酱油,然后还在调味料区徘徊。

"醋,还有辣椒酱。"

秦扬把手中的酱料都放进了购物车后,淡淡地说:"好了,我们要回去了吗?"

"着什么急,我们再看看水果。"我不紧不慢地道。

"能问个问题吗?你为什么故意支开我?"秦扬终于不耐烦地问出声。

我抬头看了他一眼，他半靠在购物车旁，目光深深地盯着我看："撮合刘若琛和祝意潇，对你有什么好处？"

我就知道秦扬这人心思缜密，我这点小心思肯定难逃他的法眼。

我显得漫不经心，随手挑了个柚子说："你吃柚子吗？这柚子这么重，应该汁挺多的吧。"

"你在哪里等我？我今晚有空呀，晚上九点在西如咖啡屋吗？好，就这么定了。"

我抬眼望向前方，面前的男生穿着身骷髅头的黑色 T 恤，脖颈上还挂着银色的链子，一只手半抛着一个西柚，一边对着手机说话。

我握着手中的柚子，忽然变了脸色，心里忽然腾出了一口恶气，而手中的柚子被我左右按捏着。

说实话我恨不得当场把那人当成柚子给剥皮了！

不一会儿，那年轻男生的身旁多了一个穿着白色连衣裙的女生，男生迅速收起手机，笑着对身旁的女生说："要吃西柚吗？我们买两个。"

"好啊！"女生甜滋滋地回道。

"鹿番番，你在听我说话吗？"

我侧头看了看秦扬，他忽然在我面前挥了挥手，说："你还没回答我的问题。"

"反正你最后也不会和祝意潇结婚，有差别吗？"

脱口而出的一句话让秦扬愣住，但他很快回过神说："当然有差别，现在是现在，未来是未来，你干吗总是以上帝的视角看我们。"

"即使知道结果，还会在一起吗？"我又问道。

秦扬显得有点莫名其妙："你干吗莫名其妙地问这么一段话。"

"我遇到了我的前男友，虽然他现在只有 19 岁，但是已经是一个大渣男！"我愤愤不平地道。

秦扬恍然大悟，哼笑道："看来你在这个世界，生活也蛮丰富多彩。"

"回家。"我忽然冷着脸说。

"不是不该这么早回家吗？"秦扬意味深长地看着我。

的确，我本来还想拖着秦扬多逛一会儿超市，多给刘若琛和祝意潇创造些独处的时间。

但是，现在我满心想着怎么整高儒文！

那个大骗子！

"姐姐晚一点还有要事在身！"我扯了扯嘴角说。

"什么事？"

"痛打渣男！"我冷声道。

高儒文不仅骗了我的钱，还伤了我的心。而这渣男的属性竟然在他19岁的时候就已经暴露无遗。

现在再相遇，虽说我是以27岁的身份与19岁的他相见，但是他除了有张年轻的皮囊，其他都没有变，依然是个花心大萝卜！

我同秦扬拎着一大袋东西回到了家里。此时，桌上已经满满当当地摆着菜，祝意潇已经勤快地帮我做好了菜，我感动地看着她，她倒显得有点害羞。而秦扬陪我逛了一圈超市也饿了，迫不及待地坐在了饭桌上，可当下脸色就变了。

"为什么大闸蟹只剩下一只了？"秦扬问。

对啊，这明明七八只大闸蟹怎么就变成了一只？

"刘若琛，你吃了？"我狐疑问道，想来想去也只有这个可能。

"当然不是。"

"这大闸蟹太难控制了，全部都逃走了，除了唯一一只幸存的。"刘若琛波澜不惊地看着秦扬。

"我的错，我想帮忙刘若琛清洗一下大闸蟹，"祝意潇自责道，"谁想，我打翻了装大闸蟹的篮子，有的大闸蟹顺着窗户爬了出去，有的就干脆不知所终了，我和刘若琛好不容易才找到一只……"

秦扬瞪了刘若琛好几眼，夹走了最后一只大闸蟹："最后一只归我。"

"可是……"

刘若琛迟疑一阵，开口："这最后一只大闸蟹是在马桶里找到的……"

秦扬的手微微一滞，冷飕飕的目光打在了刘若琛的脸上。

这两个人该不会为了一只大闸蟹大打出手吧？

这样僵持了十几秒，"啪——"秦扬用力搁下了筷子，刘若琛这才勾着嘴角，带着浓浓笑意道："我开玩笑呢，秦扬，你别那么认真。"

啊呸，这什么破玩笑！

我都想跟刘若琛打一架了！

饭后，祝意潇提前回家，我让刘若琛送祝意潇一程，秦扬反常地没有意见，直到二人离开，我才莫名地问道："你不担心他们两人发生什么事？怎么还在这里？"

"能发生什么事？"顿了顿，秦扬又道，"你不是要去打渣男，我陪你去吧。"

"这是我和他的私事，我一个人处理就好。"我坚决拒绝道。

"你上次遭遇了袭击，万事还是小心点，而且我今晚没什么事，陪你去一次吧。"

见我久久不答应，秦扬又勾起嘴角笑道："你就当作满足我熊熊八卦的火焰吧。"

我本想拒绝秦扬的好意，可想想看我一个女的去教训一个渣男，势单力薄，多找个人撑腰也不错，便答应了秦扬。

两人下了电梯，竟然看到刘若琛一人站在电梯门口。我清了清嗓子，问："你怎么没送祝意潇？"

"送走了啊！"刘若琛短短回道。

榆木脑袋！就应该送她到家啊！

我明显有气，但是还是道："那你怎么还不回家，在这里做什么？"

"秦扬说你要去痛打渣男，我也想去凑凑热闹。"刘若琛嘴角微扬，饶有兴致。

我侧目望了眼秦扬，他微微耸肩，一副和自己无关的模样。

这两人的状态是相爱然后……相杀？

男人的世界真是难懂。

我们三人驱车到了西如咖啡馆，我们刚坐定位置，就见高儒文笑意盈盈地走进咖啡馆。而靠窗的位置还坐着一位年轻的女孩，皮肤白皙，见到高儒文的瞬间，用力地挥了挥手。

那是属于热恋时的目光，只是这个女孩不是我在超市见到的那一个。

我定定地望着高儒文，这个世界的他那么年轻，19岁的他比刘若琛还年轻，可他那种心花怒放的神情，我仿佛见了几千遍，几万遍。

我冷不防哼笑一声，不过才19岁就已经把"本性难移"这四个字演绎得活灵活现。

我忍不住攥紧了拳头，我又气又恨自己眼瞎。

这么明显的渣男为何还能被他骗得团团转？

"番番，你……还好吧？"秦扬皱眉看我。

"没事。我只是恨自己眼瞎。"我气恼地说。

刘若琛望了一眼高儒文，轻描淡写地道："你的确眼瞎。"

"那我看上你也是眼瞎吗？"我反问道。

刘若琛竟一时无语，哼了声道："可以把20岁的我和33岁的那位分开看吗？"

"不可以！不管过去，现在，还是未来，那都是你！刘若琛！"我气急败坏地道。

秦扬环着双肩，冷眼看着我和刘若琛吵架，冷不防道："那你要怎么对付那位19岁的渣男？"

"小惩大诫！"

话落，我挺直腰杆，板着一张脸，顾不得身后两个男生的目光，拎着包包就朝着高儒文的位置走去。

可当我到了高儒文的跟前我就后悔了。

我应该说些什么？

说他脚踏两只船？

说他是个大渣男？

还是说他不仅骗了我的感情还骗了我的钱？

可现在，我应该以什么身份说这些呢？

我傻傻地立在了高儒文位置前，许久未吭声。高儒文这才注意到我，古怪地盯着我问道："请问……姐姐你是找人吗？"

我被这句"姐姐"呛到，半天只能道："高儒文，你……你怎么劈腿啊！"

气势真是好弱啊！

"姐姐，你可别胡说，我劈腿谁啊？"高儒文理直气壮地盯着看我。

我脸一红，硬着头皮道："我啊，你怎么跟我在一起，又跟那个小妹妹在一起？"

这回不仅高儒文笑了，连旁边的女孩子忽然也笑了起来："姐姐，你开什么玩笑啊？"

也对，27岁的我俨然是个御姐的形象，而面前的高儒文才19岁。

放着小妹妹不要，跟我在一起岂不是很奇怪？

我像一个小丑似的杵在原地，鹿番番，你好傻好蠢，即使你已然27岁了！

"有什么好笑的？"

我回头一看，刘若琛不知何时出现在我的身旁，他抓住我的手，就说："姐，不是跟你说了，这件事我帮你出气就好了。"

我闷闷地盯着刘若琛，不知道他此话的意思，他接着道："高儒文，你还想骗我姐姐多久！"

"你胡说什么啊！我怎么可能喜欢大姐！"高儒文目光闪烁，明显气得不行。

刘若琛一脸淡然地继续道："姐弟恋也不奇怪啊！"

"姐弟恋？"女孩震惊不已地盯着高儒文。

"女大三抱金砖没听过啊？"刘若琛反问道。

女孩看了我一眼，又道："不止……大三了吧？"

"所以，抱两块金砖了。"刘若琛不以为然地道。

两块金砖！什么鬼啊！

刘若琛是来添乱的吗？

高儒文冷笑一声："开什么玩笑，我不会喜欢比我大的。"

"既然如此，你就是贪图我姐的钱？"刘若琛又道。

高儒文百口莫辩，刘若琛冷静地道："没想到你真的是花着我姐的钱，养着另一个女孩。"

那个女孩脸色骤变，倏然起身狠狠地甩了高儒文一巴掌。

"不要脸！"

"雯雯，你听我解释！"

女孩提着包包离开，高儒文窝火不已，站起身正想理论。

"啪！"

我也给了他一巴掌，这巴掌本该是送给未来的他，此时却提前给了他。

"喂，这位姐姐，你为什么冤枉我，还……打我！"高儒文真的是觉得莫名的委屈。

"她没有冤枉你，你的确脚踏两只船了，该打！"刘若琛毫不留情地道。

高儒文自知理亏，望了我一眼，虽然气得不行，但是只好作罢。

"高儒文，你要是再敢脚踏两只船，下次见到就不止一巴掌！"我厉声道。

高儒文叹了口气又道："姐姐，我认识你吗？你为啥跟我妈似的管我啊？"

我走近了几步，到了他跟前，微笑道："你一定要记得我的脸庞，在不久的未来你会遇见我的。但是千万不要招惹我。"

"千万千万不要！"我再次重复道。

"你……你有病啊！"

高儒文一副见到神经病的模样，急匆匆地离开了。

看着他的背影，我竟然无限的后悔，我怎么会喜欢上这个孬种呢？

刘若琛忍不住笑了声："他应该觉得自己遇到了个神经病吧。"

我瞪了他一眼，说："你说谁神经病啊？"

刘若琛无奈地耸肩道："你不应该感谢我帮你解围吗？"

"不谢！"

我抛下这两字，转身就走。

他在背后又喊道："鹿番番，你去哪儿？"

"洗手间。"我短短回道。

望着镜子里的自己，我猛地用凉水拍了拍脸庞，让自己清醒了许多。

高儒文算是我的初恋，不管怎么说，他曾经在我那张雪白的纸上还是画下了几笔靓丽的颜色。即使后面的日子乌云密布，让我只记得他的坏，可彼此相爱的岁月还是留下了证据。

本以为我同他再也不会见面，没想到人生总是跌宕起伏，奇妙万分。再次相遇，竟然是让我遇到了他年轻的脸庞。

算了，我还是选择释然，过去的就过去了吧。

我深吸了口气，掏出手机一看，有一则未读的信息，来自一个陌生号码。

我点开一看，手指突然发颤，手机都开始握不紧。

——鹿番番在我手上。

七个字，足以掀起我心头的大浪。

我就是鹿番番，而这个陌生短信里说的"鹿番番"不是我。

那么，就是小少女？

我急忙拨通那个陌生号码，可是对方却迅速按掉了电话。

不一会儿，又一则短信进来：不要报警，对你没有好处。一个人到达道路等我。

他绑架了小少女！

是赖国峰。

我走出洗手间，往咖啡厅内看，刘若琛正在和秦扬说话，我迅速转身往咖啡厅外走去。

这次，只有我才可以救小少女。

我按照手机的指示到达道路，等待着手机的下一个指示。此时，刘若琛的电话进来，我踌躇片刻，还是接起一听。

"你现在在哪里？"刘若琛着急问道。

"这次只有我可以救自己。"我努力使自己的声音不发颤。

"鹿番番，告诉我你在哪里！"

"不可以，我忘了告诉你了，刘若琛，赖国峰不只是个无赖，他还是一个罪犯。"

是的，我忘了，如果按照历史重演，林英子会自杀，她死后，赖国峰不到半年会再婚。可是他本性不改，依然家暴他第二任妻子。

他的第二任妻子是被他活活打死的！

我不可以再牵连刘若琛，不可以因为我的到来改变他的命运。我徐徐道来："刘若琛，我小时候听说如果有人可以逆天改命，也不能轻易使用，这样会折寿的。"

"你在胡说什么？鹿番番！你什么时候这么迷信了？"刘若琛抬高声调道。

"我现在做的事情就是在改变别人的命运，所以我会遭到惩罚的。"我望着车水马龙的街道，心里已经做好了一个决定，"这就是所谓的现世报吧。"

"鹿番番，你不是还得回去吗？"

可是，回得去吗？

都是那该死的马桶！

"刘若琛，哪有人庆祝乔迁之喜给对方送马桶的？"

"现在还说什么马桶啊！"

电话对面的刘若琛十分焦急，而我看向了对面天桥。来来往往的人群中，有一个戴着帽子的男人吸引了我的注意力，他戴着白色口罩，帽檐拉低，直到那阴森森的目光转向我后，迅速转身就走。

那人好像是赖国峰！

我急急地对着刘若琛道："刘若琛接下来的话你一定要听清楚，你是十三年前患上厌食症的，如果我没猜错应该是2005年发生了一件事，导致你患上厌食症。祝意潇很可能就是症结，你要努力追到她，你现在瘦了，不知道比秦扬帅了多少倍……"

"真的帅了很多倍吗？"刘若琛忽然问道。

都什么时候了！还关心这个！

"这个重要吗？"

"重要啊！"

"刘若琛，这回可能真的得再见了。希望未来的你还记得我。"

"你到底在哪儿？"

"我在四桥的那个天桥……"

我顺着天桥的阶梯"噔噔"地往上爬，心里急切地想追上那人。

"鹿番番！你不要挂电话，我现在就去找你！"

"不要挂了电话！"

我加快脚步，只觉得满头大汗，脚下生风，根本顾不得电话那头的刘若琛，心里只想追上那人。

我也不知道跟着那个男人走了多远。直到他消失在了我的视线中，我才回过神，自己身处在密集的闹市区，周遭的人群来来往往，嘈杂无比。

我该去哪里找他？

我就这样失去了他的踪迹，此时的我，脑袋一片空白，努力试着冷静了几秒，慌忙找出手机，准备看看有没有赖国峰的短信。

果然，他给我发了短信：过了人行道斑马线，第一个路口左拐。

没错，刚刚那人的确是赖国峰。

红灯倒计时的数字正慢慢变小，随后转为绿灯。

我迈出脚步跟上人群，我知道我正在一步步走进赖国峰的陷阱，纵然如此，我也没有后退的路。

过了人行道，我按照赖国峰的指示在第一个路口处左拐。

路上赖国峰一连给我发了三次短信，我跟着他给的信息在绕圈圈，狡猾的他是在确认我到底有没有喊救兵，而他很可能就在我的附近监视着我。

最后，他约我在一个废旧的停车场等他，我抬头看了看停车场的摄像头，以确定自己处于摄像头之下。就在此时，安静的停车场突然响起了汽车的轰鸣。

我转头一看，那辆车牌尾号是 358 的白色卡罗拉正加速朝着我飞驰而来。

剧烈的车胎摩擦声刺耳难听，我害怕地后退一步，一个趔趄，我重重地摔在了水泥地上。

我顾不上疼痛，拼命想起身，可那辆车已然近在咫尺。

这一刻，死神离我如此之近。

下一秒，他就要撞向我。

等我从疼痛中苏醒，我发现周遭一片漆黑，而双手已经紧紧地捆绑着绳子，动弹不了。

可就算没有被绑，我也使不上劲，我只觉得全身仿佛散架一般，四肢关节都在发疼。

忽然间，"啪"的一声，黑暗中骤然出现了白色刺眼的光。

我抬头望去，面前有一张破败的木桌，上面正是一盏节能台灯，散发着白茫茫的灯光。

"鹿番番到底和你是什么关系？"

我徐徐抬头一看，面前正是一脸狰狞的赖国峰。

"她在哪里？"我有气无力地问道。

赖国峰笑了起来，他的声音尖细刺耳，让人感到憎恶。

他抓紧了我的头发，恶狠狠地继续问："你到底和那个小女孩什么关系？"

我抬头看了他一眼："没有关系。"

"没有关系？那你为什么那么紧张她？"赖国峰愤怒地松开了手，定定地看着我。

"因为她救过我。"我面不改色地回道。

"是吗？"他明显不相信，"你到底是谁？"

我看着他冷冽地笑了出声，可惜他永远都不会知道我是谁！

"你告诉我她在哪里，我就告诉你，我是谁。"我抬高声调笑道。

赖国峰冷不防大笑起来："你把我的女儿夺走，我还不能找个女孩做女儿吗？"

我咬着唇死死地盯着他，赖国峰阴森的笑意在狭小的空间显得十分诡异。因为我的原因，他同女儿的见面被限制了，让他更加疯狂残忍。

"鹿番番没有姐姐，她妈妈也没有姐妹，你和鹿番番到底是什么关系？"他皱着眉，像是探究什么似的上下打量着我道，"你为什么要帮林英子，她根本不认识你，可你却似乎……那么了解她？"

顿了顿，他又朝着我走近几步，一双锐利的眼睛上下扫视着我，道："她说你知道她的未来？那你知道我的吗？"

我惊讶地看着他，他又道："她说如果不和我离婚，就会被我逼死？"

"难道不是吗？你那样折磨她！"我不慌不忙，好掩饰心中的慌张。

"多管闲事！"

"你到底把那个小女孩带到了哪里？"

"既然那么想见她，那就见个面吧。"

他背过身，打开了一个储物柜，把小少女从储物柜拉了出来。小少女双手被捆得严严实实，嘴里塞着布团，不停地挣扎，满眼泪痕。看到我的一瞬，仿佛看到了希望，一张嘴呜呜地想说些什么。

赖国峰把女孩口中的布团拿走，小少女立马大喊道："救命，救命啊！"

"啪！"

"叫什么叫！叫了也没用，不会有人来救你的！"

赖国峰毫不留情地甩了一巴掌在小少女的脸上，小少女惯性倒在了地上，整个人用力地磕在了椅脚。

我看得心疼大叫道："赖国峰，你干吗！这一切都和她无关，都是我的错，是我让林英子和你离婚的，你女儿的抚养权最后归于林英子，也是我的错……"

小少女的眼角开始流血，鲜红的血像是溪流的水冒出来。

"得赶紧止血！快给她止血！"

我大声地喊道，那一刻，我仿佛感觉到自己眼角也在发疼，伤在她的身上，疼在我的心上。

赖国峰回头看了我一眼，可骤然间脸色黑了下来。他的神情异常恐怖，伸手触碰了我的眼角，后来像是触电一般缩起手指，震惊道："为什么？"

我瞪大眼看着他，满脸不解。而他的神情仿佛看到了鬼一般惊悚："为什么你的眼角也有了伤痕？"

我转头看着地上的小少女，内心无比惊恐，只能结巴道："我……我眼角本来就有伤……"

"不对！一定是哪里有问题！"

他抓住小少女的脑袋重重地撞击在柜子上，小少女尖叫出声，我只觉得大脑一片茫然，仿佛自己的脑袋也受到了重击。

他又着急地拨开了我的刘海儿，想求证什么一样。

几秒后，他大惊失色地退后几步，语无伦次道："你……你、你到底是谁？"

我知道，此时我的额头上一定也留下了伤痕。

只要小少女受了伤，不可避免，我的身上也会留下痕迹。

"不可能！"

他最后颤抖地又抬起小少女的右手臂，如果我没猜错那次我受到袭击和小少女手臂受伤也是拜赖国峰所赐。

之前小少女缝过针，一定会留下伤疤。

他看过小少女的右手臂后，又用力地卷起我的袖子，果不其然在我的右手臂上有一条一模一样的伤疤。

他恍然大悟地说："我一直觉得哪里不对，你们两个人为何会那么相似，可又说不出哪里不对……"

"你……你就是鹿番番？"

没错，我是 27 岁的鹿番番。

赖国峰猜对了，我已经隐瞒不了这个秘密。

"为什么会有两个鹿番番存在？你是未来的她？"赖国峰在原地不断徘徊，以确定心中的想法，可这个想法太过大胆，他根本无法消化。

"怪不得你叫林英子老师！你知道未来会发生的事情……"赖国峰自言自语半天，又道，"难道穿越小说的故事在现实中真的发生了？"

我忘记了赖国峰虽然是个无赖，但他的想象力不容小觑。

"我不知道你在说什么！"我面不改色地回驳道。

"难道你还想让我再试一次？"他拔出刀子，在我面前晃了晃。

锋利的水果刀在灯光下泛着亮白色的光芒，我微微发颤，大叫道："不要试了！"

"你害怕了？"他反问道。

"要杀要剐悉听尊便！不要牵扯到她就好。"

小少女一双大眼里有着深深的恐惧，我不忍看着她泪光闪闪，迅速转过头正眼看着赖国峰。

这一切都是因为我，都怪我多管闲事。

报应！

逆天改命的报应。

"是不是我杀了你，也不会被人发现，"赖国峰步步紧逼，又道，"因为你本就不该存在在这个世界。"

他说的对，我就算死在这里也不会被人发现。

一个在这个世界没有身份的人，就算死了也是当作无名尸。

看着他步步紧逼，我只觉得脑袋重得惊人，眼前景物不断晃动，自己仿佛就在悬崖的边上，摇摇欲坠，下一秒我就晕过去了。

不知道过了多久，我才醒了过来。

屋子里已经没了赖国峰的踪迹，小少女不知何时移动到我的身旁，她泪光涟涟地看着我道："姐姐，你喝点水吧。"

我看着她嘴里咬着个塑料杯，水杯里的水晃了又晃，她似乎要喂我喝水。

我本能地想伸手去接，却忘记了手正被捆住，可我努力挣扎了几下，竟然惊喜地发现绳子居然有些松动。

我心一动，仿佛看到了希望。望了望四周，想寻找有没有锋利的工具。

可这里太过暗了，根本看不清四周。

"姐姐，你在找什么？"

"我们得逃出去！"我坚定地看着面前的小少女，然后挪动着身子，一步步地往门外移动。

我不想死在这里。

可就在此时屋外忽然传来了剧烈的声响。

"砰砰砰——"

似乎是有人在撞门。

"鹿番番，你在里面吗？"

"鹿番番——"

仿佛冬日里降临的一道曙光，我热泪盈眶，只顾着大喊大叫："在，在！我在里面！"

"你等等。"屋外的男人安慰道。

"砰——"

"砰——"

"砰——"

门经过剧烈的撞击后终于打开，我看着刘若琛推门而入，他迅速地帮我解开绳索。等我自由后，又冲向小少女，帮她解开束缚。

下一秒，我已经哭成了泪人。

刘若琛是怎么找到我的？

"你怎么找到我的？"我疑惑道。

"电话里你说你在四桥的大天桥，我问林英子她前夫在那儿附近有没有房产，她说赖国峰的母亲做过化肥的生意，在这附近有处仓库，我就想……"

刘若琛匆忙说，边说边擦着我额头的汗水，又道："番番，我来晚了。"

如果不是他那么聪明，我怎么可能还有逃出的希望，我咬唇用力摇摇头："谢谢你，若琛。"

冷静下来，可是，那赖国峰呢？

"赖国峰呢？"

"我们快走……"

刘若琛扶起我往外走去，小少女也紧紧跟随。可出门的一瞬，危险已经降临，赖国峰出现在了门外。

"又来了个多管闲事的！"赖国峰阴森地笑出声。

我环顾四周，才发现这四面荒无人烟，我身处的位置是间破旧的仓库，想找人帮忙看来根本不可能。

赖国峰拔出水果刀，刘若琛挡在我的面前，他回头看我，眼神中有着不一般的执拗："你看好她，放心吧。"

我望了望怀中的小少女，眼眶中的泪水却不自觉地往下掉，只能默默地点着头："嗯，好。"

赖国峰骤然出手，刘若琛迅速背过他的手，"哐当"一声，水果刀落在了地上。

他像是穷途末路的歹徒，已经红了眼，空手朝着刘若琛扑过去。

刘若琛轻松闪身，赖国峰用力地摔在了地上。

赖国峰忽然冷笑了起来，我和小少女抱成一团，战战兢兢。

下一秒，赖国峰骤然起身，拾起了地上的水果刀，不过这次他却没有朝着刘若琛扑过去，而是直接朝着我冲了过来。

我忙不迭推开了小少女，他嘶吼道："害我家破人亡的就是你！"

那把闪着银光的水果刀直直地朝着我冲来。

我闭上了双眼，有种视死如归的绝望。倏然，一个温暖的拥抱忽然袭来，我微微睁开眼，刘若琛斜着嘴，漾着清浅的笑意。

都这时候了，还笑什么笑啊！

我正想埋怨他几句，只见他的脸色忽然暗了下来，无力地靠在我身上，很重很重……

而当我看向他的身后，全身不自觉地在发颤，赖国峰手中的刀子已经捅在了刘若琛的身上。

汩汩的鲜血往外涌出，染红了他的白色衬衣。

我紧紧捂住伤口，却怎么也止不住那鲜红的液体。

他的拥抱仿佛在慢慢变凉。

"刘若琛！"

多么希望，这一切只是一场梦。

醒来后，我遇到的人还是33岁的刘若琛，即使他有严重的厌食症。

"刘若琛，你不要死！"

"不要！"

我紧紧地抱着他，忽然觉得自己十分无力，怎么办，怎么办？

"不要说话，让我靠一下。"刘若琛苍白着脸，气息很弱。

我害怕极了，害怕他就这样死去，害怕他活不到33岁，害怕他当不成大律师，害怕他还来不及拒绝我，就这样死掉。

这都是我的错，我的错！

我扶住他，号啕大哭，拼命喊道："刘若琛，你不能死啊，你还没爱上我，你怎么能死？"

他虚弱地笑了一声："我不会死，我还得当上大律师呢！"

"对，对！"我拼命地点着头，可是眼泪止不住地往下掉。

他伸出手，颤抖地要去接我的眼泪，可是手晃动得太过厉害。

我用尽全身的力气想要扶起刘若琛，可是他太重。小少女见此，慌忙冲过来帮忙。我一高一矮驾着刘若琛的手臂，想要离开。

可是已经杀红眼的赖国峰哪里会让我们离开，他步步紧逼，笑容狰狞："你们谁也别想走。"

"你快点带着小少女走！"刘若琛催促道。

"不可以，我不能落下你。"

宛若一场梦境一般，我了解你的未来，如今又在参与你的过去。

虽然你的20岁和我想象的不一样，可是我也喜欢这样的你。

我不能抛下你，不能让你死！

"刘若琛，你不要死！"

我大声吼道，拼命地挣扎，可睁开眼的一瞬，发现自己已经被救了，但是首先见到的人不是刘若琛，而是秦扬。

我这才发现我躺在病床上，手上还在打点滴，我努力起身想拔掉点滴，秦扬却阻止了我："若琛，他没事。"

我抬头看他，他又解释道："手术很成功，只是……现在，你不适合出现。"

"为什么？"我疑惑看他。

他迟疑一会儿，递过了一张身份证，说："这是我费了很大的劲才给你办的。"

我接过一看，是一张假身份证，上面的名字已经变成鹿潇潇，我有些不解。他又解释道："这件事情，警方已经介入调查了，为了保护你，你必须要有个身份。"

我点点头，知道了秦扬的好意。

"那……赖国峰有没有说什么？"

我担忧地看他，赖国峰很可能知道了我的身份。

秦扬不解地看我，说："你在担心什么？"

"他很可能知道我的身份。"我把事情的来龙去脉解释给秦扬听。

秦扬聚精会神地听完，思忖片刻道："鹿番番，接下来的话，你要有心理准备。"

秦扬目光沉静，看不透彻，我不禁有些忐忑。

"我知道你很可能觉得这一切不可思议。但是，实际上在这个事件当中没有人记得你的存在。"

"你在说什么？"我的目光陡然一沉，根本不能理解秦扬的话。

秦扬解释道："赖国峰说他只是绑架了小少女。"

"不可能，他为什么这么做？"我根本不相信赖国峰会因为维护我的身份而说谎。

"不只是他，小少女也说自始至终只有她被绑架。"

"那理由呢？赖国峰为什么绑架小少女？他是为了威胁我，为了报复我……"我的情绪有些激动。

"她被绑架的原因是，赖国峰绑错了对象，本想带走自己的女儿，不料遇到了小少女。她们本来就是同学，身材也差不多，从背后看根本没有差别，等到赖国峰意识到问题所在，也只能将错就错。"秦扬缓缓解释道。

这次的官司是秦扬的父亲作为当事人的律师，所以他可以间接窥探到很多消息。

我看着秦扬的眼神，好似他也在怀疑我说话的真实性，我用力地挠了挠头说："秦扬，我真的被赖国峰挟持了，我不懂为什么他会不记得我，也不知道为什么小少女也会失忆……"

我急于解释，想了半天，说："对了，我有证据。"

我仰起头，摩挲了下自己的脸颊，说："你看我额头上的伤，你看我眼角上的伤都是赖国峰为了试探我的身份，伤害了小少女。这些伤痕不只是小少女脸上有，我脸上也有……"

我着急解释，可望着秦扬不可置信的神情，我忽然意识到什么，大声道："镜子，镜子！秦扬我要镜子！"

他点点头，把矮柜上的镜子递给了我。我看了看镜中的自己，没有伤疤，眼角上的没有，额头上的也没有，我不敢相信眼前发生的一切。抱着最后的希望，卷起袖子看了看右手臂，想找到之前小少女缝过针留下的伤疤。

即使所有的伤疤经过时间会消失，这个缝针留下的伤疤一定会留下！

此时，也不见了。

怎么可能！

我大为震惊，这是为什么？

"那车库的摄像，可以证明我出现在那里，赖国峰曾经想开车撞我！"我突然想到了一个实证。

秦扬摇了摇头，叹了口气。

"这是为什么？难道我存在的信息最后都会在这个世界上消失吗？"我感到难以置信。

"我相信你说的话。"秦扬定睛看着我说，"我是在距离那个破旧仓库不远的地方发现晕倒的你，所以你很可能去过那个仓库。"

"可是……"为什么事件的关键人都会失去了关于我的记忆？

"还记得我给你看的那本 *Lily's world* 吗？作者后来又写了一本书叫 *Lily's Crossing*（《莉莉的十字路口》）是 *Lily's world* 的续集。"

我静静地听着秦扬说话，他顿了顿看我道："如果按照那个作者小说中所说，在这个世界上，知道你身份的人最后都会失去认识你的记忆，因为你本来就不存在这里。"

"那刘若琛呢？他也不记得了吗？还有……你为什么还会记得我的存在？"我困惑地看着秦扬。

他摇摇头，说："现在我还不知道我记得你的原因。而，刘若琛他现在还在昏迷，他有没有忘了你，我也不知道。"

我的脑袋太混乱，一时间的信息量太大，让我难以消化。

"秦扬，我想休息下。"我深吸一口气道。

秦扬点点头道："好，我明天再来看你。"

秦扬转过身，走了两步又停下，看了看我道："刘若琛和你在同一层楼，如果……你真的放心不下他，就偷偷去看看他吧。"

秦扬说得对，我真的放心不下刘若琛。

直到秦扬离开，我还是一个人慢慢摸索着起身，准备去看看刘若琛，哪怕隔着一扇窗户看看他也好。

我从护士站那儿得知刘若琛的病房，他刚做过手术，还在重症室病房，处于昏迷的状态。

想起他为我挡的那一刀，我的泪眼婆娑，心里想着他会何时醒来，又生怕他醒来后会失去关于我的所有记忆。

这段时间的相处，他仿佛就是全新的刘若琛。

可就是这个全新的刘若琛让我看到了这个世界的另一面。

谢谢你，刘若琛，让我在这个世界很快乐。

我慢慢地抹干了眼角的眼泪，想去楼下透透气。下了楼，到医院附近走了走，对面正好有个书店。

我心一动，忽然想起了秦扬说的那本书，抱着碰一碰运气的心思，走进了书店。很幸运那个叫安娜的书明显是现在的畅销书，摆在了书店的最明显的位置。

可惜那本新书 *Lily's Crossing* 卖得不错只剩下最后一本。

我翻了翻 *Lily's Crossing* 这本书就是秦扬口中 *Lily's world* 的续集了。

我拿了这本书准备埋单，转身的一瞬忽然撞到一个小女孩，小女孩的书散落一地。

我慌张地俯下身帮她拾书，奇怪的是那些书都是些悬疑的恐怖小说，好像不太适合这样的小女孩看。

我半蹲着整理好书，抬头一看，一双冷森森的目光正盯着我看。

明明是一张像洋娃娃一般纯真的脸庞，偏偏有一双死气沉沉的眼睛。

我一时失神，半天才起身，惊诧地看着面前的小女孩。

于晓玥，我的发小，没想到我们也重逢了。

"谢谢。"于晓玥冷漠地接过我怀中的书。

我也礼貌回道："不客气。"

话落，她又看到我怀中的那本 Lily's Crossing 说："这本书可以让给我吗？"

"啊？"我惊讶地看她。

她又冷冷地说："不可以就算了，谢谢。"

"哎，等等——"我叫住了她，犹豫片刻说，"那让给你吧。"

她毫不犹豫地接过我手上的书，显得有些欣喜。

我有点好奇地问道："可是这是一本纯英文书……"

这本书好像不太适合她这样的年龄看。

"我知道。"

她淡淡回道，然后头也不回地转身走到柜台埋单。

我只好买了本 *Lily's world* 就出了书店的门，于晓玥的身影已经消失在了路口。

我叹了口气，忽然很想那个世界的于晓玥，她同那位煤矿大老板离婚后分得一大笔财产，现在也不知道过得怎么样了。

她曾和我说她是因为缺乏安全感才会选择比自己大十几岁的煤老板。

这是她这辈子最后悔的事情，可我知道，如果于晓玥不打这场离婚官司，我同刘若琛就不会认识，如果不认识，我就不会爱上他，他也不会拒绝我，更不会送个马桶给我，而我也不会在这里。

命运有的时候就像是多米诺骨牌似的发生连锁反应。

我们永远不知道迈出这一步，会对下一步造成何种结果。

我把之前看了三分之二的 *Lily's world* 看完了。我发现结局并不是我想的那么悲凉，男友虽然失去了记忆，但是 Lily 像一个陌生人一般同男友重新开始。

他们谈了一场全新的恋爱，男友还是爱上了他。

只是之前的所有回忆只有 Lily 记得。

其实忘了也不是不好，之前的回忆太过坎坷。Lily 想这次重新开始，她应该更加珍惜，因为这是老天爷给她一个全新的启程。

我望着重症病房里的刘若琛不知道他会什么时候醒来，也不知道他醒来后会不会还记得我。

我出了院，继续在学校对面的甜品店打工，偶尔能碰见小少女，她已经没了威胁。听秦扬说，赖国峰因为绑架罪即将被起诉。

一切好像都恢复了平静，可是刘若琛还是没有醒来。

　　我每天都偷偷去看刘若琛，生怕被刘母发现，我只能默默地在很远的地方看他。这天我照常去看刘若琛，这才发现刘若琛已经不在重症病房，心里又惊又怕，逮到一个护士就问刘若琛的情况。

　　这才得知，刘若琛已经苏醒，转到了普通的病房。

　　我暗自舒了口气，心里不由得惊喜万分。

　　他到底还是醒来了。

　　我兴冲冲地按照护士的指示，准备去普通病房看望一下刘若琛，可是他还是不在病房，我在长廊里绕了一圈，可是还是没有看到他的身影。

　　他去了哪里？

　　就在此时，我在洗手间的门口看到了那个熟悉的身影。

　　那个穿着浅蓝色病号服的男人，走起路来异常缓慢，可那样结实的背影，看起来已经没有多大的问题。

　　我的眼里有盈盈泪光，没忍住喊道："刘若琛！"

　　直到他徐徐转过身，我看着他那双茫然的眼睛，忽然有种空荡荡的失落感。

　　他是不是忘了我？

"啪——"

一个重物从天而降,用力地砸在了我的后脑勺,我看着地上滚落的篮球,咬着牙,疼痛不已。

一个差不多十多岁的小男孩从远处跑来,刘若琛捡起了篮球,语气带着责备:"小朋友,在医院里不能打篮球。"

小男孩摸了摸脑袋,有些羞愧,刘若琛手握着篮球,然后眼神故意望向了我,小男孩这才红着脸走到了我的身旁。

"阿姨,对不起。"小男孩道歉道。

我还没结婚呢,能不能换个称呼啊!

我僵了僵嘴角,硬是扯出了个明媚的笑意说:"没事,姐姐没关系。"

刘若琛听到小男孩的道歉,这才把篮球还给了小男孩。

眼见刘若琛转身要走,我紧跟了上去,说:"你还好吗?"

他停住脚步,回望了我一眼,口吻陌生道:"和你有关系吗?"

我欲言又止,看来刘若琛真的忘了我了……

说实话,我虽然早就做好了这个准备,可看到面前的刘若琛不认识我,我还是没法不难受。

这么长时间的相处,突然变成了从未发生的一张白纸,这对于我来说还是太过残忍。

"刘若琛……"我迟疑了一会儿道，"虽说你已经不记得我了……不记得我是怎么出现在你家的马桶上，又是怎么和你救我的老师林英子……还有你是因为救我才受了伤……"

我语无伦次说了一大堆，他还是用着茫然的眼神盯着我，我又道："刘若琛，谢谢你，救了我。"

"这世上还没有人肯不要命地救我。"我深深地吸了口气，说。

"是吗？阿姨？"

阿……阿姨？谁是阿姨了！

我抬起眼睛，气得不行，刚刚那个小朋友就算了，刘若琛你竟然敢叫我"阿姨"。

可我看到刘若琛斜着嘴角，嘴角漾着一抹坏笑时，我就知道他还是他，他还是我认识的刘若琛。

"你……你没有忘记我吗？"我有些激动地结巴。

"谁跟你说我失忆了？我救了你一命，还等着你报答我呢！"刘若琛挑眉看我。

我有种失而复得的喜悦，忍不住想哭，只顾着埋怨道："那你干吗吓我！我还以为你真的忘记我了呢！你知道我在这里根本不认识几个人！你要是不认识我了，我该有多寂寞孤单。"

"你怎么哭了？"

刘若琛显然没有料到我会忽然哭起来，环顾四周道："你在洗手间门口哭起来，人家不知道的人还以为我欺负你了……"

"你就是欺负我了啊……"

"喂，姐姐，你比我大啊！"

"那又怎样！"

我真是忍不住想哭，这段时间经历了太多，从我穿越到这个世界开始，一切都变得不同寻常。刘若琛不再是印象中的刘若琛，我也不再是原来的鹿番番，几次涉险，差点没了命，还好他没有忘记我。

刘若琛突然揽过我的肩膀，我靠在他的身上，心里莫名觉得安稳。

我嗔怒地捶了捶他的胸，说："还好没有死。"

"疼——"

刘若琛闪过身子，突然皱了皱眉，捂住了胸口。

我心头一颤，忙不迭凑近，担忧道："刘若琛，你没事吧？"

"差点就死了，你说有事没事？"刘若琛用力地吸了口气反问道。

我担忧不已，急忙扶刘若琛回病房休息，但刘若琛却甩开我的手道："别把我当成弱不禁风的。"

"小心驶得万年船。"

见刘若琛乖乖躺在病床，我才松了口气，望着刘若琛清俊的眉眼，我有些不大自在。

不知道何时开始，我和刘若琛变得有些不一样。

是从他为我挡下那一刀开始吗？

我欠他的人情大概是还不清了吧。

"你想吃什么，我给你削个苹果吧。"我从水果篮里挑了个红彤彤的苹果想削给他吃。

他却摇摇头，让我不要削，像是想到什么似的，问道："番番，你还记得我是怎么送到医院的吗？"

我茫然地看着他，用力摇摇头。

"你也没了印象？"刘若琛好奇地问道。

我疑惑地看他："我当时晕了过去，醒来后就在医院了。"

刘若琛仿佛陷入了沉思，我继续："你知道吗？赖国峰，林英子，他们都忘了我。仿佛一夜间，他们的世界不再有我的出现。"

刘若琛不说话，好似并不惊奇，我猜想秦扬应该同他说了事情的来由。

顿了顿，他忽然神色专注地看着我道："番番，在我昏迷的时候，做了一场的梦。"

"梦见了什么？"

"梦见了未来的我，确切地说我梦见了33岁的自己。他身穿着一身笔挺的西装，身上有种浑然天成的沉稳的气质。如你所说，我相信他是个成功的律师，也是成功的商人。"他缓缓陷入了沉思。

我心跳变得很快，怔怔地盯着他看。

他眼中浮现淡淡的笑意："他对我说不要睡了，要快些醒来，因为你在等我。"

我震惊地说不出话来，有一种诡异的自信，让我相信他梦到的人的确是 33 岁的刘若琛。

"番番，这不是梦，更像是场面对面的见面，不管你信不信，"刘若琛的眉目不动，直直地盯着我，"我同他见面了。"

"虽然这场见面中，我没有说任何话。"

我的内心极为震动，大脑突然发蒙，一时失语。

我不敢相信，却又不能不相信这里发生的一切。

因为这里的确什么都可能发生。

"是他救了我。"顿了顿，刘若琛继续道。

我听秦扬说过刘若琛的伤，他伤的那个地方，只要偏离一厘米就贯穿心脏，能够大难不死，纯属幸运。

"我想，我知道为什么他们会忘记你，而我和秦扬却没有失去记忆。"刘若琛剑眉星目，笑容清澈。

"什么意思？"我困惑道。

他目光笃定道："因为，未来我们还会相遇。"

窗外的阳光洒在他的身上，他的肩上和短发上仿佛染着金色的光泽。这样的他很好，年轻有责任心，仿佛全身上下都带着正能量。

我忽然有些疑惑，未来再见面的人是哪一个刘若琛呢？

"若琛，你醒了啊？"

我回头一望，竟然是祝意潇，她笑意盎然，手上还捧着束粉嫩的百合花，娇艳欲滴。

"意潇，你怎么来了？"刘若琛显然有些受宠若惊。

她把百合花放入花瓶，又笑着道："代表学校来探望你啊，你见义勇为的事迹已经在学校传开了啊……"

我望了一眼刘若琛，他明显还不知道自己阴错阳差地成了见义勇为的大英雄，惊愕不已。

"放心吧，那个变态赖国峰已经被警方控制了，有家暴倾向就算了，还绑架小女孩，真是可怕！"祝意潇愤愤不平地道。

赖国峰的下半生很可能真的在监狱里度过了，想起他的女儿，我也有些可怜他，对于一个父亲来说不能见到自己的女儿的确很残忍。

但可怜之人必有可恨之处，想起他对待林英子，对小少女，对我的那副原形毕露的模样，又不可能有任何同情之心。

"那你们聊，我还有点事，先走了。"

我起身告别，准备给刘若琛和祝意潇创造机会。

走出病房，没走几步，祝意潇就追上了我，她忽然道："姐，还记得你和我们第一次见面的时候……"

我困惑看她，她又道："你没有说清，和刘若琛是什么关系……"

我笑了笑，解释道："我……其实是他的远房表姐。"

"哦，"她一副恍然大悟的模样，又怯怯道，"如果……我和刘若琛在一起，你会反对吗？"

我吃惊地看着面前面红耳赤的女孩，她不是喜欢秦扬的吗？怎么这么快就喜欢刘若琛了？

难道我的努力有了效果……

我愣了半晌，慌忙道："怎么会呢！我也没权利反对啊！"

她抿着嘴害羞地笑了笑道："伯母好像差不多时间要来送饭了，姐姐你不等下吗？"

伯母？不就是刘若琛的妈妈！

想起刘母恨不得把我从刘若琛的身边撵得远远的模样，我咳了一声解释道："你也知道刘若琛爸妈离婚了，我是他爸爸那边的亲戚，见面有点尴尬……"

祝意潇悟性不错，一下就领悟了我的意思，笑着同我告别："那姐姐你慢点走。"

我僵着嘴角扯出了个笑意给她，刘母都要来了，我还不赶紧逃！

走出医院，我看到医院对面的那家书店，想起那本 *Lily's*

Crossing 想着去碰碰运气，看能不能买到。

进了书店，店员很热情地介绍起这本书，并告诉我，我的运气特别好，正好今天进了一批新书。

我笑着拿了本 *Lily's Crossing* 准备去柜台埋单，忽然有人狠狠地抓了下我的屁股！

我的妈呀，竟然遇到了猥亵男！

我回头正想骂哪个猥亵男，敢占本姑娘的便宜！

可看到面前人的一瞬，我忽然怔住了。面前的人哪里是什么猥琐男，明显是个小女孩

她正是少时的于晓玥，她依然用阴森的目光看着我，只不过她的左右两边站着两个比她高半个头的女生。

"对不起，我不是故意的。"她的眼里突然流露出意想不到恳求的目光。

"没关系。"我也回道，心里却寻思着她干吗好好捏我屁股。

她还是盯着我看，脸上挂着深深的惶恐，可又不得不跟在两个女孩的身后，那种不情不愿的表情，让我心里端着些疑惑。

直到她的背影就要消失在书店的门口，她忽然转头看向我，嘴巴微微动了动，好像在无声地说："救命！"

我急忙埋好单，追了上去，见那两个女孩挟持着于晓玥要上公交车，我连忙冲上前叫道："等等——"

于晓玥旁边的两个女孩疑惑地看着我，我看着于晓玥，喉咙微动，灵机一动说："她不能走！"

其中一个长发披肩的高个儿女孩不满地问道："为什么啊？你是谁啊？"

"她可能偷了我的钱包"我波澜不惊地回道。

"你胡说！"于晓玥气恼地瞪大眼睛。

"对啊，你有证据吗？"高个儿女孩又问道。

我清了清嗓子，又道："有没有偷，去调一下书店的监控就知道了！"

"我没有偷！"于晓玥义王词严又道。

"那就同我去看监控。"我一副不看监控不罢休的模样。

于晓玥身后的两个女孩不再吭声，退后一步，显然避之不及。

"快走吧，不想让我请你们的家长吧？"我又抬高声调道。

"那是于晓玥一个人的事情，和我们无关。"另外一个矮个儿女孩又道。

我拽住于晓玥，脸色冰冷地往前走了一段路，见两个女孩已经上了公交车，我这才松开了她的衣服。

"她们不是你的朋友吧？"我好声好气地问道。

于晓玥抬头瞥了我一眼，没好气地回道："和你有关吗？"

嘿，这人怎么这么绝情，明明是她让我帮她忙的！

"你刚刚使的嘴形不就是让我救你吗？"我反问道。

她冷幽幽地道："那谢谢你了。"

话落，她就像个没事人似的转身走了。

我望着于晓玥的背影，回忆忽然涌上心头。我和于晓玥是发小，刚上初一的时候，我们因为一些小事，吵了架，疏远了段时间。那时，她忽然跟高年级的女生走得很近，那些高年级的女生名声都不太好，是些社会上有名的混混。

直到后来，不知道发生了何事，于晓玥退了学。过了很久，我上了高中，可她很早就出了社会。到了我念了大学才同她重新恢复联系。

仔细想想，那一年应该发生了什么让于晓玥性情大变的事情，以至于她一直缺乏安全感，最后违心地为了钱，嫁了个大自己那么多岁的男人。

想到这儿，我忽然轻轻地叹了口气。世事变化太大，而人心也容易随即变化。

刚刚那两个女孩应该就是高年级的女孩，可是于晓玥为什么要惶恐地摆脱她们呢？

我正准备转身回家，不远处有人忽然从书店追了出去，叫住了我："小姐，你跟刚刚那个小女孩是一起的吗？"

我打量了一下前面的女人，就是刚刚书店的店员，我疑惑道："怎么了？"

"刚刚那个小女孩买了一张钱明栎的CD，忘记拿了。"店员又道。

钱明栎，当年的情歌王子。他可是我最喜欢的偶像，当年我最想去看一场他的演唱会，可惜我那年还是个初中生，根本没有钱去看演唱会，后来终于有钱可以看他的演唱会时，他已经退出了娱乐圈，没了机会。

我紧张地握住那张CD，双手止不住地颤抖，见我盯着CD半天不动，店员又奇怪地问："请问……"

"哦，我会帮你交给她的。"我认真地回道。

店员这才放心地交过了那张CD，我欣喜若狂，花枝乱颤地像一个小迷妹。

直到刘若琛来了电话，我还浑然不知。电话响了很久，我才接起。

"你去哪了？"刘若琛质问道。

"我在书店附近……"

不对，我去哪里关他什么事啊，他不是正和祝意潇聊得很开心吗？

"你在医院对面的书店？"

"嗯……"

"你上来一下。"他清清嗓子又道。

我不禁好奇道："你叫我上来干吗啊，我可不想做一百瓦的电灯泡！"

"祝意潇回家了……"

"哦。"我轻描淡写地回道。

"我妈今天去出差了，没法过来看我。"

"哦。"刘若琛真可怜，连妈都没空来看他。

顿了顿，他有点难为情地道："我，中午没饭吃。"

我"扑哧"笑出声来，敢情刘若琛是没饭吃，才想到了我。

"这和我有什么关系。"我故作冷冰冰地道。

"我就想……你应该还没走远……"

"想吃什么？这餐姐姐请你吃，不记账。"我慷慨地说。

"那就来个超级海陆空大餐吧。"

没想到刘若琛还真是不知廉耻地开了海口。

我还是给刘若琛带了海陆空大餐，不过这海陆空大餐，不过是一个有鸡肉，猪肉和鱼排的便当。

我捧着双颊，看着刘若琛吃得异常开心，忍不住问了句："你没饭吃，干吗不跟祝意潇说啊？"

"她下午还有课，晚了就来不及。"刘若琛一副贴心的模样。

我莫名有点生气了，不冷不热地道："那我也还有事呢，我下午得上班，不上班哪有钱付房租。"

"你的房租，我不是答应我付一半了吗？"刘若琛又问。

"那另一半不要钱啊！"我冷冷地瞥了他一眼。

他也不甘示弱地道："那我还救了你一命，也算是你救命恩人，你该怎么报答我啊？"

嘿，还给我算起账来了！

见我一时无语，刘若琛扬了扬下巴，望向了我手中的 CD 说："你也喜欢钱明栎啊？"

我点点头，仿佛找到同道中人一般："对啊，钱明栎是我的偶像啊！我最喜欢他那首《忘记》。"

"早说嘛，我也是他的死忠粉。我家里有很多他的正版 CD 可以借给你听。"

"真的吗？"我很是惊喜，语重心长地道，"这样吧……为了报答你的救命之恩，我告诉你个生财之道吧。"

他托腮看我，忍不住地问道："你是不是要告诉我买哪个楼盘十几年后可以大赚一笔？还是你记得哪期的彩票号码？"

"都不是！"我摇了摇头，解释道，"钱明栎这几张 CD 你可得好好保存，放到十几年后可是绝版 CD，你可再也买不到他的新专辑了，到时候有多珍贵你就知道了。"

刘若琛大为震惊，忍不住喊道："不会吧？他这么早死了啊？"

"喂喂，胡说什么呢！"我解释道，"人家只不过早早退出了歌坛。如果我没记错的话，也就 2006 年，他就不唱歌了。"

刘若琛冷不防地叹了口气："唉，那可真是可惜了……"

我也感叹道："可不是吗，我最为遗憾的是没能看一场他的演唱会。"

有一句话不是这样说的吗，如果你此时想看自己偶像的演唱会，一定要去看，因为你不知道他什么时候不再唱了。

我有片刻失神，直到刘若琛在我面前晃了晃手，我才回过神来道："你慢慢吃，我还有事要做。"

"那你明天得继续给我送饭。"刘若琛在背后喊道。

我出了医院，在甜品店忙了一下午。毕竟最近发生了太多事，我耽误了不少工作。直到快放学的时候，我才进了学校，想先把这张 CD 还给于晓玥。到了班级，发现已经空无一人，都放了学。

我没看到于晓玥，随手抓了个女生问道："你有看到于晓玥吗？"

她一副避之不及的模样，说："不知道。"

我有点困惑，又找了个值日的男生问，可还没等我问完后面的话，他就瓮声瓮气道："别问我！"

于晓玥的人缘有那么差吗？大家好像都不愿提起她。

"姐姐，你找于晓玥？"

我猛地一回头，前面站着的人正是小少女。

那天赖国峰在小少女面前说过我的身份，此时她应该已经知道了我的身份。

"我……"

我迟疑了一阵，对面的女孩又开了口："她放学后很早就走了。"

看着她懵懂的目光，我这才反应过来，她也已经失去了关于我的记忆。

"哦……"

"我想把这个 CD 交给她。"

见她一脸疑问，我慌忙把 CD 递给她道："她的 CD 落在了书店。我看她的校牌找了过来。"

"天呐，竟然是钱明樑！"小少女惊喜不已道，"要是有他的签名就更好了！"

小少女激动不已，俨然一副小迷妹的模样。

"我今年的生日愿望就是想去看他的演唱会，可惜了……"

"可惜什么？"我困惑道。

小少女沮丧地叹了口气道："可惜我还是一个学生，没那么多钱。"

我看着小少女，心里忽然下了个决定，我要完成她的生日愿望。

仔细想想这是多么不可思议，27岁的我想实现14岁自己的生日愿望。

说做就做！第二天，我准时给刘若琛送饭。他显然厌倦了我的海陆空套餐饭，问道："你不是营养师吗？是我33岁时候的私人厨师吗？你就不能亲自给我做个饭吗？"

我抬头看了他几眼，笑着道："做饭也不是不可以，不过我有点小事……想求你……"

他纳闷地盯着我看，问道："什么事？"

"你……有钱借我吗？"我扯着嘴角对着他笑。

他上下打量了我几眼，说："你要多少钱？"

"只要够买两张钱明栎演唱会VIP的门票。"我坦白道。

谁想刘若琛靠在枕头上，漫不经心地捞了本杂志翻了起来："那可是价值不菲啊！"

"你不是有替别人写论文赚钱吗？"我反问道。

"你看我伤成这样还能写论文吗？"刘若琛无奈地耸耸肩。

"那你给我门路，我来写。其他不行，营养学方面的论文我还是很擅长的，不是我夸自己……"

我正王婆卖瓜自卖自夸一阵，刘若琛就打断了我的话，说："晚了。"

"晚了？"我不解地盯着刘若琛。

刘若琛解释道："这周末就是钱明栎的演唱会，你觉得还买得到票吗？"

"不是还有黄牛这种生物吗？"我偏偏不信邪。

刘若琛托腮看着我道："这是钱明栎的演唱会，你知道有多热门吗？即使黄牛手上有票，也应该炒到五位数了吧。"

这么一听，我更是沮丧了，有些泄气地说："早知道这样，穿越的时候身上多塞点人民币了。"

我哀叹了口气，刘若琛见我很是惆怅，又道："不过也不是没有办法，我再想想吧。"

虽然刘若琛答应我帮忙想想办法，可我总觉得应该没戏。真是没想到，有一天自己会过得如此落魄，连去买两张钱明栎演唱会 VIP 门票的钱都没有，真是郁闷。

穿越穿成这么穷的人，我应该属于史无前例的吧。

今天上晚班，从甜品店出来已经很迟，刚到家楼下，我就发现有一个熟悉的身影站在了电梯口。

我一看，那人是竟然是秦扬，有些好奇地朝着他走去。

"秦扬，这么晚你找我？"我困惑道。

他点头道："我猜想你应该是这个时间点下班。"

"你怎么不事先跟我打个电话？"

他扬起嘴角笑了笑："反正都一样，能去你的新家坐一坐吗？"

"好。"

秦扬双手放在身后，在我的小公寓四周绕了一圈后，淡淡笑了笑："刘若琛为你找的公寓环境不错。"

我倒了两杯茶，放在矮几上，说："不错是不错，可是价格也比之前翻了一倍。"

"那里的环境太差，而且当时赖国峰那么丧心病狂，你住那里的确不安全。"秦扬耸耸肩，双手插进裤兜。

"还好，一切都结束了。"我叹了口气道。

秦扬坐在沙发上，轻啜了口茶："但愿吧。"

我总觉得秦扬意味深长，忍不住问道："你大晚上找我不会是来参观我的新家吧？"

秦扬扬了扬眉，平静问道："你到底对祝意潇使了什么诡计？"

我不禁托腮，好奇问道："你什么意思，我不明白。"

"当真不明白？"秦扬又问。

我故作不明白，他又道："她最近好像故意和我疏远。"

"你们之间的事情，我……我怎么会知道。"我目光闪烁吞吞吐吐地道。

他根本不相信我的话，喃喃自语："如果你喜欢刘若琛，现在又要让祝意潇和刘若琛在一起，你不觉得很奇怪吗？"

"难道是祝意潇的出现可以改变一些事情？"

秦扬果然很聪明，一下子就猜出了我的目的。

我叹了口气："秦扬，你知道厌食症吗？"

他怔了怔，突然静静地看着我，我又道："厌食症并不只是没有食欲、不想吃饭的状态，它是一种严重的精神疾病。现在看来十分健康的刘若琛，你不会想象有一天他会吃一口饭吐一口饭。"

秦扬不可置信地看着我，我又说："因为太瘦，但是为了让穿起西装的他显得挺拔好看，他在勉强自己吃饭，可是食物对他来说就像是毒药一样可怕。"

"你说的是那个世界的刘若琛，他有严重的厌食症？"秦扬又问。

"有一次，因为心率只有二十多次，他被送往抢救室，每天打营养液，把我吓哭了，我担心他有一天会饿死……也许在饿死之前，他也会死于厌食症的并发症，有可能器官衰竭，也有可能抑郁自杀。"

"我想治好他的病。"我继续道，"我既然在这里，我就要找出他患上厌食症的病因。我不想让他再遭罪。"

秦扬轻轻抿了口茶，一本正经地道："所以，你觉得是他没能和祝意潇在一块，才患上厌食症？"

"我只知道刘若琛是在他 20 岁的时候患上厌食症，不管怎样，我想试试。"我吸了口气，沉声道。

他半靠在沙发上，目光锐利地盯着我说："你就不怕因为你的这一步，十几年后的结果也和你想象的不一样了。"

"或许，到时刘若琛治好了厌食症，而祝意潇也同他结了婚。"

我瞪着秦扬，他倒是显得漫不经心，那表情明显是来刺激我来的。

"反正照着哪种结果走，你也不可能和祝意潇在一起。"

我叹了口气，如果按照我知道的结果，秦扬结婚的对象也不是祝意潇。

"那可不一定。"秦扬忽然胸有成竹地说。

我古怪地瞥了他一眼，他又道："我有个建议，其实我们可以结成战略联盟，我可以帮你找出刘若琛的症结，甚至帮你回到你该去的那个世界。"

"开什么玩笑！"我忍不住哼笑一声，"你有超能力？"

见秦扬不动声色，我又试探地问道："难道你也来自未来？"

天呐，那我岂不是要和秦扬握手，至少我和他等于是他乡遇故知啊！

"不是——"

我倒抽了口气，没好气地道："那你还夸下海口？"

"只要你不要再故意撮合祝意潇和刘若琛，我可以告诉你办法。"秦扬看似言之凿凿。

"那我怎么相信你？"

望着秦扬专注的目光，我忽然觉得他的话并非不可信，相反他似乎真的有办法。

"你不是想治好未来那位刘若琛的厌食症吗？"秦扬又问。

我认真点点头，静静地看着秦扬，他又道："在刘若琛昏迷的时候，我守在他的身边，发现他一直在和一个人对话。那个人应该就是另一个世界的刘若琛。"

这个事情，刘若琛同我说过，他的确说过救他的人就是 33 岁的刘若琛。

"他们竟然可以对话，那么我想他也可以问未来的自己是怎么患上厌食症的。"

秦扬的话音刚落，我突然如梦初醒，我怎么就没想到呢！

果然秦扬比我聪明！

"秦扬，你是怎么想到的啊？"我忍不住问道。

秦扬顿了顿，突然陷入了深思，道："不管你信不信，我试图和他梦里的那个他对话。"

我吃惊得快说不出话来，只能问道："那……你同他说了什么？"

秦扬皱了皱眉，眼里涌现出了复杂的情绪："那天我推着刘若琛去抢救室，他忽然抓住我的手，我很确定，那一刻他说话了。虽然他的嘴角没有动，身边并没有人听到他的声音，但是我听见了。"

此时，整个公寓只开了盏吊灯，灯光柔和，显得异常安静，只听得到滴答的钟表声。

我背脊一凉，仿佛在听一个鬼故事一般，惊讶地盯着秦扬。

"我一度以为我产生了幻觉，好像有个上帝之音在叫'刘若琛'。那个声音又深又沉，却不知道来自何方……"

我小心翼翼地又问："那……你后来跟他说了什么？"

秦扬仰头看我，说："我问：'你是谁，在哪里？'"

"'他说，我是刘若琛。'"秦扬接着道。

"哐当——"

我手中的茶杯重重地落在了地上，摔了个粉碎。

我起身连声抱歉道："对不起，对不起——"

"我当时的反应跟你一样，震惊不已，急忙地抽开手，跌倒在了地上。"秦扬继续道。

"那后来呢？"

"我本以为我见鬼了，刘若琛死了，那个说话的声音是刘若琛的灵魂。直到刘若琛告诉我他那天做了个梦，梦见了 33 岁的自己。我才知道，那不是假的，那是真正存在的。"

秦扬目光沉沉，我的眼眶却莫名地蓄满了盈盈的泪水。

该死的刘若琛，你为什么把我扔在这个世界，这样你就见不到我了吗？

你怎么不来找我，即使来我的梦里一次也好啊！

"所以我有一个大胆的想法，你在这个世界上改变的事情，那个世界的他都会通过 20 岁的刘若琛知道。因为他们有相同的脑电波。"秦扬缓缓道来。

我接着他的话，说："所以，也许我想回去也只能靠这个世界的刘若琛把信息传给未来的他吗？"

秦扬点了点头，我深深地吸了口气。这个秦扬太聪明了，怪不得会同刘若琛成为竞争对手，他们亦敌亦友也是因为实力相当吧。

"可是，他知道我在这里，为什么不给我一点信息，抑或是他为什么把我带到这个世界？我的穿越是因为一个马桶，他是不是早就知道那个马桶有问题？"

我的心中有太多困惑，难以解释。

秦扬也摇了摇头，他望了望窗外，黑漆漆的，看不到前路。我仔细一听，外面已经刮起了大风，飘起了雨。

"下雨了，我还是先回家了。"秦扬起身告别道。

我送秦扬到门口，说："你还记得我说过你的婚姻有稍许不顺吗？"

秦扬点头，我又道："也许我的到来，可以改变结果。"

他怔怔地看我，道："但愿吧。"

第二天，我给刘若琛做了一些小菜。他吃快餐也吃腻了，好不容易吃到我做的菜，连连夸赞。

我冷漠地盯了他半天，他终于忍不住问道："你今天好好的给我做饭，现在又这样看着我，是不是有什么事有求于我？"

我白了他一眼，说："好心没好报，我只是想你明天就要出院了，做几个菜给你庆祝一下大难不死吧。"

"这么好心？是不是还有别的话没说？"刘若琛望了我一眼，眼眸深深。

我也不拐弯抹角了，开门见山地道："你最近还有见到他吗？"

"谁啊？"

"就33岁的刘若琛啊！"我轻声说。

"没有。"

我凑近了他一点，说："是不是你一旦有危险，他就会出来救你啊？"

"你干吗？想让我死啊？"刘若琛用锐利的目光盯着我看。

我哀叹了口气，特别沉重道："刘若琛，下回他要是还来找你，你就问问他，他当年到底怎么患上厌食症的。我们也好对症下药啊！"

"你不是也梦过他几次，怎么就没好好问问他！"刘若琛挑眉看我。

"对啊，我的确是梦见他几次，可是那的确是梦啊，也不见他梦穿过来跟我说说话……"我咬着牙，气恼不已，"要是他真敢梦穿过来跟我说话，我一定抓紧了他，问他干吗送我一个破马桶，害我只能待在这里！"

"待在这里不好吗？"

刘若琛忽然笑了起来，双眼尽是晶亮的光芒："在这里，你至少能看钱明栎的演唱会啊！"

"演唱会？"

等等——

你说什么？

"什么？你有票了？"我喜出望外。

他晃了晃手中的门票，说："不止小少女可以去看，你也能去看！"

我接过票，一看总共有三张，都是VIP座位的门票。天呐！我真的要去看钱明栎的演唱会了。

看来，回到过去也没那么糟糕嘛！

"那还有一张呢？"我又问。

"废话，还有一张是我的啊！"

我忍不住笑意，望着他道："你是怎么买到门票的，不是黄牛那儿都买不到了吗？"

他神秘地扬了扬嘴角道："这就不用你管了，你应该想想怎么把门票给小少女吧。"

刘若琛这么一提醒，我倒是觉得这本来应该欣喜的一件事，也会变成烦恼。

怎么把门票顺利地送到小少女的手上呢？

我忽然响指一划有了主意，我把那封放着门票的信封放进了家里的信箱里，我和刘若琛躲在了暗处，看着放学后的小少女，打开邮箱，捧着那封信和报纸走进了家。

不一会儿，我听到了家里传来了小少女的惊呼声。

"妈，我中奖了！啊啊啊啊！天呐，我竟然中奖了！"

"傻孩子，大叫什么啊？"

"妈，我竟然中了钱明栎的演唱会门票！"

我不自觉地莞尔，身旁的刘若琛不禁好奇问道："你是用了什么主意？"

我笑笑不再说话，这个世界上最了解小少女的人，就是我。

只有我知道她最喜欢参加那些送演唱会门票的抽奖活动，而我就是以她中奖的方式把门票赠送给了她。

转眼就到了周六，我和刘若琛一早就入了场，望着那一大幅钱明栎的海报，我忽然觉得时光倒退，我喜欢的偶像他还年轻，他还在唱歌，而我还是那个小迷妹。

一切都没有变，还有梦，也还有未来。

舞台上璀璨的灯光忽然亮起，我望了望身旁的空位置，心里困惑不已。

都快开场了，怎么小少女还没有来？

刘若琛猜出了我的心思，说："可能什么事耽误了，现在路上很堵。"

我点点头，心想小少女那么喜欢钱明栎，肯定不会忘记这场演唱会的。

现场忽然欢呼声一片，钱明枥终于登场，他朝着众人鞠躬，对着台下的歌迷说："谢谢你们来我的演唱会，我会为你们唱歌唱到老，唱到八十岁，唱到再也唱不动了，希望你们也能听我的歌听到老……"

　　我目光盈盈，内心突然有种巨浪冲刷的震撼。

　　这种的感觉太难表述，这是一种失而复得的感动，又有一种宛如美梦的幻觉。

　　他还是失言了，他没有唱到老，没有唱到再也唱不动。

　　他就不再唱了。

　　"第一首歌，《相遇》。感谢我们相遇，而你们今天是和谁一起来演唱会呢？是不是也要感谢他一下呢？"钱明枥慢慢说。

　　舞台突然漆黑，一片又一片的荧光棒像是苍穹上的一颗颗闪亮的星星，密密麻麻。

　　我偷偷望了望身边的刘若琛，黑暗中，荧光棒的亮光映照着他棱角分明的侧脸，他是那么专注忘我，让我都不忍心打扰他。

　　"谢谢你。"

　　声音轻浅，不易察觉，可我却忽然觉得耳窝一痒。

　　"为什么？"

　　我望着前方，仿佛在和空气说话，声音混杂在了歌声中。

　　他好似融入到了这场演唱会中，卖力地挥动着荧光棒。

　　"因为你的出现改变了我的世界！"

　　我侧头望着刘若琛，他若无其事地望着前方，好似不是在对我说话。

　　我改变了他的世界，可他也改变了我的世界！

　　台上的歌声娓娓动听，我忽然兀自轻声说："我也要谢谢你，让我认识了不一样的刘若琛。"

　　谢谢你，让我认识20岁的刘若琛。

　　我也仿佛在对着空气说着话，不知道刘若琛听没听见我的话。

　　直到整场演唱会结束，我都没再跟刘若琛说一句话。夜终于深了，安可了几次，终于迎来了最后的安可曲。

可是，小少女还是没有出现。

我心中有些焦急，直到钱明栎离场了，我忽然急急地要退场，刘若琛追了上来问道："你去哪里？"

"小少女还没见到钱明栎啊！"我有些着急。

"那你要去围堵钱明栎？"刘若琛冷不防问道。

"机会难得，也得去要个签名吧！"

我顾不得刘若琛，就往后台去，可钱明栎早就离场，上了保姆车。我追了几步，还是被保安拦住了。

我跟几个粉丝都没能见到钱明栎，我泄气不已，只能往回走。

回头一看，刘若琛也不知去向了。

这演唱会一散场，到处都是人，我要去哪里找刘若琛呢？

我正犯愁的时候，接到了刘若琛的电话，他说正在场外的一个小卖部等我。

夜色深深，我在人群的簇拥下，终于看到了刘若琛。店铺的灯光亮堂堂的，他显得挺拔高大，五官清隽，我一眼就在人群里看到了他。

"喝饮料吗？渴吗？"刘若琛问道。

我接过他递过的可乐，垂头丧气道："没要到签名。"

"早就预料到了。"刘若琛倒是一点也不意外。

"那回家吧。"

"有点饿了，吃个夜宵再回去吧。"

没等我拒绝，刘若琛就已经拖着我的手上了晚班巴士。凌晨时分，街道上人迹罕至，我却有点失落。

这么晚了，小少女在家吗？

她为何没有出现呢？

她竟然错过了她最喜欢的人的演唱会，肯定是有什么事拖住了她。

直到到了一条大排档的街道，刘若琛才拖着我下车。我跟着他走了一段，他边走边说："这里有家捞化特别好吃，我们去尝尝。"

我心里有些好奇，刘若琛怎么知道这么偏僻的地方有好吃的捞化，随即跟着刘若琛走进一个小巷。小巷的深处是另一番风景，淡黄色的灯光下，摆着一个小小的摊位，上面摆着两个大锅，一个捞米粉，一个盛着高汤，而台面上还摆着新鲜的食材，琳琅满目，各式各样。

摊位小，位置也少得可怜，大多数顾客打包完捞化就直接走了。

虽然如此，这个小小的摊位生意却很好，摊主是对中年夫妻忙个不停，顾客也络绎不绝。

我要了份罗汉肉捞化本想打包回家吃，可刘若琛偏偏有意在摊上吃完，我就随他坐在了破旧的桌前。

不一会儿，有对衣着时尚的男女朝着摊位走来，男的戴着个黑色口罩，捂得严严实实，站在摊位不远处玩手机。

而女的大约二十多岁，戴着个黑框眼镜，点了两份料足的捞化。

我看得入神，总觉得这女的十分眼熟，却说不上来。

"有带本子和笔吗？"刘若琛喝了口汤，忽然冷幽幽地问了句。

我好奇地"嗯"了一声。

他接着道："看到了吧，打包捞化的那个女的是钱明栎的助理。"

这么一说，我好像在哪个粉丝会上见过这个女人。

"那戴着口罩的就是钱明栎，去找他签名吧。"刘若琛又道。

我惊喜不已，竟然能在这种地方碰到偶像，还真是不可思议啊！

我正欣喜若狂地要起身，刘若琛又按住了我的手，提醒道："最好偷偷的，不要声张，以免引起混乱。"

趁着灯光昏暗，我悄悄地移步到那个男人身边，说实话我也很怕自己认错了人。

我走到他的身边，怯怯地问道："您是钱明栎吗？我是你的歌迷，能签个名吗？"

他突然回头看了我一眼，那眼睛让我确信眼前的人正是钱明栎。

他咳了一声，接住我的本子，迅速下笔签了个名字，递给了我。

"你怎么那么确定是我？"递过本子的一瞬，钱明栎忽然问道。

他显然也很惊讶，我立刻认出了他。

我笑着说："因为我是你的粉丝，一眼认出你不是应该的吗？"

他弯着眉眼，无声地笑了起来。我又道："今天演唱会的话你一定要记得，你要唱到老。"

他的助理此时也回来了，他笑了笑，对我道："放心吧，我不会食言的。"

话落，我望着他的背影远去，竟然有片刻失神。

谁会想到，你还是会食言的。

我如愿以偿地要到了签名，走在回家的路上，我忍不住好奇地对着刘若琛问道："你怎么知道钱明栎这样的大明星会去那里吃捞化呢？"

刘若琛显得有些得意轻狂："我看你不是钱明栎的真粉丝吧？"

"胡说八道，我怎么就不是了！"我辩驳道。

"那你知道钱明栎去各个地方开演唱会最喜欢干吗？"刘若琛问道。

"吃各个地方的特色美食啊！"我不以为然，顿了顿又道，"可是……你又怎么知道他会来这里吃捞化？"

榕城的捞化店不计其数，他为何独独来到这个不起眼的小摊位。

"钱明栎来榕城开了三次演唱会，第二次的时候你猜狗仔拍到了什么？"刘若琛微微耸肩，故弄玄虚。

我不禁问道："拍到什么？"

"拍到他出现在这里。记者以为他是经过这条小路，去枫山烧香。"

"那又如何？"我疑惑道。

刘若琛得意一笑："大晚上烧香以示心诚？可我不这样认为。钱明栎除了是个歌手还是个吃货，自然是来这里吃特色的捞化了。"

我和刘若琛目光在空中一对，他暖暖一笑，眉梢眼角有着说不出的得意。

"当然这也是我的推测，所以带你来碰碰运气。"刘若琛又道。

刘若琛太过聪明，自己现在除了年龄比他大了一些，倒是一点好处没捞到。

转眼，就到了我家的楼下，他站在路灯下，笑着说："很晚啦，早点回去休息吧。"

我望着他，麦色脸庞，一双眼眸盛满如星般璀璨光芒。

这样的夜，似乎容易让人心动。

我心里隐隐觉得在这个世界，我和刘若琛之间的关系默默发生了些改变。

"嗯，明天见。"我告别道。

见刘若琛转身要走，我突兀地喊住了他，思忖片刻忽然道："秦扬说即使知道结果，他还是会和祝意潇在一起。"

刘若琛抬眼看我，我顿了顿，又问："那么，你呢？"

问完话后，我竟然有些后悔。

33 岁的刘若琛不喜欢我，而现在回到十三年前，还得自作自受地促成这个刘若琛和别的女孩谈恋爱。

唉，我真的是自虐。

刘若琛眉目低垂，半天蓦然抬头，笃定地说："我会改变结果。"

话落，他就已经转过身，望着他颀长的身影消失在转角的路口，我才回过神。

改变结果？怎样的结果？

我也不知道。

我特别想梦见未来的那位他，我想让他在梦里告诉我，我要怎么回去，抑或是臭骂他为什么把我落在了这里。

可是这一夜偏偏无梦，我谁也没梦见。

第二天，去上班的时候，我特地往家附近绕了圈，老时间老地点，可是没有看到小少女的身影。

我握了握手上那本有钱明栎签名的笔记本，有些失落。

等到傍晚的时候，我还是没有看到小少女走出学校，这也太诡异了，小少女去哪里了？

她难道生病了？

我在甜品店有些心神不宁，直到看到妈妈匆匆赶到学校，我心中不好的预感显然得到了证实。

小少女失踪了，到今天傍晚都没有回家。

校园里没有不漏风的墙，我一下就探听到了消息，而失踪的人不止小少女，于晓玥也没有来上课。

我实在有些六神无主只能打电话给刘若琛，我和他一起在小少女经常出现的地方找了又找，还是没有她的踪迹。

本该是我最了解她的，怎么这一次失了灵。

看着车水马龙的街道，我忽然道："这次会不会又是赖国峰？"

"他在监狱里，不可能。"刘若琛肯定道。

"那……那她怎么不见了？"

我很是慌张，刘若琛却显得十分淡定："你现在不是好好的吗？这意味着她现在也好好的。"

"可她……"

"也许，她现在也回家了，你不要太担心。"

我望了望刘若琛，她最好是已经回家了。等到回到那幢老公寓前，果然听到一楼传来妈妈的训斥声。

"你到底去哪里了？死丫头！"

"你说不说……"

"……"

小少女果然已经在家，我松了口气同刘若琛一起往回走，没走两步，就听到背后传来一声剧烈的关门声。

"死丫头，你还想去哪里？"

"学校，上晚自习！"

"要不要我送你去？放学后再乱跑，我饶不了你。"

"不用了妈，我今天肯定准时回家。"

我和刘若琛加快了脚步，可小少女还是发现了我们，喊道："等等——"

我迅速转头对上她的脸，她手上握着自行车的钥匙，一步步地朝着我走来，灼灼的目光中有种不一样的情绪。

我竟然有些惊慌失措，直到她到了我的跟前。她望了望我身后的刘若琛，对着我道："我想和你单独谈谈。"

刘若琛迟疑片刻，便走开。我看着小少女，她那样专注的神情和冷凌的眼神真是让人害怕。

"我知道你。"小少女又道，"我梦见过你。"

我怔怔地看着小少女，不确定她是不是记得我就是未来的她。

"我们见过面的，就在你学校，我把CD还给你……"我吞吞吐吐地道。

她却打断了我的话，清楚吐字道："你想知道梦里你说了什么吗？"

"什么？"

"梦里你说，你就是未来的我。"

我脸庞僵硬，吓得说不出话来。

她又道："我去了那家我们第一次相遇的豆花店，我记起了所有，所以，现在只有你可以帮我。"

"我帮你？"我吃惊地看着小少女。

她微微动了动唇，半天才吭声说："于晓玥失踪了。"

我不解地看着小少女，原来失踪的人不是她，而是于晓玥？

"我把门票送给了于晓玥，可是她看完演唱会就没有回家。"小少女解释道，"上完晚自习，我等了她一宿，打不通电话，找不着人……"

原来小少女把门票让给了于晓玥，我望着她，叹了口气说："于晓玥，她根本没有去演唱会，我送给你的门票座位号是紧挨着我的，可是我没有看到她出现。"

小少女神情怔了下，看着我道："那她能去哪儿呢？"

我和刘若琛呆坐在甜品店，望着窗外车水马龙，川流不息。老板阿珍看我今天魂不守舍，特别送了两碗红豆沙给我和刘若琛。

我起身，连忙接过老板手中的抹布说："老板，我来擦吧。"

"没事，你弟弟找你，应该有事，你们聊吧。"吧台上的阿珍接过我手上的抹布。

因为刘若琛找过我很多次，所以阿珍一直以为刘若琛是我的弟弟。

阿珍打开电视，电视里正在转播钱明栎演唱会。我抬眼看了一眼电视，看似自言自语道："于晓玥，她能去哪里呢？"

"你和那个于晓玥的关系很好吗？"刘若琛忽然问道。

我解释道："她是我发小，如果不是她的离婚官司，我不可能会认识33岁的你。"

　　"所以因为她，我们才会相遇。"刘若琛意味深长地道，顿了顿，他又问，"可是……你的记忆里没有这一段吗？"。

　　我奇怪地看着刘若琛，他又道："如果这个世界里存在着于晓玥失踪的事情，为什么你既定的回忆里没有过这件事？"

　　对啊，就像回忆中林英子会跳楼，我才会想要改变林英子死去的结果。

　　可是我的脑海里明明就没有出现过于晓玥失踪的事情。

　　"或许这件事很小，所以我会遗忘？"我只想到了这种可能性。

　　刘若琛眼眸深深地看着我，却兀自说："也许，是因为你又改变了一些事情。"

　　"你送门票给小少女，小少女转送给了于晓玥，这件事是因为你的存在才发生的。所以本该发生的事情没有发生，而不该发生的事情发生了。"刘若琛眉头轻蹙，淡淡解释道。

　　我懊恼不已，叹了口气道："都怪我！"

　　可昨天，于晓玥到底发生了什么事，她为什么拿到门票却没有出现在现场，为什么到了今天还没有出现呢？

　　我突然想起在书店内，于晓玥和那两个高年级的女生，这件事应该同她们有关系吧？

　　"钱明栎竟然也失踪了？"

　　我忽然抬头，顺着刘若琛的目光望向电视底下，滚动的字幕：歌手钱明栎在昨日演唱会结束后，并未回到酒店，钱明栎全国巡回演唱会的第三站是在南都，时间就在后天，如若还未联系到他，文橙娱乐公司将面临观众退票。

　　"奇怪。"我望着电视，眉头皱了皱。

　　"什么奇怪？"刘若琛又问。

　　"我14岁那年，是2005年，根本不存在这个新闻。"我动了动喉咙，干干地说。

"什么意思？"刘若琛惊讶地看我。

"14年前，根本不存在钱明栎失踪这则新闻，钱明栎是我的偶像呀，他失踪这件事，就算过了十几年，我应该不会忘记。"

刘若琛托腮，薄唇微动，不再吭声，仿佛陷入了沉思。

"那会不会这两件事有关联呢？"刘若琛大胆猜测道。

"什么？"我有点不解。

"你的记忆里，于晓玥在14岁的时候根本没有失踪，而钱明栎失踪的事情也没发生。那么这两件事是不是有其他关联？"

"大明星失踪和于晓玥的失踪有关系？这怎么可能！"我不敢相信。

这种联系根本不可能！我忽然笑了一声："一个学生的不见，怎么可能和一个大明星的失踪联系在一起啊？"

"现在还有什么事不可能发生的？"刘若琛看似云淡风轻地耸耸肩。

我盯着刘若琛，忽然意识到事情不简单。他又提醒道："你忘了吗？他们都是在昨晚不见的。"

"消失超过48小时，警局才会立案。现在一切都在猜测中，"刘若琛尽量往好处说，"于晓玥也许跟那些高年级的女生去哪里玩了，她们可能很快就会回来。"

"那我现在能做什么？"我疑惑地看着刘若琛。

他思忖片刻，道："说说你和她之间的事情，也许你回忆中的事情能成为线索。"

于晓玥是我的发小，可是初一那年，因为她同高年级不三不四的女生走得太近，所以妈妈让我跟她疏远了关系。后来到高中的时候我和她才又走近了许多。

现在想想，于晓玥在嫁给煤矿老板的时候，我曾经强烈反对过，我不明白一个女生二十几岁为何要嫁给一个大自己将近二十岁的男人。

我不敢相信那是出于真爱，而于晓玥也不否认，她坦白地说自己仅仅是为了钱。

是什么样的经历让她觉得钱比较重要？

我总觉得和她年少发生的事情脱不了干系。

我老实说出自己的想法："我觉得很可能跟她之后的退学有关系。"

于晓玥的失踪，让他的父母在学校哭闹了一天，可是毫无作用。

因为于晓玥在学校的人缘很差，除了小少女之外，几乎没有其他朋友，所以无人知道她的去处。

事情似乎陷入了困局，于晓玥同钱明栎失踪的时间都超过了 48 小时，我不得不把这两件事联系在了一块。

哪里是突破口？

看来只有那两个高年级的女生才是这件事的突破口。可惜我根本不知道那天那两个陪于晓玥去书店的女生的姓名。能去哪里找他们？我思来想去，还是只能去书店守株待兔。希望运气好，那两个女生还会去那家书店。

那家书店，虽说在医院的对面，位置也不是最佳，但是人来人往，客流量倒是很大。特别是医院附近有几所学校，所以傍晚时分，就有络绎不绝的学生来买辅导书。

而那本畅销书 *Lily's Crossing* 还是摆在书店最醒目的位置。上次，我虽然买了这本书，却还没有时间仔细看。

现在，既然是在守株待兔，我就翻了翻那本书。

扉页的那句 Do you want to go back（你想回去吗）？这句问话就让我心神不宁。

而接下来的话，好似在说给我听一般，让我手指颤抖，头皮发麻。

If you want to go back, please don't change the rules of this world.（如果你想回去，请不要改变这个世界的规则。）

我猛地闭上眼睛，深吸了口气，这里很安静，可我的内心却如一团乱麻。

我努力试着平静下来，继续往下读：Otherwise, you may be punished.（否则你可能遭受惩罚。）

我的手一松，书本重重地落在了地上。

拾起图书的那一刻，我的脸色很难看，只能手忙脚乱地把那本 *Lily's Crossing* 塞回原位，却不小心碰倒了垒在旁边的书，我忙不迭地一本本拾起来，连连跟书店的店员道歉。

就在那一瞬，我不经意看向了书店旁边的便利店。那个便利店很小，一眼就可以看到里头的所有设施。

这次，我终于看到了那次在书店见到的高个儿长发女孩，她半靠在便利店的门前，手上夹了一支烟，正在吞云吐雾。

我急急地穿过书店的人群，跑到那女生的跟前。

我望了望女生胸前的胸牌，喊道："叶倩，对吗？"

她吐了口烟，挑衅地盯着我看："大姐，怎么又是你！"

"于晓玥呢？"我开门见山道。

她冷眼瞥了我一眼，掐灭了手中的烟，说："我怎么知道？我又不是她的保姆，难道她又偷了你的东西，那你应该去报警才对。"

我定定地望着她，总觉得她知道些什么。可眼前这样子，她明显不会告诉我具体发生了什么事。

此时，她的手机骤然响了起来，她看了看手机号码，掐断了电话。

"大姐，没什么事，我就先走了。"

她目光闪烁，脸上挂着一丝不易察觉的慌乱。

我知道这件事和她一定有关系，即使她不知道于晓玥在哪里，但她一定知道可以找到于晓玥的线索。

我正准备跟上去，却被刘若琛的电话打断了计划，他口吻有些急切，催促我到一个孤儿院见面。

我心存疑惑，到达孤儿院门口时，刘若琛已然等候我多时。我看了看墙上挂着的牌匾，叫作明月孤儿院。

而偌大的铁大门往里望去，是绿色的塑胶跑道，一排排郁郁葱葱的树木，背后是三幢整整齐齐的白色的五层楼。

我奇怪地看着刘若琛，问道："为什么带我来这里？"

"你看这个孤儿院，叫作明月孤儿院，其实是钱明栎赞助投资的。"

刘若琛解释道。

我波澜不惊地反问："那又如何？和他们两个人的失踪有关系吗？"

"演唱会那天我们明明见过钱明栎吃夜宵，所以我在想他的失踪会不会是在演唱会的第二天。"刘若琛解释道。

"那他第二天去了哪里？"我又问。

刘若琛笑了笑道："作为狗仔肯定会知道，而我这样的死忠粉自然也会窥探点消息。"

都什么时候了，刘若琛还在卖关子！

"快说！"我催促道。

"第二天早上天还没亮，钱明栎就来到了这个孤儿院。"刘若琛又道。

这我就有点不懂了，为什么来看自家的孤儿院需要天没亮就来呢？

"曾经有狗仔队曝光过钱明栎是孤儿，但是很快这个消息就被压了下来。我留意过那则消息，说的就是钱明栎曾经是这家孤儿院的孤儿，后来被收养了。所以他才会每年偷偷捐款给这家幼儿园。"刘若琛缓缓道来。

我觉得刘若琛报考法学专业真是亏了，他这样的人才不仅适合当律师，更加适合做狗仔。

"他应该是在这里失踪的。"刘若琛肯定地道。

可是……

全世界都在找钱明栎，那于晓玥的失踪这样看来就显得微乎其微了。

"我想先找到了晓玥。"我咬唇，小声道。

刘若琛回头看了我，说："其实，我一直觉得找到了钱明栎，就会找到于晓玥。"

"进去看看，指不定能发现什么。"

还不等我喊，刘若琛跟看门的大叔打了个招呼，就自如地走进了孤儿院，我好奇无比，他这是得到了什么特权吗？

我紧跟了上去，忍不住问了句："你怎么这般容易就进了这孤儿院？"

刘若琛扬着下巴，显得很是得意："你猜。"

"你会不会也有什么身世之谜？"我意味深长地盯着刘若琛。

他瞥了我一眼："你该不会以为我原来是孤儿吧？后来，被领养吧？"

"你不是说……什么都有可能发生吗？"我老实说。

刘若琛只好解释道。"钱明栎的养父是我师傅王德明的客户，不然我怎么可能在演唱会的前一周那么容易买到三张 VIP 的演唱会门票。"

"哦，怪不得你知道这么多隐情。"我恍然大悟。

因为孤儿院的院长同刘若琛的师傅王德明很熟，所以当刘若琛想查看孤儿院的监控时，院长犹疑片刻就答应了下来。

我和刘若琛坐在监控室，目不转睛地回看着那些录像，终于在演唱会第二天清晨五点钟发现了钱明栎进入了孤儿院。

"真的是钱明栎。"我惊喜道。

"废话！"刘若琛不以为然地道，"这个消息院长说了，现在主要看他进入孤儿院后跟谁接触了。"

就这么过了大半天，除了看到钱明栎进入孤儿院，其他有用的线索一概没有看到。我困意满满，冷不防就趴在了桌上睡着了。

也不知道睡了多久，我是被刘若琛叫醒的，他拍了拍我，让我看了一段录像回放。

这一看，我不禁吓了一大跳。那段影像是在一个偏僻的楼道口，钱明栎似乎不知道那里有个隐蔽的摄像头，一个人在原地等候了多时，只见一个小女孩走向了他。

倏然间，我瞪大了眼，惊奇不已。那个普通的女孩，竟然是失踪多时的于晓玥。

天呐，这两个看似毫无联系的人真的有关系？

真是出乎我的意料，原来于晓玥认识大明星，那么多年，竟然绝口不提！

早知道就让她帮我要个签名了。

我气得不行，兀自愤愤不平道："我认识了于晓玥二十几年，她竟然向我隐瞒了她跟大明星钱明栎很熟的秘密！"

"他们怎么会有联系，这……开的是什么国际玩笑啊！"我简直不敢相信眼前的一切。

刘若琛盯着我，说："这之后，他们就没有出现在摄像头里。据院长说，孤儿院有个后门，只有熟悉的人知道，而钱明栎有的时候为了躲避媒体的跟踪也会从那里离开。"

"可他们到底是什么关系呢？"我兀自自言自语道。

"你当真不知道？"刘若琛又问。

看着刘若琛一副疑惑的表情，我气鼓鼓道："我要是知道他们之间的关系，小少女怎么可能会送她门票。"

说实话，我自己也很是郁闷，于晓玥和我是最好的闺密，我们知根知底，彼此同床共枕过，她知道我的例假时间，我见过她失恋痛苦的惨状。我自然以为我和她没有什么秘密，可是她却从未提起过她认识钱明栎，这也太让人匪夷所思了。

刘若琛修长的手指轻轻地在桌上敲了敲，像是在思考些什么，半天他才呢喃道："钱明栎是大明星，而于晓玥是出生在普通家庭的孩子，要说他们有关系，没有人会相信。"

　　"除非……"刘若琛长长地呼了口气。

　　"除非什么？"我古怪地看着刘若琛。

　　他目光深深地看我："除非他们都在孤儿院待过……"

　　孤儿院的被收养的儿童的档案属于机密，刘若琛早有了心理准备，就算刘若琛搬出了师傅王德明的称号，院长也不可能把这样的消息告诉我们，所以这一行依然一无所获。

　　走出孤儿院，对面正好是个报刊亭。刘若琛要去买饮料，等候一旁的我随手翻了翻面前的报纸，这一看我冷不防吓了一跳。

　　我惊讶地抓住旁边的刘若琛就叫："快！快快……看！"

　　"看什么？"刘若琛困惑地探过头来。

　　"钱明栎回来了！"我大声叫道。

　　报纸的头条，明明写着歌手钱明栎今日飞南都，演唱会如期举行。

　　"他回来了？那……那小玥是不是也……也回家啦？"我抬头看向刘若琛。

　　他当机立断道："去看看！"

　　果不其然，于晓玥下午就去上课了，算是件让人高兴的事情。可这件事的发生和结束都显得莫名其妙，于晓玥和钱明栎是什么关系？他们为什么会一起失踪？失踪那一天多的时间他们去了哪里？

　　我和刘若琛都有点难以理解。

　　"我下午有课，得回学校去。"刘若琛忽然说。

　　事情到了一个阶段，于晓玥也算安全，刘若琛的确得回去上课。我点点头，今天阿珍回老家探亲，给我放了个假，正好下午也没别的事，我便对刘若琛说："我下午也没事，陪你走一段吧。"

　　两人悠闲地在路上走着，到了法学楼时，我顿住脚步，和刘若琛告别。谁想我一刚转身，就撞到了秦扬。

　　他显得火急火燎，看了看我身后的刘若琛后，问我："你下午有事吗？"

"没……什么事吧？"我古怪地盯着秦扬。

"很好，下午帮祝意潇签个到吧，她去听音乐会了。"秦扬云淡风轻地道。

"啊？"

我不解地看着秦扬，祝意潇不是乖乖女吗？怎么也会翘课啊！真是难以理解。

还好，这堂课是大课——《民法》。我坐在了阶梯教室的最后一排，也不易被人察觉，倒是左边坐着刘若琛，右边坐着秦扬，有点招人眼球。

毕竟我一下霸占了两位男神，还是吸引了不少女生灼灼的目光。

据说法律系本来有三大男神，两位已经毕业，剩下的那位正是我右边的秦扬。后来呢，没想到刘若琛瘦了！这一瘦，一下子就由邻家宅男攀升到了法律系男神之位。

点完名后，我这才好奇地问秦扬："意潇怎么也会翘课？"

"这位音乐家是她很喜欢的偶像，难得来一次，她当然不想错过他的演奏会。"秦扬小声解释道。

哦，原来祝意潇也追星啊！

我一副恍然大悟的模样，秦扬忽然凑近点，轻轻地在我耳边嘀咕了几句。

他的声音太小，我一时没听清，又把耳朵凑了过去，这才听清了他的话。

"怎么样？上次我说的方案，你考虑得怎样？"他饶有兴致地问道。

我愣了愣，才反应过来他说的方案是与他结成战略联盟。我帮他成就和祝意潇的如花美眷，他帮我找出刘若琛厌食症的病因，甚至帮助我回到该去的地方。

"还没想好。"我诚实道。

秦扬压低声音又问："还有什么担忧的吗？"

"这一排最后位的女生，请你回答下什么是天然孳息？"

我面红耳赤地站起身来，望了望讲台上的老教授，半天说不出话。

而身旁的刘若琛小声地提醒道："天然孳息指因物的……自然属性而获得的收益……"

我像复读机一样把刘若琛说的话，一字不漏地说了出来："与原物分离前，是原物的一部分。"

本以为顺利过关，可是教授没有放过我的意思。他又问了句："这位同学能举个例子吗？"

我显得有点傻眼，咳了两声，刘若琛又说道："比如母鸡产下的鸡蛋，母牛生下的小牛，以及秦扬身上的毛。"

"以及秦扬身上……"我僵着笑容，一脸悻悻然。

刘若琛这是故意给我找麻烦吧！这什么烂例子啊！

我磕绊了半天，没敢继续说，可老教授倒是不依不饶了："秦扬身上的什么？"

"毛——"我硬着头皮吐出了最后一个字。

全场哄堂大笑，我偷偷望了一眼刘若琛，他倒是波澜不惊，平静自如。直到下了课，全场学生走得差不多了，我才好意思出了教室门。

唉，还真是窘得无地自容。

我有点抱歉地对着秦扬道："对不起啊，刚刚……"

"刚刚你的表现不错……"秦扬不动声色地耸肩。

"可是……"

秦扬望了望不远处的刘若琛，忽然勾着嘴角笑了起来："我一点也不生气。"

我奇怪地看了看面前的秦扬，有点困惑。

他耸肩地又靠着我耳边道："刘若琛，他吃醋了。"

"什么？"他吃谁的醋？

我纳闷地看着秦扬，他嘴角的笑意更深了："看来这战略联盟是没必要了。"

嘿，什么情况啊！

话落，他若无其事地从刘若琛身边走过，而刘若琛的神情慢慢发生了变化，他走近一步说："你和秦扬说了什么，说了这么久？"

"和你有关吗？"我没好气地说。

什么时候刘若琛也这么八卦了！

我径直要下楼，这上了一堂听不懂的课可真是如坐针毡。刘若琛追了上来，问道："什么战略联盟？"

"没呀……"我忐忑看他。

"你不要操心我和祝意潇的事了。"

他忽然来了一句，让我一时半会儿有点语塞。

他又道："你也不要再因为还没有发生的厌食症，撮合我和祝意潇。"

我咳了两声，稍显尴尬。他又道："我和她能不能在一起，是我和她之间的事情。"

我抚了抚额头，说："可是……"

"但是……祝意潇喜欢你啊！"

刘若琛似乎微微有些惊讶，皱了皱眉说："可惜……我不喜欢她。"

啊？开什么玩笑！

刘若琛当时不是视祝意潇为女神，一心一意地想追求人家来着。怎么发现才过了不久，就变了！这男人变心也太快了吧！

我睨了一眼刘若琛，义愤填膺道："都说这男人变心比翻书还快，现在看来还真是那么一回事啊！"

"我现在更确定了自己的情感不是以前……"刘若琛认真解释道。

得得得，变心就变心还有这么多理由……

我盘算着既然刘若琛现在不喜欢祝意潇了，那她也不能够对他的心理造成影响了，那么到底是发生了什么事导致他郁郁寡欢，患上厌食症呢？

看来现在要重新找症结了。

我沉思了半天，一旁的刘若琛冷不防地问道："你在想什么？"

"没事，"我回过神来，推了推刘若琛，道，"你下午不是还有课？赶紧去上课吧，我还有别的事。"

刘若琛欲言又止，眼神忽闪忽闪了半天，说："我有点事想和你说……"

"什么事啊？"我不解地看着刘若琛。

忽然，上课铃声响起，刘若琛还在犹豫，半天没说话。

我终于耐不住了，催促道："你先去上课吧，有事到时候再说。"

我笑眯眯地同刘若琛告别，出了学校，上了公交车。我本以为这个时间，小少女应该去上课了，碰不上面。可透过院子看，后门有她的运动鞋，看来她今天没去上课。

我正心存疑惑，就见妈妈打开了门，我连忙躲在了花坛的背后，她的身后紧跟着的是小少女，她应该生了病，脸色潮红，走起路来摇摇晃晃，一副昏昏欲睡的模样。

妈妈背起小少女就往大路走，见她打了辆的士，我也紧跟着打了辆车尾随其后。

到了医院，妈妈背着小少女走进急诊室。我在门口顿住了脚步，看着她满头大汗焦急万分的神情，我的心忽然猛烈地颤抖了一下。

妈，我好想让你看到我的模样，看到 27 岁的我长大成人，有一番事业。

可是，我不敢……

小少女得的是急性肠胃炎得打吊瓶，妈妈独自去一楼给小少女挂号，让小少女在一旁的病人等候区坐着。

我悄悄地坐在了小少女的旁边，忽然道："你还好吗？"

"看到你，我就知道未来的自己很好呀。"小少女轻轻笑了笑道。

她的脸色有点苍白，看似很虚弱。我微微扬起嘴角笑道："你难道不害怕吗？这个世界竟然存在着未来的你。"

她怔怔地看着我，问道："那你为什么会在这里？"

"一个意外。"我短短回道。

"妈妈说，这世上很多事都是注定的。也许你和我的见面就是注定的吧。"

她的嘴角漾着甜甜的微笑，又道："虽然很想知道以后的人生会怎样，但还是请你保密吧。"

她如此冷静自如，让我顿时觉得奇怪万分。

"你是什么时候恢复了记忆？"我突然问道。

"应该是在学校，你递给我于晓玥的 CD 的那一刻，"她回头看我，"我想起了所有，我也记得那日赖国峰在我身上划下的伤痕来证实你的身份。"

"那……那你……"我惊讶地看她。

她定定地盯着我，慢慢地说："当那场事故和我知道的完全不一样，我还以为这一切是我的梦，可当再次看到你，我才知道不是梦，我真的遇到了 27 岁的自己。"

看着她如此成熟冷静，我显然没有料到。

"谢谢你对我暗地里的照顾，"她露出皓齿，仔细看着我道，"对于 27 岁我能长得这么漂亮，我很满意呢！"

这个来自过去的我的夸奖，让我忍不住笑出了声。

"小玥以后的人生会好吗？"她皱了皱眉，担忧道，"我最近有点担心她。你能帮帮她吗？她好像被人缠住了。"

"她和钱明栋是什么关系？"我忽然问道。

她看着我说："你都不知道，我怎么会知道？你不是应该有我的记忆呀。"

"番番——"

我抬眼看去，妈妈已经挂好号，向着小少女的方向走来。我只好默默起身，往电梯的方向走去。

第二天，小少女还是没有上课，她的病还没好。我下班抽了时间去医院看她，出了医院，我才发现外面已然下起了倾盆大雨。噼里啪啦的雨滴打在了地上，还伴随着呼呼刺耳的风声。

"台风又要来了吧？"

"据说今年还是个双台风，应该很严重。"

耳边传来了细细碎碎的说话声，我突然愣了愣，转头看向身旁的一个中年男人，忽然问道："今天是几号？"

"怎么？"

"是 2005 年十月几号？"

"十号啊。"

十号！十月十号，我忽然怔了怔，回忆突然倒转。

2017年，难得的双台风登陆，使得整座城市成了水城，部分地方的电力瘫痪，出现了停电的现象。而不幸的是于晓玥的家也停了电，她哭着打电话给我，让我去救她。

外面狂风暴雨，于晓玥让我这时候去她家，不是让我处于危险的境地吗？我本想拒绝她的请求，可看着她在电话里哭哭啼啼，可能真的很害怕。

我买了些食品，带着应急灯和蜡烛驱车赶往她的家。外面风雨摇曳，而我的伞明显抵挡不住这样的狂风，只能放弃了雨伞。一路小跑，好不容易到了她的小区，电梯门一打开，只见到于晓玥的门大开，而里面黑漆漆的，看不到一个人。

我还以为于晓玥家进了贼，握着手机，显得很是谨慎。

"于晓玥……"我小心翼翼地准备进门，心里莫名地有点害怕。

"于晓玥？"

我打开手电筒，再叫了一声。这时，楼道传来了个沙哑的声音。

"番番，我在这里。"

我慌忙往楼道上走去，楼道里的路灯属于另一条线路，此时还有淡黄的灯光。

她一人独自坐在楼梯口，见到我的一瞬，仿佛如久旱逢甘露一般，紧紧地抱着我，说："番番，你来了就好。"

我拍了拍安抚了下她："没事，只是台风天的停电，电力都在抢修，晚点应该会来电的。"

我打开应急灯，然后在于晓玥家里的各个角落都放上了蜡烛，摇曳的烛光终于让于晓玥安心了下来。

"番番，我真的很讨厌台风天。"于晓玥搓了搓手，眼里不自觉地流露出慌乱。

"不过就是台风天，有什么害怕的？"我不以为然道。

我泡了碗热腾腾的泡面放在了她的面前，叹了口气说："看来今晚只能吃烛光晚餐了。"

外面风雨飘摇，凛冽的风打在窗户上发出刺耳的声音。

"番番，今晚你就在这里陪我吧，我一个人害怕。"于晓玥恳求地看着我。

那时，她和那个煤矿老板还没离婚，只是那个煤矿老板那几天正好出差，剩下她一个人在家。

"好啊！"我回答道，"不过晚点应该就会来电了，也别太担心了。"

"嗯嗯。"于晓玥环抱着双肩，莫名地颤抖了起来。

"不过是个双台风，晓玥……你怎么了？"晓玥如此害怕，让我不禁奇怪。

她动了动喉咙，缓缓道："因为台风天容易让我想起不开心的事情。"

摇曳的蜡烛中，我看到了于晓玥的盈盈泪光，她来回搓着双手，显得局促不安。

"番番，今日的情景使我想起了上初一的时候发生的那个双台风。"于晓玥神情落寞，似乎她说起的是一场梦魇。

我收回思绪，望了望天边，阴沉的天空好似酝酿着一个大招，黑漆漆的，仿佛末日将至，而耳边的风声宛若鬼叫，让人不寒而栗。

万万没想到早上还是晴空万里，到了下午就变了天。

街上的人行色匆匆，我想打辆的士去明光中学，可是来往的的士都拒绝了我。

我踌躇了会儿，在医院服务台借了把雨伞，就往雨里去，没走几步，雨伞也被吹得变形。

就在我举步维艰的时候，刘若琛打进了电话。我好不容易接起了电话，"喂"了一声。

"番番，你在哪里？这次的双台风很严重，我们学校停了课。"刘若琛口吻里略带担忧。

"喂，你说什么……"我断断续续地听着刘若琛的话。

"你呢？怎么还在外面？"他显然听到我这边的风雨声。

我干脆收起了伞，冒着大雨跑了起来，气喘吁吁地说："我现在有点事，得去明光中学。"

"学校早就停课了，你去那里干吗？"刘若琛不解道。

"可是，她在那儿。"

"谁？"

"于晓玥。"

十月十号，对，就是这天发生的事情，让于晓玥人生全部改变。

耳边仿佛还徘徊着那日停电在于晓玥家时，她说的那句话：番番，你知道被冤枉的感觉吗？那种孤立无援的感觉让我感到全身冰凉，仿佛在悬崖的边上，每个人都恨不得推你一把。

可是，你不想死。

"不行，我今天一定得去学校。"我语气坚决。

"你疯了吗？这种天气，谁还想着往外跑！就你了吧！"

刘若琛在电话那头说个不停，我却已经上了公交车，等我一人到了明光中学门口，才发现大门已经紧锁，但还好我记得学校的后门。

从那里进去是学校的教师宿舍，教师宿舍五楼有个走道天桥直通教学楼，以前我迟到的时候，就偷偷从通过教师宿舍的天桥溜到教学楼。虽然从教师宿舍走容易碰到老师，但是为了防止迟到被记，我也只好每次铤而走险。

我冒着雨溜进了后门，因为台风学校已经放假，连教师宿舍也略显冷清。我看见值班室紧闭，慌忙冲进了大厅，慌乱地按了几下电梯。

等到电梯门打开，我匆匆进门，按下了五层。

等到门徐徐合上的一瞬，突然一只大手挡住了电梯门。

"等等——"

我有点惊诧，忙不迭按住了电梯的开启键，闪进身的人不是别人正是刘若琛。

"你……你怎么进来的？"我疑惑道。

我大为震惊，竟有些语塞。此时的他全身湿漉漉，板寸头上悬着一滴滴摇摇欲坠的雨珠，黑色的T恤和牛仔裤上已然湿漉漉的一片，现在他就像是只落汤鸡一般狼狈。

"在门口绕了大半圈，就想着你们学校会不会后门没锁，试着碰了碰运气，没想到我的运气那么好吧？"他耸耸肩，嘴角笑意渐浓。

电梯开始上升，我递过了一张纸巾给刘若琛说："你擦擦脸吧。"

他接过纸巾，叹了口气道："外面的风雨那么大，你干吗非得来这里？"

这话好像得我问才对，外面的风雨这么大，你为什么非得没有来由地跟着我来这里？

"那你呢？"

"还不是因为你……"他短短回道。

我抬头看着电梯上的按钮的数字慢慢变大，三，四，五……

"叮咚——"

五层到了。

可电梯门却迟迟不打开，我猛地按了按开门按钮，竟然毫无反应。刘若琛也过来试了试，一样没有反应。

"什么嘛？怎么电梯门打不开！"

我焦急万分，伸手要去开电梯的门，刘若琛让我让开，他来帮忙。可倏然间，电梯晃了晃，往上升。我吓了一跳，忽然抓紧了刘若琛的衣服。

下一秒，电梯里的灯光闪了闪，"砰"的一声，电梯开始急速下坠。

我闭起眼，开始嗷嗷大叫。

"靠住墙，握紧我的手。"

好不容易，电梯才停了下来，灯光晃了又晃，忽然暗了下来。

我深吸了口气，就势靠在墙上，一只手忽然反手握住了我的手，掌心温热且柔软，握着略紧。

刘若琛望了望我，安抚道："番番，你先靠在墙上，我去看看电梯的对讲按钮可不可以用。"

"嗯。"我用力点点头，心头有些害怕。

他一人上前，按住电梯里的对讲按钮，"嘟嘟嘟——"一阵忙音，刘若琛回头对我摇了摇头，看了看手机，又皱了皱眉。

我也抽出手机一看，果然没有信号，这回惨了，得困在电梯里了！

我满脸泄气，坐在了墙角。刘若琛也踱步过来，在我身旁坐下，说："待会儿就会来人了，你不要太担心。"

　　我不说话，蜷缩成一团，心里却陷入了无端的猜测中。

　　如果我找不到于晓玥，那么结局还是一样，她还是会退学。

　　刘若琛又问道："你不会有什么电梯幽闭恐惧症吧？"

　　我抬眼看了他一眼，说："我只是有恐狼症。"

　　"恐狼？"

　　"你说孤男寡女共处一室，你说我是不是该害怕？"

　　刘若琛这才反应过来，所谓的"恐狼"的"狼"是指他，冷不防笑了一声道："你还会开玩笑，说明你没什么问题。"

　　"你为什么一定要在今天见到于晓玥？"刘若琛疑惑道。

　　我深吸了口气，仿佛陷入了回忆中，慢慢道："我是现在才知道小玥一直受到高年级学生的欺负，现在想起来，也许她真的被冤枉了。"

　　"什么意思？"

　　"今天是 2005 年 10 月 10 日，就在明天 10 月 11 日，于晓玥会默默地退学。"

　　"为什么？"

　　"因为就在今天发生的这件事会影响她一辈子。"

　　"什么事？"刘若琛疑惑道。

　　"就在今天傍晚体育馆会有一个高年级的学生溺水，正巧于晓玥会出现在那里。现场除了那位高年级的学生之外，就只有于晓玥一个人。所以，所有的证据都指向于晓玥。"我慢慢道来。

　　"你是说大家会认为那个高年级女生的死不是意外，而是死于于晓玥之手？"刘若琛蹙了蹙眉，神情凝重。

　　我用力点头叹了口气，说："对。"

　　我想起了那夜和于晓玥一起睡在同张床上，外面风雨交加，于晓玥蜷缩成一团，瑟瑟发抖。她做了一夜的梦里，梦里不断喊着："不是我推她的，我没有，我没有……"

　　我紧紧地抱着她，很是心疼。

那时，我才知道她背负了那件事十三年之久。

我很自责，那年太过幼稚，因为一些小事同她疏远。可当知道她退学，我心里本有些困惑，但周遭人似乎都在回避着我议论于晓玥的事情，因为当时大家都以为我和于晓玥是发小，关系最好。

可我这位与她关系最好的发小，却不知道她当时一个人承担了什么。

因为没有证据显示是她推那个高年级学生导致她溺水，于晓玥本该无罪，可偏偏那高年级的学生家长不依不饶，三番五次来学校闹事，而流言蜚语也愈演愈烈，于晓玥只好退学。

"为了不让她被冤枉，我得阻止她去体育馆，只要她不出现，她就不会有事。"我急切道。

可眼看着自己被困在电梯里无能为力的时候，我无力地叹了口气："可是，现在我什么也做不了。"

刘若琛不死心地又去按了按电梯里的对讲按钮，依然毫无反应。

这回我彻底失望了，沮丧道："我之前看过一个新闻，一个老人家困在电梯里两天之久……"

"然后呢？"

"饿死了。"

我冷不防哀叹了口气，望了望黑压压的四周，忽然深吸了口气："刘若琛，你说我们会不会死在这里？"

刘若琛轻笑一声道："想太多，我们都不会死在这里。"

我侧过头望了他一眼，他继续道："你想啊，你还得遇到33岁的我，我怎么会死在这里！"

"也对，我还有很多事没做。"我也道，"至少眼下的事情，我还没完成。"

刘若琛也笑了笑："对啊，我也好多事没做。"

"我至少得告诉未来那个他，别再蒙蔽了双眼，身旁有个多么适合他的女生。"

我突然耳朵一热，侧头望了一眼刘若琛，黑暗中的他，轮廓分明，目视前方，神情平静。

待他转过头，我突然滞然，被那双清凉如水的目光望着容易失神。

"我想，我要收回之前说的话。"刘若琛又道。

我迟疑问道："哪句？"

"就算我老了死了也不会喜欢你，"刘若琛顿了顿，声音温柔地道，"我想，未来……对，应该是那个世界的他会喜欢你。"

"抑或是，不用等到未来。"刘若琛又道。

黑漆漆的电梯里，仿佛有了回声，那句"抑或是，不用等到未来"就像是从音响里放了出来，立体，动听，慢慢地在我耳边循环不止。

我觉得我的内心好像有无边无际的潮水一浪推着一浪地打着。

密闭的空间，显得闷热异常，我只觉得脸庞热得厉害，但还好光线足够昏暗，让身旁的那人发现不了我的窘样。

我静默了半天，心想如何打破这个尴尬的局面。刘若琛倒是清了清嗓子："喀喀，我就不信邪了。"

见他又去按电梯按钮，我沮丧道："你就别白费力气了，我们还是等援救吧。"

可没想到电梯的灯骤然亮起，我们互望了一眼，刘若琛又按了按电梯的按钮。

久违的光亮让我有种迎来曙光的希望。

两人一前一后走出电梯，走过五楼的天桥到了教学楼，却失了方向。

"我们现在去哪里？"刘若琛问道，"是直接去体育馆守株待兔吗？"

这也未尝不是个好办法。

毕竟我不知道那个高年级的女生是谁，又是今天的几点发生的溺水事件。但是只要事情按照命运的齿轮发展，于晓玥一定会去体育馆，我们只要拦住她，她就不会牵连其中。

"好，那就去体育馆。"我回答道。

体育馆就是教学楼对面的一幢楼，隔着一个篮球场，贴着红砖白瓦，看起来像是一幢红色的四层别墅。

台风似乎已经登陆，天空卷着狂风仿佛在怒吼，周遭的大树被风吹得左右摇晃，呜呜作响。我紧紧拽着刘若琛的手，虽然距离体育馆不过一个篮球场的距离，但是我感到全身都在倾斜，仿佛下一秒就要被风给吹走。

刘若琛停住脚步，把身上的雨衣往我身上一套，系好脖颈上的带子，冷静道："现在雨很大，你一定要拉紧我的手。"

我拼命点头，倏然间，身后的一棵大树的枝叶"哐当"一声被风打落在了地上。我猛地吓了一大跳。

"现在的风很大，高楼上的东西随时可能被吹落。我们待会儿不要靠着建筑物走，你一定得拉紧我的手。"

刘若琛的目光澄亮，嘱咐再三。明明在这个世界的我年纪比他大，现在看来我仿佛像是个小孩，需要他的照顾和保护。

我紧紧握住他的手，仿佛指尖有股无形的电流，直通心脏，让心跳莫名地加速。

外面风雨交加，而在雨衣里的我，莫名有种前所未有的安全感。

完了，我想，我很可能喜欢上了面前的刘若琛。

对，就是眼前这个 20 岁的刘若琛。

可这种感觉让人既刺激又惶恐。

刘若琛没有察觉到我脸色的变化，只是全程紧紧握住我的手。我偷偷望着他的侧脸，眉眼轮廓明朗，神色专注，而自己忽然有种做坏事的鬼祟感。

我们两人一前一后，步伐迈得飞快，可是眼前还是出现了个深深的水坑阻碍了我们，他突然俯下身说："番番，我背你。"

我用力摇头，坚决拒绝，可他也顾不得我同不同意，就快速地用公主抱把我抱起。

不过小小的一个水坑，短短的距离，我却倍感煎熬，一颗心跳跃得太过迅速仿佛就要一跃而出。

直到他把我放下，白色的板鞋上沾满黄泥。我才目光闪烁道："其实……不用，我自己可以的。"

"你不是该感到高兴吗？"刘若琛忽然反问道。

我愣了愣，莫名地"啊"了一声。

他微扬眉，狡黠地弯了弯嘴角："你喜欢的男人，提前了十三年抱了你，应该很开心吧？"

"我……"我急于争辩，可偏偏语塞。

"我什么我，还不快些走。"刘若琛催促道。

也是，现在有正事要办，就先不跟刘若琛计较了！

因为台风天，体育馆早就闭馆，这个时候还有人去体育馆游泳，似乎不太可能。

刘若琛看了看紧锁的大门，望了望我说："你会不会记错了？"

我摇摇头，不会错，2005年的双台风只有一次，而且就是在10月10日。

我笃定道："不会，我们就在门口等于晓玥，只要不让她进门就行了。"

他看了看手表，已经是下午四点，他试探地伸手去推体育馆的大门，意外的是大门竟然轻易被推开。

我和刘若琛面面相觑，看来体育馆已经有人了？

"如果于晓玥在里面，我们就阻止她靠近泳池，"刘若琛设想道，"如果真的还有别人，不管是谁，都不让他靠近泳池。"

"嗯。"我赞同了刘若琛的主意。

两人一起走进体育馆，记忆中一楼是会议室，二楼是室内篮球馆和羽毛球馆，三楼和四楼都有一个小型的室内游泳池。区别是三楼那个供比赛用，四楼的主要是收费供学生业余使用。

我对刘若琛说："那我去三楼，你上楼看看。"

刘若琛点头答应，我们便兵分两路。当年，我还在三楼那个室内游泳池参加过50米自由泳的比赛，所以印象很深。

因为体育馆闭馆，泳池旁边的小卖部也关了门，显得静悄悄的，但是我还是听到澡堂里传来了哗啦啦的水声和两个女生的说话声。

"你说于晓玥会不会来？"

"我们有她的把柄，她怎么会不来？"我听出这个声音，是那个高个儿女孩叶倩。

"还真是没想到那个于晓玥的哥哥竟然是钱明栎，真是想不到啊！"

叶倩冷哼一声："那个臭三八真会投胎，哥哥竟然是大明星。"

她说的是于晓玥？我吃惊不已，钱明栎居然是于晓玥的哥哥？

天呐，真是不敢想象！

可是他们为什么姓氏会不同？难道是因为他们被不同的人家收养？

这剧情真是出乎意料！

我屏住呼吸继续听，只见另一个女生继续说："也不知道她那个大明星的哥哥会不会看在亲妹妹的分儿上给她那笔钱。"

"放心吧，大明星呢！要是知道我们传出新闻，他出身孤儿院，还有个那样的妹妹，你说钱重要还是名利重要？"

"说得有道理。"

"高宁，你去楼下看看，于晓玥来了没。"叶倩说。

那个叫高宁的女生回道："好。"

话音落下，两个女生走出了澡堂，我躲在洗手间里，听到她们出了门也跟了上去。

如果我没猜错，一定是她们之间有一个人会在今天溺水。不管用什么办法，一定要让她们离开泳池。

可我刚刚出门，就看到了于晓玥。

她二话不说地冲到那个高年级女生的跟前，二人开始争论。我看情形不对，正想快步上前拉住她。

可下一秒，她变了神色，目光里带着丝狠劲。

倏然间，她伸出手来，向前走了一步，趁着叶倩转头的一瞬，用力推了叶倩一下。

"砰"的一声。

叶倩晃悠悠地没站稳，一下子就掉入了泳池。

我心里大惊，一个纵跳，就想去泳池去救叶倩，游了一半发现叶倩会游泳，没一会儿她自己就爬到了池边。

我从泳池里爬了起来，全身又冷又湿，狠狠地拽住了于晓玥，心中又气又恨，气的是于晓玥真是那个推人下水的凶手，恨的是自己竟然还被她完美的演技所蒙蔽。

她的确是推人下水的人，还能装作无辜的模样，忽然让我感到恶心。

我看着站在泳池前瑟瑟发抖的于晓玥，冷冷道："你真的想害死她吗？"

第四十六章

她仰头看我，眼眸漆黑，有着非一般的倔强："我没有。"

短短三字，却十分有力。可我一阵心寒："你真的让我太失望了。"

"我和你说了，我没有。我没有想害死她。"于晓玥咬字略狠，说得理直气壮。

叶倩已然冲了过来，大声叫骂道："臭三八，你竟敢推我到水里，找死吗？！"

"你想干吗！"我站在于晓玥的面前，板着脸怒对着叶倩。

叶倩全身湿漉漉的，冷笑了一声："好啊，有帮手了，等着瞧！"

话落，叶倩心有怨气地往泳池出口走去，我回头看着于晓玥，说："现在没事了。"

"谢谢。"于晓玥给的回复依然冷冰冰。

"即使她做的有多错，你都不应该……"

于晓玥打断了我的话，说："我和你说过了，我只是想惩罚她一下，没想让她死。"

我暗自觉得自己太过较真，在这里和她争论什么呢，反正这里没有人溺水，我的目的已然达成了。

只是心里略微有些失望，于晓玥若干年后和我说的真相却和这里截然不同。

我不再吭声，丧气地走出游泳馆，正好碰上了从四楼下楼的刘若琛，他看着我灰心的模样，问道："怎么样，找到人了吗？"

我点点头，他又问："结果呢？"

"结果？"我抬头看他，深吸了口气，"她真的推了叶倩。"

"她真的想推那个女孩下泳池？"刘若琛又问。

我又点了点头，样子看上去十分灰心。

刘若琛却有点不敢相信："会不会有什么误会？"

我深吸了口气，心里倒是希望有些误会，但事实的确摆在了眼前，让人不得不相信。

既然我已经阻止了叶倩的溺水，改变了于晓玥的命运，本该庆幸。可为何我总觉得心里莫名地觉得哪里不对头，却又说不上来。

　　我和刘若琛两人并排着走到一楼，一楼的大厅里有一面红榜挂着一排照片，统统是历年在市里比赛获得奖状荣誉的学生照片。刘若琛徐徐走了一段，似乎对墙上的证书来了兴趣。

　　而我心不在焉地望着窗外，外面依然风雨交加。不一会儿，道路两旁的大树已经倒了两棵，大雨愈演愈烈，一条大路转眼间成了条湍急的河流，隐隐看到路边不远处的轿车也已被大雨漫过了半个轮胎。

　　唉，看来一时半会儿还没法回家。

　　可刘若琛却越看越专注，忍不住迈近一步，冷不防问道："你刚刚说被于晓玥推到泳池里的女生叫什么名字。"

　　"叶倩。"

　　"叶倩，是这个叶倩吗？"刘若琛忽然指了指墙上的那张照片。

　　我心里困惑，凑近一看，红榜上贴着的那张照片的确是我认识的那个叶倩，而照片下的一行黑字写的是：2004年市青少年50米游泳赛冠军。

　　"她竟然是游泳冠军？"我兀自陷入沉思。

　　"她会游泳，所以真正溺死的人不是她？"刘若琛蹙眉反问。

　　我忽然大惊失色，难道按照事情的发展真正溺水而亡的人是高宁？

　　我一路狂奔地往三楼的游泳馆跑去，直到到了门口过道看见了高宁的身影，我在长廊上狂奔，可已经来不及了！

　　我眼睁睁地看着高宁前脚已经迈进了游泳馆。

　　进了游泳馆，我一眼就看到高宁和于晓玥两人站在泳池边，而叶倩不见踪迹。

　　两人在泳池边互相推搡，我大声喊道："你们在干吗？"

　　下一秒，高宁看到我，她猛地推了于晓玥一下，而于晓玥脚下打滑，整个人往泳池倒，倒下的一瞬抓住了高宁的裤腿。我迅速伸手抓住高宁，握住指尖的一瞬，已经来不及了，两人通通落入了泳池，扑棱扑棱地挣扎开来。

　　"救命——"

“救命啊，我不会游泳。”

泳池里的两个女生拼命地在挣扎呐喊。

我迅速窜入泳池，于晓玥不会游泳，我心里想着第一时间去救她，我的泳技还不错，一下就窜到了她的旁边，握住了她的手。

她不断地在挣扎，我好不容易才控制住了她，用力地环着她的双肩，一步一步地拽着她到岸边。

也不知道是不是因为在水里的原因，她显得特别重，我感觉抱着她的双肩都感到困难。

于晓玥还在闭着眼睛大叫“救命”，我气得不行，大声道：“于晓玥，你不要动，我们努力往泳池边去。”

她这才冷静了下来，用力地喘着气。我看着她提醒道：“你跟着我深呼吸，慢慢往岸边移动，放心，有我在。”

我们现在处于泳池的深水区，差不多有 3 米深，虽然对于我不算什么，但是对于一个 14 岁又不会游泳的女孩的确挺可怕的。

此时，刘若琛已经救上了高宁，在岸边帮忙把于晓玥拉上了岸。

我呼吸急促，忽然感到体力不支，想使劲爬上岸，却感到手臂无力，好不容易爬上了岸。看着岸上的于晓玥，她全身湿漉漉，眼里惊慌失措，茫然地看我，已然没了大碍。

我刚准备往前迈一步，倏然间感到头脑昏沉，拼命眨着眼，却猛地感到眼前一片模糊。

下一瞬，我只感觉自己又无力地倒入了泳池中。

身体用力地下沉，使不上劲，源源不断的水灌入口腔、耳朵和眼睛……

呼吸越来越困难，我忽然有了窒息的感觉，脑海里一片茫然，仿佛是一场幻觉，却真实无比，我看到了刘若琛。

对，是那个在另一个世界的刘若琛。他是 33 岁的刘若琛。

容光清澈，剑眉星目，如墨勾勒，那样的目光像是缀着让人心醉的星光。

他抓紧了我的双手，薄唇轻轻靠在了我的耳畔呢喃，我想听清，却只能听清那两个字"番番"。

我拼命地想同他说话，心里有太多疑惑。

他为什么要抛下我在这里？

他怎么可以这样拒绝我？

我明明有太多话想说，却如鲠在喉，说不出话来。

而水中的他明明在抿着唇冲着我微笑，这么不真切的场景竟然实实在在地发生。

就这样，他的薄唇在徐徐靠近。

我睁大眼，头皮发麻，难以置信。

下一秒，他贴近我的唇，吻住了我。

我双手环着他的脖颈，他的双手自然而然地搭在了我的腰部，如此近的距离，让人感到十分不真切。

我多么希望这不是一场梦，因为我明明可以感到他薄唇滚烫的温度。

可心里又怕这是一场梦，一觉醒来他又会不见。

我只能紧紧地闭着双眼，默默地感受着来自另一个世界他的温度。

"番番，你醒醒啊！"

"番番——"

耳边仿佛有人在呼唤我，我努力睁开眼，白炽的灯光下，一张年轻的脸庞映入眼帘，他的双手一下一下正按住我的胸腔。

我猛地吐了一大口水，他看到我已经苏醒，担忧的目光忽然转为欣喜："你终于醒来了，你要是再不醒来，我就要给你做人工呼吸了。"

我坐直身子，神情还是有些恍惚。

"番番，你没事吧？"刘若琛皱眉看我。

我望着眼前这个刘若琛，忽然想起了刚刚那个吻，脸庞莫名地开始热了起来。

难道刚刚是一场梦？

可是我确实见到了 33 岁的刘若琛。

"刚刚是你救了我？"我深吸了口气问道。

刘若琛奇怪地望了我一眼，点头说："对。"

我用力地拍了拍脑袋，幻觉，幻觉，怎么会有这么真实的幻觉？

刘若琛抓住我的手，不让我再拍头，眼神里都是担忧："你怎么了？该不会被水淹傻了吧？"

"我没事。"我深吸了口气，望了望身旁的于晓玥。

她显然惊魂未定，我望了望四周，高宁还在拼命地喘气。我起身，径直地走到她的跟前，说："刚刚的一切我都看到了。"

刚刚在泳池差点被淹死，她显然被吓坏了。

我接着道："是你推于晓玥下水的。我和刘若琛都能作证。"

我步步紧逼，目光锐利，提高了音调说："如果你还有别的坏心思，今天的一切就不会是一个秘密。"

她默默地爬起身，望向了我身后的于晓玥，还有些不死心说："钱明栎……"

"钱明栎什么？你最好把你知道的秘密默默地忘记了，"我威胁道，"别忘了，我们救了你一命。"

"如果不是我们，你就会淹死在这里。"我继续说。

她不再说话，用力地点头说："我知道了，我……我知道了。"

她灰溜溜地想要逃走，我又说："告诉那个叶倩，她一样，要是有别的心思，就完蛋了。"

"别忘了这里有摄像头。"我强调道。

她不再吭声，迅速地逃走。这时，游泳馆只剩下我，刘若琛和于晓玥。

"这里的摄像头有开吗？"刘若琛望了望四周，问道。

我冷不防哼了一声："我故意吓唬她的。"

刘若琛耸耸肩，轻笑一声："变聪明了啊，会唬小孩了。"

"谢谢你们，"于晓玥默默地已经走到我们身边，她望着我，问，"可是……我认识你们吗？"

"钱明栎，他……他真的是你哥哥？"我还是有点不可置信。

她目光闪烁，迟疑了片刻，回道："你……都知道了？"

我点点头，说："他们是不是想要这个秘密威胁你和你哥？"

　　"钱明栎的确是我哥哥，他大我将近十岁，所以没有人想到我们会是兄妹。妈妈去世后，十三岁的他和三岁的我一起被孤儿院收养。他有唱歌的天赋，十五岁的时候就被一个好人家收养了。"

　　她的目光中有着隐忍的倔强，慢慢道来："有一天，我和哥哥见面，被叶倩看到了。她威胁我，如果不给她一百万，她就会把我哥哥是大明星的消息公之于众。"

　　"我害怕哥哥并不光彩的出身会影响到他……"

　　"所以……那你们那两天的失踪，实质上是……你们想逃离？"我不禁猜测道。

　　于晓玥大为意外我对她的情况了如指掌，盯着我看，说："你……你到底是谁？为什么会知道我这么多事？"

　　"我是谁并不重要，"我淡定地看着她，把功劳归于小少女，"重要的是这些都是鹿番番告诉我，是她让我救你的。"

　　"鹿番番——"她动了动唇，喃喃自语。

　　"你们吵架了吗？其实……她很珍惜你这个朋友。"我又道。

　　她点点头，咬着唇说："谢谢，我知道了。"

　　双台风终于过境，到了第二天清晨，雨过天晴，可是道路还在积水，断树仍然横卧在道路旁，部分地方还在停电。

　　在后续的几天内，台风留下的后遗症使这个城市的人们都在费心地收拾。而这个台风后，娱乐圈突然砸出一个劲爆的消息，那就是钱明栎接受采访，承认自己曾经在孤儿院生活，而自己还有个妹妹在读初中。

　　看到这则新闻时，我正在家中，茶几上的手机忽然"嗡嗡"作响，我看了短信是于晓玥发给我的：谢谢你，姐姐。虽然不知道你是谁，但总觉得我们在哪里见过面似的，因为哥哥的原因，我要转学了。不过，你不要担心，鹿番番永远都会是我最好的朋友。

　　我扬起嘴角，从来没想到于晓玥会对我说这样的话。

　　可是忽然间，我又放下手机，感觉脑海里什么东西在悄悄发生变化。

　　我意识到我已经改变了于晓玥的未来，可改变于晓玥未来的同时仿佛什么东西也在悄然变化……

记忆中的某块经历突然慢慢在掏空，一块又一块，像是墙壁掉落油漆似的掉落，我太过害怕，心里只想着现在要马上见到刘若琛。

我打了辆的士来到刘若琛的家门外，然后同他打了个电话。他告诉我，今晚在学校上晚自习。

白跑了一趟，可我今夜却特别想见他一面。

我一个人坐在了小区前的石板凳上，差不多一个小时后，我看到了刘若琛挺拔的身影，他穿着白衬衫和黑色长裤，单肩背着黑色书包，手里还握着一串钥匙，走起路来特别轻盈，看似心情不错。

我望着他的背影喊道："刘若琛——"

他转头惊奇地看我："你……你在这里等了我一个小时？"

我点点头，弯了弯嘴角，看似微笑："对，反正我也没啥事。"

他盯着我看，那双眼似乎要洞穿了我的心思："番番，你找我到底有什么事？"

我看着他，目光沉沉："刘若琛，我改变了于晓玥的命运。"

"这不是好事吗？"他反问道。

我心里有着前所未有的恐惧："她不会被冤枉，她不会有心理阴影，十年后，她不会嫁给那个煤矿老板。"

"这有……什么问题吗？"他看着我的神情，眉头微蹙。

"所以……她不会打那场离婚官司，"我顿了顿，眼里却忽然有了盈盈泪光，"只要不打那场离婚官司，她就不会找业内的传奇著名的离婚律师刘若琛。"

刘若琛的脸突然沉了下去，我继续说："所以……未来……"

他掐断了我的话，声音沉重地说："所以……我们在未来不会相遇。"

对，我在遗忘刘若琛。

我的生命里在逐渐消失33岁刘若琛这个人，而我脑海中属于33岁刘若琛的记忆都会慢慢地消失殆尽。

今夜的夜色特别好，徐徐的风拂过脸庞时，竟带着秋天丝丝的凉意。秋蝉的声音已然萧瑟，我和刘若琛面对面站在榕树下，淡黄色的路灯穿过榕树叶照在刘若琛的脸上，他的脸显得一半斑驳一半明亮。

"你在说什么？"刘若琛的目光中有着深深的震惊。

我心里忽然袭来的是排山倒海的难过，这种眼睁睁看着回忆丢失的感觉实在太痛，就这样我的眼泪不受控制地沿着脸庞落下。

"刘若琛，用不了多久我就会忘记那个世界的你，所有我和你之间的故事都会慢慢瓦解，最后不见。"

22 岁的于晓玥不会嫁给那个煤矿老板。

而我 22 岁的时候将不再因为于晓玥的官司认识 27 岁的刘若琛。

我不会做他的营养师，不会爱上他五年，所有的故事都在我帮助于晓玥改变命运的那一刻开始改变。

我明白生命里关于那个世界刘若琛的回忆都会逐渐随着光阴而慢慢剥落。

虽然不确信我需要多久才能彻彻底底忘了 33 岁的他，但是我可以感觉这种滋味在随着时间慢慢变淡。

原来迅速的失忆并不让人难过，而让你感受到记忆一点一点地消失才让人痛彻心扉。

我开始恸哭起来，这种悲伤难以言喻。

对面的刘若琛显得措手不及，他没有料到我会大哭起来。

这样静谧的夜，显得我的哭泣很突兀。

"你别哭了，这样仿佛我欺负你似的。"刘若琛无奈地叹了口气。

可我却越哭越伤心，他显然没了办法，默默伸手，生疏地想要擦拭我脸庞的泪，安慰道："番番，你别哭了……"

"你哭了，我都不知道自己能干吗……"他眉头紧锁，担忧不已。

的确，他帮不了我。

这个世界没有人能够改变这一切了。

是我自己自作自受，我没有料到命运的报复就像是多米诺骨牌一般，一个接着一个轰然倒地，最后击中的是我和刘若琛的命运。

他突然伸手抱住了我，我伏在他的肩上，哭得哽咽不已："刘若琛，为什么命运要这么对我？我不想忘记你。"

"我不想忘记你……"

他一下一下地轻拍着我的肩膀，却忽然冷静了下来："你只是忘记了另一个世界的我。可是你还有我。"

还有你？

我从他的怀中挣脱，凝神看他，他的眼眸深邃，出奇的平静："你不会忘记这个世界的我。"

我定定地盯着他，那样的脸庞，年轻却有着不一般的成熟沉着。

我的心里乱成一团麻，因为这个近在咫尺的刘若琛，已让我怦然。

"你们——"

我和刘若琛同时转过头，面前的女生不是别人正是祝意潇，我不知道她在这里待了多久，又听了多少我们之间的对话。

但是从她眼中的震惊可知，她显然已经察觉到我和刘若琛关系的不同寻常。

"意潇……"我僵着嘴角冲着她微笑。

祝意潇慢慢走近我们，开口问道："你们……你们不是姐弟？"

我知道我的谎言已经欺骗不了她了，刘若琛对我说："还是我跟意潇解释吧。"

我点了点头，他便同祝意潇一起走到小区内的凉亭附近。

他们聊了很久，的确，对于一个正常人来说，这是一个信息量很大的消息。

直到看到两人缓缓地朝着我走来，我才从石板凳上站了起来。

祝意潇徐徐走到我的面前，说："番番，你真的……"

"你真的认识 33 岁的刘若琛？"

我用力点头，她又道："那……我呢？在那个世界，你……你见过我吗？"

我摇摇头，说："没有。"

她显得有点失望，慢慢吐气，说："对不起，我现在很混乱，想回家休息一下。"

我见她局促转头离开，望了望已然到了身旁的刘若琛，问道："你和她说了什么？"

"我只是对她说了实话，"刘若琛，又道，"她是来还书的。"

我看了看刘若琛手中的那本书，竟然是那本畅销书 *Lily's Crossing*。

看来这本书真的很畅销。

无法否认，这本书似乎真的有一些魔力，能让我突然心里发颤。

特别是那句 If you want to go back, please don't change the rules of this world.（如果你想回去，请不要改变这个世界的规则。）

看来已经实现。

我的报应已经开始了吧。

我弯了弯嘴角，突然自嘲地一笑。

刘若琛被我的笑吓了一跳，他蹙眉看我："你在想什么？"

夜已经深了，面前楼房的灯暗了一盏又一盏，只有几户人家还未入眠。

"我先走了，早点睡吧。"我转头要走。

他却跟上了步伐，目光明朗地说："这么迟了，我送你吧。"

晚上的巴士静静淌过这座城市，这座城市的夜并没有十三年后那么繁华，道路不够宽敞，路边零零散散的都是些矮建筑。谁也没想到十多年后这座城市会发生翻天覆地的变化。

每个人对时间的长短感知是那么不确定，而我清晰记得十四岁那年的时间特别煎熬，好像过了很久还是没有等到日期的翻页。

路过护城河的时候，我突然对刘若琛说："我想下车走走。"

他点头陪我一起下了车，护城河旁边是一条长长的人行栈道。这个时候，人少得惊人。我和刘若琛各怀心事走了一路，直到我停下脚步，望了望不远处，没想到走啊走啊，还是不自觉地走到了通往家的那条路。

我暗自轻笑了声，刘若琛也笑了："我看你，怎么走，不会忘记的只有家吧。"

可不是吗，时间过得再久。我都不会忘了那个早就失效的家庭座机号和通往家的路。

"对不起，"我隐隐抱歉，让他陪我走了这么大段路，只能说，"我一个人可以的，要不你先回家吧。"

"喵——"

窄小的小巷突然传来了一声尖锐的猫叫声，我一阵欣喜，难道是那只流浪猫面面！

我在路灯下仔细寻觅，下一秒，一只雪白的猫从矮墙上迅速窜下，一双绿油油的双眼直逼着刘若琛。

我望了刘若琛一眼，这回惨了！

果不其然，下一秒，面面毫不留情地长爪一伸，猝不及防地划伤了刘若琛的脸庞。

我大惊失色，大叫道："面面，不许乱来！"

路灯下的面面，"喵喵喵"了好几声，似乎认出了我的气味，却又有些犹疑，我到底是谁。

我来不及教训它，只是着急地去看看刘若琛脸上的伤，唉，这回完了。

这么英俊的脸庞竟然被猫抓了一道大口子。

我着急地看了看刘若琛额头上的伤，大约有三道一寸左右的伤痕。他倒是不以为然，笑了笑道："没事，大不了我留个刘海儿吧。"

我忍不住被他的话逗乐了，只能无奈地说："前面有个 24 小时便利店，我们去买点药水，还是得消毒。"

便利店灯火通明，我和刘若琛并排着坐在窗前，我持着棉签小心翼翼地给他的额头擦药，一下一下，掌握着分寸，生怕弄疼了刘若琛。

可他却从头到尾保持着浅笑，我忍不住问道："你笑什么？"

"没什么，只是没想到会被一只猫毁了容。"刘若琛叹气自嘲道。

"你可千万别毁容，未来我还指望着嫁给你呢。"

我专心致志地清理着伤口，发现刘若琛突然沉默。我贴上纱布，想到自己对未来那个他的回忆正在慢慢流逝，莫名地又有些难过。

我清了清嗓子说："反正未来我们也不会遇上了。我说这些还蛮可笑的。"

我要了碗杯面，等泡面的片刻，刘若琛换了个话题，忽然问道："那只猫好像认识你。"

"是啊，我们是朋友。我 10 岁的时候就认识它了，本来想带回家养的，可是我妈对猫毛过敏，我只好放弃……"我叹了口气继续道，"后来……"

"后来，我搬离了这个家，我们就再也没遇见了。"我解释道。

"可是……它为什么对我有这么深的恶意呢？"刘若琛又问。

我像是陷入了回忆中，慢慢解释道："因为你侵犯了它的领地，那棵紫荆花树下藏着它的宝贝，谁踩到那个地方，被它发现，它就会生气。"

"那你也不早些告诉我，"刘若琛冷眼看了我，伸手想掀开头上的纱布。

我忙不迭抓住他的手，训斥道："别乱动，要是伤口真的感染毁容了，我可不管你。"

抬头的一瞬，四双相对，我竟然心虚地想回避那双清澈如星的目光。

我瓮声瓮气地说："这……这不是来不及了，我刚想喊，面面就已经抓到你了。"

眼看泡面已经差不多好了，我用勺子搅了搅面，又看似漫不经心地嘱咐道："明天，你要不要去打个狂犬疫苗，毕竟它是只流浪猫……"

"番番——"他的声音沉沉，突然打断了我的话。

我侧头看他，他专注地望着落地窗外的夜色，看似漫不经心地说："其实，你忘了未来的那个我挺好的。"

我震惊地看着他，心中有一些不解。

他徐徐转过脸，神情沉重又认真地说："如果未来我们不曾相遇，那么你就可以回到你应该在的地方。"

我定定地盯着刘若琛，一瞬间竟然没有领会到他的意思。

他勾着唇，眼神深不可测："假设我们未来不曾相遇，你就不会收到我送的马桶。那么你就不会出现在这里。"

他说的漫不经心，可我却感到脑中嗡了一声，内心翻江倒海。

因为，我明白了他的意思。

假若未来我们不曾相遇，那么在我 22 岁后和刘若琛发生的故事都会清零，不曾存在过。

那五年的深爱都会消失不见。

随着我们之间的记忆慢慢消失，刘若琛送我马桶的这件事也不该存在。

到了最后消失不见的那一天，我就可以回到我应该在的那个世界。

可是为什么想到这个结果，我竟然有了心痛的感觉。

"你应该感到开心才对。"刘若琛笑着又道。

对啊，我应该感到开心。

可我怎么开心得起来？

告别了 20 岁的刘若琛，然后忘记 33 岁的刘若琛。

我们之间的回忆也变得残缺。

未来，我也不知道能不能人海中再找到你。

你又会不会忘记了我与你 20 岁时经历的那一切？那些我们改变过的命运，那些我们经历过的惊心动魄？结伴闯过的那些生死难关？

心中太多困惑，太多不确定。沧海桑田，变幻莫测，我们竟然握不紧。

我直直地盯着刘若琛，那一刻我们都是被时间欺骗的旅人，不可以做片刻停留，只能仍由时间推着走。

他的手心捧着杯咖啡，眼神专注，嘴角的微笑仿佛染着暖色调，在这秋夜里有着独有的温度。

我忽然开口问道："你干吗这么看我？"

他徐徐开口，似笑非笑："因为，我想记住你。"

心中仿佛掀起了千层浪，让我竟然一时语塞。

"记……记住什么？"我微微仰头，支吾道。

他的目光如月明清朗，唇沿笑意如秋风相伴软柔："所有。"

"所有"短短二字让我感动肺腑，我不想让刘若琛看到我神情的变化，而是侧头看向了他方。

他继续道："这样才好在未来找到你啊，这么久的时间，你可是欠了我不少钱。"

"我什么时候欠你钱了？"我回过头，忍不住问道。

刘若琛轻巧地耸肩道："那些我帮你交的一半房租费，未来你可是要记得还给我。"

喂，当时可不是这么说的啊！

不是说好他替我付吗？

我气得不行，说："你怎么能反悔呀！你当时可不是这样说的。"

"我当时说了什么？我不记得了。"

刘若琛这是耍无赖啊！

"你怎么能说一套做一套啊？"我不满地埋怨道。

"不是说你未来是什么营养师吗？特别有钱。这点钱应该不算什么吧。"刘若琛理所当然道。

"可是……"

我狠狠地瞪了刘若琛一眼，他倒是不以为然起身去买了个笔记本，又回到了位置上。

我不解看他，他倒是显得落落大方道："说起来，我也得记个账，不然都记不清你到底欠我多少了！"

"喂——"

刘若琛倒是来劲了啊！

他翻开笔记本，执着长长的签字笔在手中转了一圈，终于在笔记本上落笔。

我凑过头一看，刘若琛的字真的很好看，是漂亮的行楷，静中有动，清新飘逸。

不一会儿，笔记本上落下了一行字：鹿番番欠我的钱，记得 33 岁那年找她还。

我暗自觉得好笑，他竟然在给 33 岁的自己写留言。

可他神情严肃，认真无比道："我可是认真的。"

"我要记下来，你欠我的，我都要记下来，到时候未来才会记得找到你。"

此时的刘若琛认真地像是一个执拗的小孩，望着他深邃的目光，我知道，我心动了。

对，是眼前这个刘若琛。

"回家吧。"我忽然说。

他点点头，说："好。"

这样来回折腾，到了我租的那幢单身公寓楼下已然是深夜。晚风徐徐，他抬头看了看天上的疏星，像是自言自语道："既然要告别了，要不然我们来一场告别之旅吧。"

"啊？"我不解地看他。

"比如有些景，今后看不到的，你不想再去看看吗？"他问道。

我仔细想想，这座城市十多年后还有哪些景色会再也看不着的，迟疑了片刻，我说："我们去枫山吧，我想去许个愿。"

"好！那就这周末。"他显然很开心我答应了他的建议。

顿了顿，他又问："你要许什么愿望？"

看着他好奇的目光，我微微扬唇，得意道："不告诉你。"

漫长的夏天终于悄然而逝，秋夜总是那么好入眠。我和刘若琛告别后，回到公寓洗了个澡，窝在床上看了会儿 *Lily's Crossing* 不一会儿就进入了梦乡。

很久没出现的刘若琛又出现在了我的梦里。

他是另一个世界的刘若琛，他穿着象牙白的衬衣，黑色的西装裤，唇边笑意盎然。

也许是因为记忆在慢慢流逝的缘故，我对他的感觉也在慢慢变淡。

看着他，我忽然有种陌生感，

我还没想好怎么打招呼，他先说了话，他说："番番，抱歉，让你来到这个世界，遇到 20 岁的我。"

"你……"我忽然有点犹疑，面前的场景到底是不是梦，还是真的同 33 岁的刘若琛见面。

"你要记得这不是梦，你面前的人的确是 33 岁的刘若琛。"

我大为惊讶，这明明是场梦才对，可是面前的人又太过真实。

"那……那这里又是哪里？"

我环顾四周，周遭白茫茫的一片，我好似在仙境中，踩着云端，看不到景物。

"在不存在的世界里。"刘若琛又道。

什么鬼啊！

我正想骂脏话，最近做的梦越来越蹊跷了。想想又觉得不对头，我走近一步，伸手摸了摸面前刘若琛的脸庞。

是真的，是真实的触感。

我又狠狠地捏了自己一下，的确很疼。可是……

什么叫不存在的世界？

"可是……"

"没有可是，"刘若琛突然握住我的手，目光深沉，"在忘记我之前，你要帮我。"

"帮你？"

"你不是想知道我为什么会患上厌食症？"他着急地说。

"对，那是因为什么？"

"因为……"

"因为什么？"

我眼前突然闪过刺眼的白光，让我迅速伸手挡住了面前的光芒。

"飞机失事。"

"什么？"

我睁开眼，可是面前的刘若琛已经不见，迎接着我是深深的黑夜，我打开床头柜上的台灯，看了看时间，已经是凌晨两点钟。

我趿着拖鞋，来到客厅打开冰箱，喝了一杯冰水，心有余悸地在沙发上坐下。

飞机失事？

我深吸了口气，感觉这不是一场梦。可是刘若琛说了一半的话是什么意思？

他是在提醒我吗？

谁会在飞机失事中遇难？还是飞机失事使得他患上厌食症？

我当即起身，翻箱倒柜地找到了一本笔记本。既然我会忘记了那个世界的刘若琛，那么我就学着刘若琛记下一切吧。

从我见到刘若琛第一次的情景到他最后送我马桶的事情，我都要用笔记本写下来。

记忆既然已经不可靠了，那我就依赖文字吧。

那飞机失事呢？

我是不是应该提醒一下刘若琛不要坐飞机？

我写了一夜，直到清晨第一道阳光降临，我才打了个电话给刘若琛，他还在睡梦中，听到我的电话，忍不住笑了起来："你是想提醒我这辈子都不要坐飞机吗？"

"也不是……就今年吧。"我犹疑片刻，说。

"那你是不是也该提醒下我周围的人也不应该坐飞机了。"他又说。

我恍然大悟地说："对对，秦扬和祝意潇都应该提醒。"

"神经病，我再睡一会儿，晚点说。"

可刘若琛根本不当一回事，一下就挂了电话。

喂，这可是 33 岁的你告诉我的，你竟然不当回事！

我仔细地想了想那场梦，可是心里又总觉得哪里怪怪的。

可是暂时又没什么事发生，我就也没放在心上。转眼，周六就到了眼前，我答应了刘若琛一起去枫山许愿。

此时的枫山景色优美，气候宜人。山上有个破庙，年久失修，大多数和尚走得差不多了，但是知道的老人都说这个庙许的愿都特别灵验。后来过了十年，有人看上了枫山的商机，把它变成了度假村，那个破庙也拆掉重建，香火也渐渐好了起来，但是商业化太过严重，庙宇该有的庄严肃穆也少了。

这次回到过去，还有机会看到这个破庙，我觉得十分荣幸。

在去枫山之前，我已经做好了长途跋涉的准备，准备了一大堆零食和水，可刘若琛却轻装上阵，只是穿了身黑色运动服和白色的运动鞋，身上什么也没带。

我打量了他半天，说："这枫山可是有段距离，你什么也不带？"

他弯了弯唇，冲着我笑了笑："你不是带了吗？你带了就好了。"

我："……"

"那我们走吧。"刘若琛催促道。

"再等等吧，我叫了秦扬和祝意潇一起去。"我又道。

"你叫了他们？"刘若琛困惑地看我。

我笑着解释道："那天秦扬来我店里喝豆花，听说我去枫山也要去，然后他又叫上了祝意潇。"

"好吧。"刘若琛无奈地耸耸肩。

等了一会儿，秦扬和祝意潇两人并肩出现，他们两个都背着书包，还是刘若琛最为轻松，什么也没带。

后来，爬山爬了一半，我就发觉自己真是带了太多的东西，什么书，衣服还有手电筒都显得太过多余。我们本来就是想当天往返，我偏偏顾虑太多，带了太多的东西。

"我来吧。"话落，刘若琛就揽过了我身上的书包。

我气喘吁吁地擦了擦汗，望了望身后的祝意潇，她的背包显然也鼓鼓的，似乎也放了不少的所谓必需品。

"意潇，我帮你背一会儿吧。"我好心转头建议道。

她抬头看了我一眼，又望了望背着我书包的刘若琛，说："不用啦，我自己可以。"

秦扬接过了祝意潇的书包，说："这应该是男生来做。"

话落，两人走在了前面，开始了攀山的竞争，而我和祝意潇紧跟其后。

大约过了一个小时，我们才爬到了半山腰，我和祝意潇二人坐在凉亭小憩，刘若琛和秦扬去找一找有没有什么小路可抄。

静坐了片刻，祝意潇说："番番，你要吃水果吗？我带来些水果。"

"不用了，"我摇了摇头，又道，"留给他们两个男生吧。"

也不知道为什么让祝意潇知道我的身份之后，我和她相处起来似乎有些尴尬，静默片刻，她忽然道："你是不是知道我们三人的命运？"

我转过头看她，她对我说："秦扬老是喜欢同若琛竞争，别看他们好像合不来，但是他们其实是最了解彼此的人。"

"是吗？"我忽然反问道。

她点点头，说："他们是发小，从小到大竞争到现在，我觉得他们会做一辈子的好朋友。"

我不置可否，谁想到十三年后，他们做不成朋友，也不是敌人。他们不再见面，冷落着彼此。

我忽然叹了口气，望了望不远处的庙宇，看着那么近，其实离得那么远。

我们的命运正是如此，看似近在咫尺，其实远得难以触摸。

"你在想什么？"祝意潇突然问道。

我迟疑片刻，望着她说："没……什么，我就在想我们得什么时候才能到。"

"得快中午了吧，按照这个速度应该得在庙里吃午饭了。"祝意潇叹了口气，撩了撩耳边的细发。

顿了顿，她抬眼看我，鼓起勇气道："我……喜欢刘若琛。"

我早就看出来了，那天刘若琛受伤，祝意潇试探的话不就说明了她喜欢刘若琛。

"其实，秦扬那么优秀，他追我的时候，我已经心动了。可是当刘若琛忽然改变了，他瘦了，我这才注意到他，我才发现我之前是多么的肤浅，他那么热血那么明亮，真是让人难以移开目光……"

看来祝意潇也是个颜控呢，她继续道："但是我只知道，你也喜欢他。"

我咳了两声，解释道："意潇，其实……我和他应该在 2013 年才会遇见，只是没想到提前了 7 年，我和 20 岁的刘若琛遇见了。"

"在那个世界我喜欢他。"我又补充了句。

"这就是命运吧。"她忽然道。

祝意潇扬着唇，看似在笑，可眼里却莫名带着些惆怅。

"秦扬说，你告诉他，我会做他的妻子，是吗？"她突然瞪着眼睛，等着我的答复。

我瞪大眼，满脸惊奇。

我从来没有和秦扬说过这句话，而且秦扬明明知道十三年后他的婚姻状况，他的妻子本该是个模特，他会同他的妻子离婚。

他为何要和祝意潇说这样的话？

我纠结了半天，还是一声不吭。直到秦扬默默地走到我和祝意潇的旁边，问道："你们在说什么？"

"随便聊聊，你们找到近路了吗？"祝意潇问道。

秦扬点了点头，说："嗯，若琛找到了，正在前面等我们。"

话落，我们收拾好背包继续前进，刘若琛在前面带路，又走了差不多半个小时，才看到了那个破庙。

暗红色的墙已经掉漆，灰色的瓦顶上四个檐角扬起，好像雕刻着什么灵兽。由于时间太长，疏于修葺，已然看不清上面的图案。

庙前倒是摆着个巨大的香炉，但来许愿的人并不多，但是神情都足够虔诚。

我暗自舒了口气，有些后悔，走了两个小时许个愿，真是自己找罪受。

祝意潇倒是欣喜道："人家说心诚则灵，这段路可能是考验我们心诚不诚呢。"

话音落下，祝意潇一人就走到前面，往庙里去了。刘若琛随便找了个台阶坐下，说："我先休息会儿，你们先去许愿吧。"

话毕，我同秦扬并排着就往前走，见四下无人，我突然道："你为什么要骗祝意潇？"

他侧头看我，很快就领悟了我的意思，也不否认道："你来这里不是改变了很多人的命运吗，你同样可以改变我和祝意潇的命运啊。"

"可是……"我本就不了解你们的过去啊！

"其实你有没有想过，也许你已经改变了。"秦扬顿住脚步，目光如炬。

我突然愣在原地，也许刘若琛瘦的那一刻开始就已然改变了这三人的命运。

　　如果刘若琛还是个大胖子，祝意潇就不会注意他的存在。

　　想到这一切，我竟然莫名有些抱歉。

　　秦扬淡淡地笑了笑说："即使你改变不了，我也要改变已知的命运。"

　　"可是，你是欺骗了她！"我有些生气道。

　　他却决绝地看着我，说："这不是欺骗，我会让事情按照这个方向发展的。"

　　我看着他决绝肯定的目光，忽然觉得秦扬疯了。

　　他怎么敢那么确定？

　　"你知道你在说什么吗？"我皱眉担忧地看着他，说，"你勉强不了祝意潇的，她有喜欢别人的权利。"

　　秦扬目光寒冷，忽然冷笑了声，道："那你呢？你不是同样希望刘若琛喜欢你？"

　　"我……"

　　"你难道就没有想过改变未来你和刘若琛的命运？你难道不想让他爱上你？"他冷飕飕地反问道。

　　他的话太过尖锐，我竟然一时无言以对。

　　我和秦扬又能相差多少？刚遇到20岁的刘若琛时，我不是也同他说，我是他未来的女朋友吗？

　　大概，有时爱情会使人变得自私自利。

　　"你们在说什么？"

　　我和秦扬同时回头，不知何时刘若琛冷不防地出现在了我们的身后。

　　"你能不能别跟鬼一样突然出现？"我吓了一跳埋怨道。

　　他不以为然道："是你们说什么太入神了吧。"

　　秦扬神情十分淡然，说："我先去看看意潇。"

　　望着秦扬的背影，身旁的刘若琛突然问道："你们刚刚聊什么？我怎么听到了祝意潇？"

我白了他一眼，说："你怎么那么八卦！"

话落，我有些心虚地往前走，我虽然不认可秦扬的做法，可心里却已然体谅了他。

我走进庙里的时候，祝意潇已经跪在那里，闭着眼睛，满脸虔诚地在许愿。我找了另一个跪拜垫跪下，仰头看着肃穆的观音像，闭起眼，许了两个愿望。

一个为妈妈所求，一个为刘若琛所求。

希望妈妈能安然度过今年，希望现在和未来的刘若琛都好好的。

许完愿，我求了一只签，走出庙宇正好看到在庙外闲坐的刘若琛。

他朝着我递过一瓶矿泉水，饶有兴致问："求了什么签，给我看看。"

我递过木签，他看了看上面的字，认真地朗读了起来："否极泰来咫尺间，暂交君子出于山。"

话落，刘若琛陷入了深思，好似在揣摩。

看着他这么认真的模样，我暗自好笑，忍不住问了一句："如何？刘大师。"

刘若琛看了我一眼，倒是很认真地说："此卦祸中有福之象，凡事先凶后吉也，因灾得福。"

这签的意思倒是很符合我最近的经历，虽是凶险多多，但还好最后都逢凶化吉。

"看你这模样，我还得喊你一声刘大师。"我一副佩服佩服的模样。

"对啊，这句还有一个意思，你人生中的贵人就在你的身边。"

刘若琛饶有兴致地朝着我扬了扬眉，我自言自语地反问："贵人？"

"没看见吗？"

还真是没看见，我身边哪有贵人了？

刘若琛慢慢挨近我，他的脸庞近在咫尺，我习惯性地往后倾，他伸手揽住了我的肩膀，让我不得不正视着面前这个人。

他的嘴角渐渐溢出了一抹坏笑："这回，看仔细了吗？"

喀喀，敢情他说的贵人就是他啊？

我狠狠地白了他一眼，用力地推了推他的额头，说："别自作多情了。"

"说贵人，倒不如说我是你命中的贵人！"我环着双肩理直气壮道。

"你哪里贵了？"

"反正比你贵。"

我从刘若琛的怀中挣脱，回头一看，祝意潇不知何时已经站在了身后。

我显得有些尴尬，看了看手表说："差不多得在这里吃午饭了。"

"这里的素菜不错，"祝意潇也微微笑了笑说，"我去跟庙里的负责人说多准备一份我们的"

庙里单独给我们四个人准备了一桌素菜，可今天中午的气氛显得很是古怪，四个人都低头吃着饭，默不作声。

我感受到气氛的诡异，在脑海里搜索些笑话，想给大家讲。可没想到刘若琛先起了身道："我吃完了，先去四处逛逛。"

目送着刘若琛离开，我才发现他碗中的饭并没有吃多少，看来庙里的素菜不太符合他的口味。心里暗自想着等会儿吃完饭，要不要把包里的零食给刘若琛送去。

"我也吃完了，出去逛逛，等你们出发了再叫我。"祝意潇也道。

话毕，一张桌就剩下了我和秦扬二人。他放下筷子看我，站起来看我说："鹿番番，有的时候我觉得我应该恨你才对。"

什么鬼啊？这个秦扬真是越来越莫名其妙了。

我不解地看着他，他又道："要是若琛现在还是个胖子，你觉得意潇会把目光放在他身上吗？"

我动了动喉咙，无奈地耸肩道："这……这也怪我？"

他微微斜嘴笑了笑："因为你，他是因为你减肥的。"

话毕，秦扬转头就走了。

我无奈地哼了一声，什么嘛！现在倒是把所有责任推到我头上了。

吃完饭，我背着背包去找刘若琛，包里还有几包豆干和一块蛋糕，看他中午都没吃什么，应该饿了吧，这些零食应该能够给他充充饥。

我在周围四处转了转，终于在庙宇前的偌大池塘前看到了刘若琛和祝意潇的身影，祝意潇递给刘若琛一块吐司，刘若琛欣然接受。

望着二人的背影，我莫名地有些不一样的小情绪。

吃醋了？

在这一刻，我才知道自己太不清醒了，原来我在因为刘若琛和别的女孩在一起吃醋，我在为他心动，在为他烦恼。可面前的人是 20 岁的刘若琛。

27 岁的我真正喜欢上了 20 岁的刘若琛。

可我和他之间不仅仅差着 7 岁的距离，还差着两个世界的时差。

不能，我努力告诉自己，我是要回到自己该去的世界。

我当机立断，没有同刘若琛告别，独自一个人下山了。

我和他靠得太近，这会让我遗忘了自己不该存在这里。

那次之后，我有意同他疏远了关系，他给我打电话，我不冷不热。他来店里找我，我也仅仅礼貌相对。

我每天都在家写笔记，把我还记得的 33 岁的刘若琛的故事慢慢还原，我知道记忆已经不牢靠，总有一天我会忘记另一个世界的他。

可每次写笔记，我就会想起这个世界的刘若琛。我发现我根本没办法把他们区分成两个人，因为他们确实是一体的。

半个月后，秦扬找到我家，我看着门外的他，他神情很是落寞，唇边有黑色得胡渣，看似很久没有打理了。

秦扬开门见山道："介意我进去坐坐吗？"

我点点头，让秦扬在沙发上坐下，给他泡了一壶茉莉花茶，当茉莉花香弥漫着整间屋子时，他忽然开口道："你有意回避刘若琛？"

我不吭声，但是事实的确如此，我甚至想把公寓的一半房租还给刘若琛，因此最近我又兼职了一份甜品店外送的工作。

"可是，现在只有刘若琛能帮我。"秦扬又道。

我困惑不已道："那你应该找刘若琛才对啊。"

秦扬轻叹了口气："从庙里回来那天，我同他吵了一架。"

那天我先回来，并不知道后来他们之间发生了什么事，秦扬也不想解释，平静又道："意潇，已经退学了，我今天看到她预约了送机服务，飞机是今晚。"

"她要去哪里？"我疑惑道。

秦扬摇了摇头，说："我只知道她父母已经联系好国外的学校。"

"可我能做什么？"我又问。

"让刘若琛留住她。"秦扬又道。

　　我心里有疑惑，秦扬又道："不管你和刘若琛之间发生了什么事，他都会答应你的请求。"

　　我不知道为什么秦扬能够这么笃定，但是我还是在他的面前同刘若琛打了个电话，电话通了，我开门见山长话短说跟他说了祝意潇要离开的事实。

　　他漫不经心地反问了一句："只为了这件事？"

　　我轻轻地"嗯"了一声。

　　"如果找到了她，你不会再躲我？"他又问。

　　我犹豫片刻说："好。"

　　刘若琛答应了下来，他坐车来到我家汇合，在路上他已经打了无数个电话给祝意潇，却没有消息。三个人在路上打了辆的士，火急火燎地前往机场。

　　祝意潇不接电话，我咬唇，想了半天，对着刘若琛说："你给她发短信，说有话要对她说。"

　　刘若琛点点头，短信发出，过了不一会儿，祝意潇终于回拨了一个电话。

　　的士也到达了机场的门口，三人下了车，刘若琛打开了免提，紧张地说："意潇，你准备走怎么也不跟我们告别？"

祝意潇沉默了会儿，问道："你有什么话要和我说？"

刘若琛直直地看着我，我无声地打着手势，让他无论如何说些好话留住祝意潇。

他迟疑了片刻，才说："我……我是想，你为什么不跟我告别？"

对面的祝意潇不甘心又问道："只是这句话吗？"

刘若琛目光闪烁地看我，我夸张地做着手势，让他再说些好话，我知道祝意潇在等刘若琛的一个答案，只要他说不想让她走，她一定会为刘若琛而留下。

可刘若琛不知是没有领会我的意思，还是明知故犯道："是，我只想跟你告别，这一别还不知道什么时候才能见面。"

"不用告别了。"

话落，祝意潇就挂了电话，刘若琛微动了喉咙，显得很抱歉道："她说不愿意告别……"

"你干吗不留住她，你明知道她想听到什么！"我显得很生气，气的是刘若琛不作为。

"她想听到什么？"

"她想让你留住她！"我又道。

他却冷着一张脸说："我只是实话实说，我不想骗她。"

刘若琛的话音刚落，秦扬忽然抓住了刘若琛的衬衣，勃然大怒道："什么叫实话实说？"

"秦扬，松手！"刘若琛眼神冷冰，话语冷漠。

"那天在庙里你到底和祝意潇说了什么？她才会想要离开？"

"我不知道你在说什么……"刘若琛终于发作，用力地推开了秦扬。

秦扬趔趄了几步，眼中带着怒火，又逼近了刘若琛说："那天在庙里，你是不是拒绝了祝意潇？"

"你以为祝意潇是这样才想离开的吗？她是因为你！秦扬！"刘若琛拧着眉，大声道。

我显然有点搞不懂两人说的话，伸手拉开两个人的距离，可两个人都太重，我显得十分无力。

刘若琛又逼近了一步，目光如炬道："是你告诉她，未来她会和你结婚，所以她才会想走的！"

这句话像是一把利器突然戳伤了秦扬，他的眼中有着深深的落寞。

"因为你强人所难！"刘若琛厉声又道。

秦扬面色涨红，气得不行，拳头一挥直接打在了刘若琛的脸上。

刘若琛的唇边立马渗出了一丝血，他冷笑一声："祝意潇就要走了，你还要跟我打架吗？"

其实我也很是懊恼，应该告诉祝意潇真相，未来她不会和秦扬结婚，那么她就不会选择逃离这里。

三人忽然沉默了下来，我忽然想到了什么，说："不能让意潇走！今天绝对不能让祝意潇登上飞机。"

"你以为你留得住她吗？"秦扬冷不防地叹了口气。

"今天这班飞机有可能发生事故。"我又道。

秦扬不解地看我："你在说什么？"

刘若琛瞪大双眼，显然他跟我想到了一块去，那天的那场梦应该不是无缘无故的。既然梦见了33岁的刘若琛，他应该是想告诉我一些信息。

飞机失事？

该不会指的就是祝意潇即将登上的这班飞机。

"必须马上找到祝意潇，否则你有可能再也见不到她！"

我来不及同秦扬解释这么多，但是他已经从我的神情中意识到事情的严重性。

可惜我们根本不知道祝意潇的航班和目的地，现在的我们就像是无头苍蝇。

秦扬开始不断打祝意潇的电话，可是她都没有接，我们三个人在偌大的飞机场来回寻觅着祝意潇的身影，可是茫茫人海哪里有她的身影？

"我去看看能不能在登机台查到她的消息。"

话落，秦扬已经不见踪影。

我开始觉得一切很是无力，怎么才能救祝意潇呢？

忽然间，我想到了下下策。

"也许还有一个办法……"我忽然道。

刘若琛疑惑看我："什么办法？"

"告诉工作人员，这里的所有航班都存在着违禁爆炸物品，这样就能暂停所有航班的起飞！"

我知道我的想法很是大胆，但是如今之计只能如此。

"你疯了？"刘若琛怒目看我，教训道，"你知不知道你这样做会让整个飞机场上的运转暂停，如果什么也没发现，你就会被追究法律责任！"

"那又怎样？难道你要眼睁睁地看着祝意潇去死啊！"我厉声道。

"那只是你的一个梦！"刘若琛大声道。

我低垂着眼眸，又说："不是梦，你也见过他。"

刘若琛沉默了，他的眼神黯然，有着说不清的情绪，半天才说："你不能这么做，你本就不存在这个世界，你的身份会被怀疑的。"

"正因为我本不存在这里，所以这件事应该我去做，"我抿唇看着刘若琛。

刘若琛神情滞然，我解释道："因为不存在，所以没什么可以失去。"

他本该是未来的大律师，他怎么能有这样一个污点！

这场闹剧就让我当始作俑者吧！

话落，我已经转身要找飞机场的工作人员，下一秒他叫住了我："鹿番番——"

"怎么了？"

我转过头，下一秒刘若琛的手肘猝不及防地袭来，我突然感到脖颈一阵生疼，我有些不清醒地趴在了他的肩膀上。

"对不起……番番，我说过在这里只有我能照顾你。"

耳边的声音正是刘若琛，而我已经没了力气。

对，他敲晕了我。

待我醒来，已经不知道过了多久，只见自己正趴在一张桌子上，室内弥漫着浓浓的咖啡香。我松了松肩膀，发现自己好像是在机场内的咖啡馆，见刘若琛正坐在我对面，心里有点焦急问道："祝意潇人呢？"

"飞机已经飞了。"

"你说什么？"我惊愕不已。

刘若琛缓缓道来："她是坐动车在海城上了飞机。我们找错了方向。"

"飞机飞了多久？"我又问。

他盯着我，说："按照预计航班的时间，再过两个小时会到达悉尼，"

我竟然昏迷了八个小时，看着刘若琛，舒了口气说："秦扬呢？"

"他在候机室。"刘若琛回道。

天色已暗，我在候机室找到秦扬时，他正坐在一扇巨大的落地窗前，一动也不动，像一樽漂亮的雕塑一般望着窗外。

我默默地坐在他旁边，深吸了口气，说："应该不会有事了。祝意潇不会有事。"

他点点头，目光冷得让人害怕："我做错了。刘若琛说的对，她是因为我告诉她，未来她会同我结婚，才会想着离开。"

我沉默了，秦扬相貌堂堂，是法律系的高材生，是很多女生梦中的男神。

可没想到有一天他也被抛弃了，他被祝意潇狠狠地抛弃了。

他受伤了，他爱的女人是因为拒绝同他在一起才离开的。

"也许……不是你想的那样，意潇或许早就想去国外深造……"我努力安慰道。

秦扬扬起头，头顶上的灯光打在他的脸上，可依然有一半英俊的侧脸处在阴暗的部分。

他努力躲藏受伤的目光，却无处遁形。

"不用安慰，是我欺骗她在先，"秦扬顿了顿，说，"是我太自私。可当我给了她一个她不想预知的结果，她还是要反抗，想要逃离。"

我望着身旁的男人，心里竟然空落落的。

如果你知道你未来会怎样，你会改变，还是照单全收？

祝意潇选择了逃避。

我找不到安慰的词，只能陪着他静静望着落地窗外黑漆漆的一片，飞机起飞又降落，人来人往，告别或者相遇都在这里。

秦扬忽然道："她不爱我。"

短短四个字，是一把掏心的利器。

走出机场时，秦扬终于得到了祝意潇已经到达了大洋彼岸的消息，还好梦中所谓的飞机失事没有发生。

我暗自松了口气，可两个大男生已经回不到从前的关系，秦扬打了辆的士，同我说了句"再见"就上了车。

刘若琛望着的士远走，缓缓地叹了口气。

我看着他唇边的伤口，刚刚刘若琛挨的那一拳，看来还是很严重，唇边都已经紫了一块。

我皱眉，担忧道："我们还是早点回去处理一下你唇边的伤口吧。"

他哼笑了声："我身体上的伤是小伤，有空你还是问候一下秦扬，他受的伤恐怕很难恢复了吧。"

的确，秦扬受的情伤恐怕是很难在短时间内恢复。

"你怎么不去问候他？"我又问。

明明很关心，为什么还要我帮他去问候？

他动了动唇，遗憾道："番番，我和秦扬看来注定是陌路人了。"

也是，他们之间隔着一个祝意潇。

我突然想到十三年后刘若琛和秦扬的状态。二人明明都是同窗又是业内精英律师，互不往来的原因，大概就是祝意潇了。

"原来有些事怎么也改不了。"我垂着头感到遗憾。

刘若琛反问道："为什么这么说？"

"在那个世界你们是陌路人，现在看来，我的到来并没有改善你们的关系，结果还是一样的糟糕。"我叹息道。

刘若琛的目光深沉，静默半天，忽然意味深长道："其实已经改变，只是你不知道而已。"

我困惑不已，刘若琛又道："也许，你只是改变了过程，并没有改变事情的结果。"

"就像是篮球比赛失败的原因有很多，可能是进攻犯规导致的失败，也有可能是组织后卫传球失误。失败的原因太多，即使避免了一项，还有可能有另外一项。"

顿了顿，刘若琛继续道："世事瞬息万变，还不如把握现在。"

我点点头，觉得刘若琛说得很有道理，抬头看他一眼，发现他也正在看我。

"既然如此，我们应该好好把握当下，你也不要再躲着我了。"

他的目光诚意十足，语气也放着谦卑，好似在恳求我似的。

我不自觉地叹了口气，敢情刘若琛说了一大段，最后引出的一句话就是请我不要在躲着他吗？

我摊摊手，无奈地哼笑了声说："我现在也躲不了了。"

不知道前辈子是不是欠刘若琛的，摆脱不了过去的他，也放不下现在的他。

"若琛，咦，真的是你啊。"

我和刘若琛齐齐回头，发现机场出口处有个四十多岁中年妇女拖着个行李箱朝着我和刘若琛走来。

"王阿姨——"

那位被刘若琛称为王阿姨的女人笑意盎然道："若琛，这么晚你还来接你妈啊？"

刘若琛的目光凝滞，犹疑片刻，说："哦，应该的，这么晚了。"

"若琛就是孝顺，我家那个兔崽子要是有你一半孝顺就好了，"王阿姨抱怨了自家儿子几句，又道，"你妈下了飞机就去洗手间了，你再等等她。"

刘若琛点点头说："好！"

话落，王阿姨就告辞道："今天飞机晚点了很久，我有点困了，就先走了。"

刘落琛礼貌地同王阿姨告别，我显得有些担忧道："这么巧碰上了你妈。"

"我也忘记了，她今天出差回来。"

想起上次不愉快的经历，我说："那我先走了，省得被你妈妈撞见。"

"如果她知道你是穿越过来……"

我打断了他的话，说："我相信她应该不能接受，为了你妈的心脏还是算了吧。"

他点点头，望了望我身后，神情突然一变："我妈在你身后，你现在不要回头直接往前走。"

话落，我心里焦急万分，只顾着自己急急地穿过人群，走出机场。

说实在的，我很害怕和刘若琛的妈妈林友真正面相对。

因为这样，我会觉得自己每一次都在耽误刘若琛。

我警惕地四处张望，可偏偏手中的手机响了起来，我一看是刘若琛，接起一听。

他开门见山道："鹿番番，你不要四处张望，像一个贼一样。"

会吗？像贼一样？

我收回目光，只是望着前方。他又道："上一回在教导主任的办公室里，我妈到底和你说了什么？"

"都什么时候了，你还在说这个问题。"我显得很是无奈。

"她是指责你耽误了我的人生了吧？"

"你妈说得没错，我的确耽误了你的学业。"

"可我不觉得。"

我僵了僵脖颈，想回头看看刘若琛，谁想听筒里的他却道："不要回头，我妈就在你身后。"

我只好继续望着前方，他继续道："不要回头，一直往前走。"

"好——"我加快了步伐，穿过周遭零星的旅客。

刘若琛暗自舒了口气，又道："可我不觉得你耽误了我的人生，就算如此，我也愿意让你耽误。"

我的耳窝一热，他又道："谁也不能改变我的主意，包括你。"

"刘若琛，你可能会后悔。"

想到之前发生的种种，刘若琛几次涉险救我，我就应该察觉到20岁的他遇上我或许是一场不幸。

"那就试试后悔的滋味。"刘若琛显然当成游戏一般有兴致。

我一阵无语，只能微微地叹了口气道："刘若琛，这不是开玩笑。"

"我也没开玩笑。"他短短回道。

"你……"我欲言又止。

"这回我妈真的朝着我走来了，不跟你聊了。再见。"

我收起手机，暗自松了口气，不想手中的手机忽然震动了一下，我以为是刘若琛又给我发了信息，打开一看，竟然是个陌生的号码。

"我发现了你的秘密。"

我心里暗自想，哪个神经病，真是无聊。

可等我收起手机的一瞬，我又忽然手一停，我的秘密？是在说我是穿越而来的秘密吗？

我打了个电话过去，对方直接挂断了电话。

过了会儿，一个短信又进来了。

我小心翼翼地点开一看：不要联系我，我会联系你的。偌大的飞机场，灯光明亮，我却突然觉得冷汗涔涔，仿佛身旁的每一个人都是那个发短信给我的人。

他到底是谁？

自从那天后，秦扬请假了大半个月没有去学校。而我依然早出晚归，在阿珍的甜品店打工。

给我发那条奇怪短信的人再也没联系我，可我莫名地感觉到身边有人在监视我。

所以每天我都随身携带了一罐防狼喷雾，这天快打烊时，店里突然来了几个客人吃甜品，导致我下班就已经晚上 11 点多。紧赶慢赶，好不容易赶上最后一班巴士。

下了车后，我慢慢走了一段，却感到身后好像有个人一直在跟我。

我回头望了几眼，却不见人影。我深吸了口气，该不会那个给我发奇妙短信的人吧？

他知道了我的秘密？是开玩笑呢？还是真的已经知道我是穿越而来？

虽然刘若琛让我搬了家，这个小区的治安不错，可是这个时间，人烟稀少，难保没有危险。

我攥紧了包包里的防狼喷雾，加快走了一段，而身后的人亦步亦趋显然没有放过我的意思。

待到前方转角处，我突然止住了脚步。

我屏住呼吸，心里默默地算着那人还要多久走到我的面前。

沉重的脚步声越来越近，

我仿佛已经看到一个人影的逼近，下一秒，我抓住了手中的防狼喷雾，迅速朝着来人猛喷。

"该死的跟踪狂，你到底想怎样！"

我闭着眼睛就大叫，直到对面那人突然大叫："鹿番番，我眼睛要瞎了！"

我猛地睁开眼一看，面前的跟踪狂竟然是刘若琛？

他紧紧闭着双眼，看起来很是痛苦，嚷嚷道："你到底朝我喷了什么东西？"

"防狼喷雾……"我显得有点羞愧。

"我要瞎了，你得负责。"刘若琛又道。

我把刘若琛带回公寓，让他用清水洗了洗眼睛，又递给他眼药水。他滴了滴，似乎没有什么好转。

我担忧地问道："你眼睛好些了吗？"

刘若琛躺在沙发上，蹙着眉，眼睛闭得很紧，委屈道："没有，今天你得照顾我……"

"要不去看个医生吧……"

不是说那个防狼喷雾主要成分是辣椒素吗，应该不会那么严重吧……

"不要，待会儿就好了，"刘若琛顿了顿，又说，"帮我洗头吧！"

"啊——"

有没有搞错，帮你洗头？

"我眼睛又睁不开，回家也没法洗啊。"刘若琛抱怨道。

我冷不防地朝着他翻了个大白眼，反正他现在也看不到。我边去准备打水，边小声嘀咕道："你是不是澡也得让人帮忙洗了。"

谁想刘若琛听力出奇的好，居然道："你愿意效劳，我倒是愿意。"

我转头看着躺在沙发上的刘若琛，他倒是合着眼，表情淡然自若。

而我倒是红了脸。

这回爱脸红的刘若琛去了哪里？

我咳了两声，又道："想得美！"

端起脸盆和洗发水，准备就绪，我轻轻地揉了揉刘若琛的头发，白色的泡沫一下就覆盖了刘若琛的头发，我又加重力道按摩了下他的头皮，他倒是享受自如。

"怎么样，力道可以吗？刘先生？"我问道。

他怡然自得地弯着唇，说："不错。"

"你怎么随身带防狼喷雾？"刘若琛突然想到了什么，问道。

我想了想，还是不要把那个短信的事情告诉刘若琛，半天不吭声，只说道："你怎么那么多废话，起来啦，我帮你吹头发。"

他这才起身，我手持着电吹风，认真地帮他吹头发，他的头发短短的，像只短毛的猫咪，手感极好。

他不甘心又问："你是不是有什么事瞒着我？"

我只是道："没啊，只是最近下班有点晚，这不是怕不安全，就随身携带了。"

"是吗？"

刘若琛有些不相信，突然回身，我关了电吹风，世界突然安静了。

他的一双眼可能刚刚被防狼喷雾刺激，有点泛红，可他的目光依然清澈。他目不转睛地盯着我看，似乎想从我眼睛里看出些什么。

我气愤地瞥下电吹风，埋怨道："你眼睛不是没事嘛，还骗我！"

他这才发现自己一不小心暴露了，还是理直气壮道："刚刚……的确眼睛很痛嘛！"

我偷偷侧目望了他一眼，他揉了揉头发，倒显得委屈巴巴了。

"我今天找我到底什么事？"我这才想到，他这么晚出现在我家附近应该有什么事。

"哦，也没什么事……就是看看你……"

见刘若琛吞吞吐吐，肯定还有别的事，我又追问道："还有呢？"

刘若琛清了清嗓子，低声说："我想你帮我去看看秦扬。"

我困惑地盯着刘若琛，问道："明明关心人家，你自己干吗不去！"

他侧看了我一眼，淡淡地说："我不太方便，你知道。"

知道个鬼啊！

还不是放不下面子。

刘若琛让我去探望一下秦扬，我知道情伤理应自己走出来，可又想这件事多多少少也有自己的原因，所以还是答应了下来。

我打了很多个电话秦扬，他才不冷不热地接起电话，告诉我他在桌球馆。

偌大的桌球馆，他一个人待在一个包间内。球桌前，他微微俯身，目光精准，手里持着一柄球杆，一挥一送之间，桌面上的球应声落袋，依次减少……

直到最后一颗黑球也干脆地落进球袋，他才仰头看了看我，淡淡地说："你找我什么事？"

"你不回去上课了？"我问道。

他鄙夷地哼笑一声："你别像个教导主任一样来质问我好吗？"

我怯怯地又问："意潇，她……她同你联系过了吗？"

"没有。"他短短回道。

我本想抒情地说一段情伤虽然难治，但是早晚会闯关的鸡汤，可是话到了嘴边，还是以一口叹气代替了所有。

"你不是来安慰我的吗？怎么一副比我还要忧愁的模样？"秦扬放下球杆，问道。

我托腮看他，说："如果说我今天来找你的真实目的是想请你帮我忙，你信吗？"

"为什么不是刘若琛？"他问道。

我迟疑片刻，解释道："因为我不想再影响他的人生了。"

他困惑地看着我，那次在庙宇里我望见刘若琛同祝意潇并肩聊天的一瞬，我更加确定，内心萌发出的情感已经不正常。

我知道我不能任由这样的情感蔓延。

所以，我不想让刘若琛牵连其中。

秦扬微扬眉，说："好啊，你要我帮你什么？"

我递过手机，点开一条短信说："我想让你帮我找出这个人是谁。"

他看了看我的手机，凝重地问道："除了我们还有别人知道了你的身份？"

我点了点头，说："我有种不好的预感……"

"怎么说？"秦扬问道。

我迟疑片刻道："我总觉得这个人，我仿佛认识，而且是很熟悉。"

他抬头看了看我，说："好，我帮你。"

秦扬通过父亲的关系，帮我查到了这个号码，但是因为那个年代手机都没有实名制，所以是个太空号，无法找到机主是谁。

而就在这个号码沉寂了一周后，他又同我发了个消息：告诉我今年的一个彩票中奖号。

发什么神经啊！

我要是记得住，自己就先买了好吧。

我真是感到又无奈又可笑，回了个消息道：不好意思，我记不得。

手机又发来了个消息：那依你看，要做什么能够迅速发财？

对方到底是谁？

他想借助我知道过去和未来的消息迅速发财？

此时，坐在甜品店的秦扬忍不住大笑了一阵，说："这个答案本该是我近水楼台先得月才是啊。请问怎么能迅速发财？"

"对了，你穿越的时候怎么不记下几个彩票的中奖号码？"秦扬又问。

我把秦扬点的杨枝甘露放下，见客人比较少，就抽空和他聊了两句。

"别取笑我了，现在怎么办？"我小声问道，"我根本不知道他是谁，我担心他的动机不纯。"

秦扬犹疑片刻道："只能引蛇出洞。"

"他那么想发财，就让他来找你。"秦扬补充道。

　　我按照秦扬的想法，同他发了条信息：你到底是谁。

　　对方很快回复道：我是谁不重要，把你知道的告诉我，我是不会揭露你的身份的。

　　我故意装傻回道：我不知道你说的是什么意思，我没法帮你发财。

　　不一会儿信息再次进来：别要花样，如果不给我些有价值的消息，信不信我把你的秘密告诉媒体。

　　很显然他在威胁我，秦扬当机立断夺过我的手机回道：我可以帮你，但是世上没有不劳而获的事情，我是卖消息，带上钱明天中午 12 点在安宁大道的咖啡馆见。

　　看着秦扬发的短信，我睁大眼看他："你向他要钱？"

　　秦扬却不以为然地笑了笑道："他可是要生财之道啊，难道不给钱啊。"

　　"他会给吗？"我显得有些担忧，"还有，他会来吗？""

　　秦扬也没把握，只能道："试试吧。"

　　我的心也十分慌乱，这个人到底会不会在明天中午出现在安宁大道的咖啡馆。

　　也就是周遭的几个人知道我是从未来穿越而来的，我自以为已经掩饰了很好，怎么会被别人发现端倪

　　安宁大道咖啡馆只有一间，是个动物主题的咖啡馆，我独自一人坐在了其中一个靠窗的位置。秦扬坐在了我的背后的另一座，要是有人来了，在我身后的他好随时应变。

　　我轻轻抿了口咖啡，看了看时间，已经过了半个小时，但是仍然没有人往我这个方向来。

　　我小声地对着背后的秦扬嘀咕道："你说他会不会来？"

　　秦扬突然轻笑了一声，道："来了。"

　　来了？我四处张望了半天，慌忙正襟危坐。

　　"不该来的人倒是来了。"

　　不该来的人？我回头一望，背后来的人不是别人，倒是刘若琛。

他穿着休闲藏青色的衬衫，不客气地坐在了我的对面，一双漆黑的目光盯着我许久，我浑身不自在，干干地笑了一声，说："真是好巧啊，你也来这喝咖啡？"

刘若琛不理会我的问题，脸色不悦地质问道："你和秦扬到底在做什么？"

我咳了两声，小声说："你别坐在这里，我在等人。"

"等谁？"他又问，"我认识吗？"

"你不认识。"我短短回道。

"那我陪你等他。"

刘若琛显然没有走的意思，看来不从我口中得到答案誓不罢休。

"刘若琛……"我神情有点着急，生怕被刘若琛耽误了大事，"你别管我了，我真的有事。"

我警惕地看了看四周，好像没什么可疑的人物。

那个神秘人为什么还没出现？

我焦急地一边抬起手机，一边盯着咖啡馆的大门。半晌，手机终于进了一条短信。

我忙不迭点开一看，还是那个陌生号码：我已经找到了生财之道，看来我们不用见面了。

什么鬼？找到了？什么意思？

我隐隐感到一丝不妙，站起身，望了望周围，总觉得那个神秘人就在咖啡馆里。

可咖啡馆里的那些陌生人哪一个是同我发短信的人。

我迅速拎包，站起身对刘若琛，说："我不等人了，再见。"

我快速迈步往门口去，刘若琛跟了上来，身后的秦扬忽然出现，挡在了刘若琛的身前道："番番也有自己的空间，这件事你就不必参与了吧。"

刘若琛的尖锐的目光穿过秦扬望向了我，他不甘心地又问："番番，你是不是遇到了什么难题？"

我坚决地摇了摇头说："没有。"

"你真的不需要我帮忙吗？"刘若琛眼神凛冽，暗压了几分薄责。

我不回避他的目光，点点头道："不用，秦扬可以帮我忙。"

刘若琛眼里有些受伤，他看到这段时间我和秦扬来往密切，猜到了什么，才会一路跟踪我到了这里。

可是我不能，刘若琛，我真的不能再同20岁的你有瓜葛。

我真的怕，我改变了你本该美好的人生。

有些事，还是让我自己解决吧。

"好。"刘若琛点了点头，勾着唇溢出了一丝苦笑。

我望着他转身阔步离开，心里竟然隐隐有些不忍心。

"好了，他走了，你可以告诉我了，那人到底发了什么消息给你了。"秦扬这才问道。

我递过手机给秦扬，他看了看短信，神情凝重不已。

"他什么意思？不打算打扰我了吗？"我问道。

秦扬摇摇头，说："我总觉得事情没有那么简单。他可能发现了你更多的秘密。"

我绷紧着脸，看来必须找到这个人才行。

"不过，也有可能他什么也不知道，只是在恶作剧。"秦扬牵了牵嘴角，安慰道。

我点点头，现在也只能把事情往好的方向想了吧。

我又好奇地问了句："秦扬，你为什么要帮我？"

他冷静道："因为刘若琛，看他生气的模样，挺有趣。"

"你还在耿耿于怀祝意潇的离开吗？"我还是忍不住地问道。

秦扬的眼里夹杂着些碎冰："这件事一直没有过去。"

我沉默不语，秦扬离开后，我又不死心地在咖啡馆坐了一会儿才出去，不想迎面碰上了个熟人。

一身笔挺的橘色英伦样式的小西装把眼前这个男人衬得十分烧包，他饶有兴致地咧嘴笑了笑："姐姐，我们又见面了。"

我没有想到自从那天教训了高儒文后，还能再同他相遇。曾经伤害我的男人，现在只是一个19岁的男生。

我不想搭理他，面无表情地要从他身边经过，谁想他又喊了句："姐姐走这么快干吗？不一起坐下来聊聊吗？"

"我赶时间没空。"我毫不留情地拒绝道。

他拽住我的手臂，不依不饶地问道："上次莫名其妙地扇了我一巴掌，难道不给一些解释吗？"

他显然没有放过我的意思，我深吸了口气说："好，那就聊聊吧，我很忙，请你有什么话说快一点。"

我同他又坐回了原位，叫了两杯柠檬水后，他开门见山道："姐姐，说实话我根本不认识你，可你那天为什么要对我那番态度？"

我看着他，好想回一句打你还需要理由吗？

但是，我还是努力保持着冷静，抿着唇笑了笑道："我只是好心提醒下那个女生。况且你的确劈腿了。"

眼前这个男生厚颜无耻地笑了笑，说："姐姐，你还真是居委会大妈啊。这种事情你也管。"

怎样！打的就是你！渣男！

我不以为然地笑了笑说："是啊，现在世道险恶，我只是做了力所能及的事情而已。如果没有别的事，姐姐先走了，下回再给你上道德教育课。"

话落，我立马起身，迈出一步。

身后的男生忽然喊道："鹿番番——"

我猛地回头看他，他唇边扬着戏谑的笑意，我这才反应过来，高儒文本不该知道我的名字才对。

他怎么知道我的名字的？

高儒文也起身看我，说："很意外吧，我知道你的名字。"

我目光闪烁片刻，说："我不知道你在说什么。"

"是吗？"他徐徐踱步到我身旁，俯下身伏在耳边道，"我还知道了你的秘密。"

我瞪大眼看他，难道发短信的陌生人就是他？

可是他怎么会知道这么多？

我忽然觉得头晕乎乎的，面前的高儒文也逐渐模糊起来，难道是那杯柠檬水的问题？

　　怎么会这样？

　　我身体一倒，失去了知觉。

　　我是被药水的味道熏醒的，好不容易睁开眼，环顾四周，对面的一个白色的架子上摆着一排排药，而我倒在了一张白色的办公桌上。

　　我起身，发现屋里只有我一个人，而门口似乎有人说话。

　　"老爷子，你觉得这人有没有研究的价值？"说话的人好像是高儒文。

　　"当然有，这女孩我见过一次，没想到她没有说谎。"对面的人又道。

　　"啊，教授，你居然见过她！"

　　"……"

　　说的话断断续续，我揉了揉沉重的头，觉得同高儒文说话的老头声音特别熟悉。

　　我仔细想了想，原来是当时我刚穿越到这个世界，刘若琛带我去见的那位表面上做穿越研究实际上是个心理教授的王教授。

　　我心里发虚，见二人的声音越来越近，就要朝着这个房间走来的样子。

　　我急忙趴在桌上装睡，门"嘎吱"一声被推开，两人慢慢走近，高儒文声音略显担忧道："我是不是下药下的太重了，怎么还没醒？"

　　"再等等吧，我要对这个女孩做个系统的体检。"王教授又道。

　　"教授，如果我们公布了研究结果，肯定能在学术界名声大噪。"高儒文的声音显得十分兴奋。

　　王教授也笑了起来："要是能找到另一个她，两个她在一起做一次全面的体检，我们一定能在平行世界这个课题上取得一定的突破！"

　　"教授，不瞒你说，我已经找到她了。"

　　"是吗？太好了！"王教授大为振奋

　　我的心突然一沉，现在的我已经被当成了研究对象，而小少女一定不能牵涉其中。

我该怎么逃出这里呢？

直到他们走出房间，我才警惕地睁开眼，走到门前，拧了拧门把，怎么也打不开，他们已经把我锁在了这里。

我开始后悔，当时不应该去教训高儒文，这样也不会被他瞄上。

那个世界的他是在生物学研究所工作，我万万没想到的是有一天会成为一个被他研究的对象。

　　我试了各种办法，都无法走出这间屋子。直到傍晚，高儒文打开了房间，他提着一个便当盒和一个蛋糕，笑着走到了我的跟前。

　　"姐姐，你终于醒了？"他扬着唇，笑容让人厌恶。

　　我抬头看他，愤愤不平道："你为什么把我关在这里？"

　　他放下手中的东西，坐在我对面，语重心长道："姐姐，你病了，我想治好你的病，所以特地找了我的老师来治你的病。"

　　我狠狠地瞪了他一眼，心里有着说不出来的恶心。

　　"我没有病，快放我走，不然我会报警的。"我凶狠地瞪着他，威胁道。

　　高儒文却依然淡然无比地推着面前的便当到我跟前，说："姐姐，你还是吃点东西吧，我还给你带了个蛋糕，是街西新开的蛋糕店，据说蛋糕做得不错，我排了很久的队……"

　　"你放不放我走？"我打断了他的话，口吻尖锐。

　　他耸耸肩，仍然一副好脾气的模样，说："听说吃点甜品会让心情变好，姐姐就别生气了。"

　　"你到底想怎样！"我迅速起身，大声叫嚣道，"你这叫做非法监禁，你知不知道你这是犯法的？！"

　　他不紧不慢地起身，眼光里有着属于小人得逞的笑意："可惜，你在这个世界没有身份。"

我像是被人抓到了短板，说不出话来。

对，我在这个世界没有身份。

报了警又有何用？

他坐回位置，拆开了蛋糕盒，兀自持着叉子吃了一小口："姐姐，这蛋糕真的很好吃，你不吃真的浪费了。"

"高儒文，你想怎样？"我放软了口气，说，"你不是想知道怎么发财吗？我可以帮你啊。我可以利用我知道的一切帮你。"

高儒文哈哈大笑了起来，他托腮看着我道："我不是告诉你了，我自己找到了。"

望着面前的男人我感到很是恐惧，他还那么年轻，却已然有了吓人的权谋。

我当初怎么会喜欢高儒文呢？

我真是给自己找了一个大麻烦。

他见我不说话，又说："姐姐，其实你不要担心，我们只是对你做个研究而已。"

我努力冷静下来，说："你知道我是谁吗？"

"鹿番番啊！"他不以为然道。

我盯着他，慢慢道："对，我是鹿番番，是你未来的女朋友。"

他震惊看我，犹疑片刻道："所以，你打我是因为我在不久的将来会伤害你吗？"

我冷笑了几声道："对，你现在知道原因了吧！"

他也不生气，点了点头道："有意思。我虽然跟踪你很久，也对你做过调查，但是并不知道我们两人之间存在这样的关系。"

"你跟踪我？"我吃惊看他。

他点点头道："你以为我是那种莫名其妙被人打了一巴掌当作没事的人吗？"

对，眦睚必报才是高儒文啊。我怎么能忘记？

他又大笑了起来，说："你还是吃点东西吧，毕竟身体才是革命的本钱。"

我深吸了口气，望着高儒文："我宁愿饿死也不会成全你的。"

高儒文斜着嘴，笑容残酷："那就试试，我们有的是时间。"

"砰"一声，门用力关上，留给我的又是无尽的黑暗。

那瞬间，我忽然想起了我和高儒文的回忆。

我是在大学快毕业那年认识高儒文，我当时学的是营养学专业，参加了一个关于营养学术的讲座，我是在那个讲座遇见了高儒文。

像所有狗血剧情一般，他迟到了，外面下了倾盆大雨，他全身湿漉漉地坐在了我的身旁，十分狼狈。

我好心递过了一张纸巾，他对着我微笑，那一堂课，我什么也没听进去，只顾着和他聊天。那时候的他谈笑风生，神采飞扬很容易招人的眼球。

下了课后，我一个人走出教室，他没有带伞，径直走到我的旁边，厚着脸皮让我送他一程。

就是这一程，改变了我和他的命运。

也许这可以叫作一见钟情吧。

只是没想到最后我同高儒文却以一个悲情的狗血结局草草收场了。

我拒绝了食物，心里只想着怎么逃出这里。

第二天早上，高儒文带了早餐来看我，看到我桌上的晚餐，脸色有点难看，说："你真的打算绝食？"

我一夜未眠，却清醒万分地看着他："对，你不会得逞的。"

高儒文显然被我激怒了，神色狰狞，顿了顿，好不容易恢复了平静。

"我真的没有恶意。你难道不想回到该有的地方吗？"高儒文坐在我的身旁，放软了口吻，显然想采取给我采取软化政策。

我仰头看了他一眼，问道："你有办法？"

"我老师对你做了研究，也许就有了办法啊。"高儒文见我突然松了口吻，笑着说。

我哼笑一声："把我当成研究对象就是你的办法吗？"

他笑着看我："这是最好的双赢办法。"

我看着眼前这个高儒文年轻的脸庞，又想起未来的他，心里无端失望，自嘲地笑出声。

我本不愿意承认自己的眼光差，可是此刻连我都看不起自己。

原来爱情使人盲了双眼并不假。

他是个穷光蛋，还有了妻子，而我才是第三者。

我越笑越大声，他害怕地看着我，问道："你……你在笑什么？"

"害怕了？"我冷笑道，"害怕被外面的人知道你的可怕勾结吗？"

"鹿番番，我不会让你死的，我们有的是办法！"他眼神锐利，直直地盯着我。

他的确有的是办法，我拒绝食物，他就给我打营养素。每天早上给我例行体检，抽血然后挂瓶。

这样持续了第三天，我觉得不能再这样下去了。

我必须逃出去！

就算死也不能在这里没有尊严的死去。

我思来想去终于计上心头。

第四天，高儒文还是按时来送饭，我看着他带的便当，色泽鲜艳，荤素搭配，的确很诱人。

这几天我顽固地像颗石头，他显然已经泄了气。

但是研究还没开始，他显然不希望我有什么意外，只能劝说道："你就吃两口吧，我知道你在这里也有朋友，你也不想让他们担心你吧。"

我抬眼冷飕飕地瞪着高儒文，半天才说："我想吃面，牛肉面。"

高儒文见我终于松口，兴奋不已，殷切地问道："你想吃牛肉面是吧，我现在就给你买。"

我点点头，又提了个要求："我要威宁巷口的老黄牛肉面，另外再给我买一罐辣椒酱和一瓶可乐。"

"好，好，我这就去！"

话落，高儒文已匆匆出门，不一会儿，他给我带了一碗香喷喷的牛肉面。

老黄牛肉面名不虚传，没想到关在这里倒是能品尝到记忆中的美味。

我加了一大勺辣椒酱，呼哧呼哧几下就把面给吃光，我的确饿了，三天没吃饭只靠着营养液活着。现在美食当前，烦恼暂时抛在了脑后，我连一口汤都不放过，转眼就喝得干干净净。

高儒文以为我回心转意，又道："这就对啦，你只要好好配合我们的研究。我们不会对你怎样的。我和教授都是好人。"

我冷瞥了他一眼，不知道高儒文怎么能这么厚颜无耻地说自己是好人？

囚禁了一个大活人做研究，难道我还得感谢他对社会做出了贡献？

啊呸！真是恶心至极。

我懒得跟高儒文多废话，吃完饭后，就去房间旁边的小床躺了会儿。我实在太累了，这三天我不眠不休和高儒文采取不吃饭不睡觉的战术，根本就是伤害自己。

我应该保存好体力，这样才好逃跑。

我一觉睡到了傍晚，高儒文来送饭的时候，我才醒来。这时，我的脸庞开始热辣辣的，奇痒无比。

我知道我对辣椒的过敏起了作用。

我装作若无其事地起身，而高儒文显然吃了一惊，他盯着我的脸庞看了半天，说："鹿番番，你脸上怎么了？"

我伸手抓了抓脸上的疹子，不以为然道："可能是吃了什么东西，过敏了吧。"

高儒文很是紧张，毕竟我是他的研究对象，他忙不迭出了门把王教授喊了过来。

王教授见我脸上起了疹子，眉头皱了皱，对着身旁的高儒文小声说话。

虽然王教授的声音很小，但是我还是听了清楚，一些专业术语我不太明白，但是还是理解了王教授的大体意思是研究对象得了病，会直接影响到研究结果。

高儒文着急问道："那怎么办啊？教授。"

王教授看了看我，又道："带她去看个病，得把过敏治好了。"

我不动声色，实质上已经窃喜。

高儒文很警惕地看了看我，却无能为力，只好为我找了个口罩和风衣，借了王教授的车，准备带我去看病。

他目视着前方，却时不时地回头看着后座的我，显然对我还有些顾虑。

"你是不是知道自己会过敏？"高儒文回头看了我一眼，眼里有些疑虑。

我仰头看了他一眼，冷冰冰道："不知道。"

"你今天就吃了碗牛肉面……"高儒文又道。

我摘下口罩，瞪着他说："再说一遍，我不知道自己为什么会过敏，现在我满脸都是疹子，还有可能留疤，我有必要做让自己有可能毁容的事情吗？"

高儒文犹疑地点了点头，说："但愿吧。"

我看得出高儒文并不是很信任我，的确我吃牛肉加上辣椒，就会全身起疹子，严重的话还会发烧。

有次，我就是吃了块红烧牛肉，因为有辣椒，我连发了两天的高烧，妈妈守在了我的身边，直到第三天我才退了烧。

想起这一幕，我忽然眼眶有点微酸，我未料到自己会有这么悲催的一刻。

高儒文把我送进一个小诊所，但是诊所的条件有限，医生显得有点无能为力，高儒文不得不把我送进了大医院。

医生一看到我的状况，狠狠地臭骂了高儒文一顿，因为我已经高烧达到了四十度，整个人昏昏沉沉，口干舌燥，没了意识。

我被推到了病床，全身乏力，心里只想着一个人。

刘若琛，快来救救我吧！

不是说好，在这里只有你才能照顾我吗？

周遭太吵，我却怎么也睁不开眼。

我陷入了深深的昏迷，心灰意冷，像是一个溺水的人，扑通地来回挣扎，却怎么也游不上岸。

那一刻，我没了生的欲望。

世界慢慢恢复了安静，我想这一刻的宁静让我怡然自得。

"鹿番番，你不要睡了——"

"干吗？"

"你要帮我——"

"帮你？我可以吗？"

"只有你可以，只有你可以改变我的命运。"

眼前仿佛慢慢有了明亮的光芒，有个挺拔的身影渐行渐远，我亦步亦趋，跟紧了他的步伐。

可是他走得太快，我却怎么也追不上。

"不要走——"

"不要走——"

我用力地大叫，直到身旁有人在唤我："鹿小姐，你还好吗？"

"鹿小姐——"

我猛地睁开眼，发现自己的双手正攥紧了床单，而站在病床旁边的人正是两个穿着白大褂的人。

"鹿小姐，你终于醒了，还好烧也退了。"一个女护士看了看手中的体温计，说。

我环顾四周，理了理思绪，高儒文居然不在了？

"那位陪着我来的……先生呢？"我怯怯地试探道。

"哦，他说要回家换套衣服，两天没来了。"女护士继续解释道。

果然是个绝情绝义之人，看我病得不轻就想放弃我了。

"但是我们已经通知他了，应该等等就赶过来了。"身旁的医生又道。

我立马变了脸色，着急道："医生，你有没有手机借我打个电话？"

我找了个角落，打了个电话给秦扬，他接起电话，担忧不已："鹿番番你到底去了哪里？这几天我们找了你很久，你知道刘若琛……"

"他知道了我的事情了？"我又问。

"对，他很担心你，我不能不告诉他。"秦扬又道。

我咬着牙，心里莫名的委屈："秦扬，我在第二医院，你快来救我，快点——"

"你等着我，别乱跑。"

话落，我立马拔了点滴，暂时拿着医生的手机，偷偷地溜出了病房。

不想刚准备进电梯，就看到了高儒文朝着我的方向走来，而他的身后竟然还跟着三个穿着黑衣的保镖。

看来这次他有备而来，不把我带回去做实验誓不罢休。

我立马往楼梯跑去，一路狂奔，直到气喘吁吁，双腿发软，也不敢停下脚步。

可楼梯还是太黑，我一个趔趄，踩空了楼梯，直接往楼梯滚了下去。

柔软的肉身在坚硬的楼梯上磕磕碰碰，我感到全身就要这样散架了。

真是疼！

我刚刚大病初愈，滴水未进，又摔了一跤，跌坐在黑漆漆的楼梯口，扶着崴到了的脚，感到了前所未有的绝望。

我掏出那台还没还给医生的手机，打了个电话给秦扬。

他到底来了没？

这是我最后的希望。

电话接通，我突然哭了起来："秦扬，你到底在哪里？不是说让我等你的吗？"

"是我，刘若琛。"电话那头的声音冷森森。

我停止了哭泣，不再吭声。他继续问道："你在哪里，我已经在医院了。"

我把自己的具体位置告诉了刘若琛，不一会儿，二楼的安全门突然被推开，一道久违的光线突然涌了进来，我提防地望着出口，生怕来者不善，看到刘若琛的那一刻我才松了口气。

他板着张脸，坐在我的旁边，询问道："还走得动吗？"

"脚好像崴了。"我心里对着刘若琛有些抱歉。

他伸手捏了捏我崴的右脚，又道："我们往地下车场走，我开了我妈的车过来。"

"可是——"我欲言又止。

"可是什么？"他的脸色有些难看。

"可是我打的电话明明是秦扬……"为什么来的人是你，后一句话我默默地吞了。

"哪里那么多问题？快点走！"

刘若琛脸色很臭，说起话来凶巴巴地让我有点不寒而栗。

我不敢吭声，任由他扶着我，慢慢地往地下二层去，我的脚疼得厉害，走的不快，刚到地下停车库。

就听到身后有人大喊："人在这里——"

"在地下车库，快来人——"

我回头一望，来者正是跟着高儒文而来的保镖，一脸凶神恶煞，一边对着手机通报着情况，一边匆匆地朝着我们追来。

我已经跑不动了，而身旁的刘若琛迅速背起了我，我趴在他的背上，心有愧疚，忽然道："刘若琛，你为什么要来——"

这个世界，你遇上我之后，就没有发生什么好事。你为什么要来趟这浑水呢？

"都什么时候了还问这个问题……"

刘若琛已经满头大汗，他虽然背着我，可还是跑得很快，他在狭长的长廊拐了几个弯，钻进了一个黑漆漆的房间，突然一阵森冷的冷气刺骨。

刘若琛把我放下，我显得有点害怕，抓紧了刘若琛的衣角，说："这是哪里啊？黑漆漆的怪可怕的。"

"太平间。"刘若琛短短回道。

我吓得一身激灵，钻进了刘若琛的怀中，支支吾吾道："你……你来太平间干吗啊？"

"不来这里，怎么躲得了那个保镖？"刘若琛，又道，"你脚又受伤了。"

刘若琛的话不无道理，我不再说话，他突然"嘘"了声，让我往门边躲着，这时门外传来了一阵急促的脚步声。

"人呢？"

"刚刚看到往这里跑的，可是一转眼就不见了。"

"这里是太平间！"高儒文生气地教训道。

"可是……"

"别可是了，快在四处找找看。"高儒文又催促道。

倏然间，脚步声渐行渐远，我才敢暗自地深吸了口气。黑暗中，我看不清刘若琛的脸，可却能清楚听到他一下一下有节奏的呼吸声，让人莫名地感到一阵安稳。

"秦扬的手机为什么在你这里？"我小声问道。

"因为你现在遇到事情只联系他，不联系我。"刘若琛的口气里带着薄责。

"我……"我欲言又止。

我怔忪半天，才抱歉道："我只是不想麻烦你而已。"

"你忘记了我的话，"黑暗中，刘若琛显得磁性十足，"鹿番番，你要记得，我说过在这个世界我会照顾你的。"

我僵着脖颈，半天不说话。似乎静默了片刻，我又问道："我们什么时候可以出去？"

"再等等吧，等他们走远了。"

我点点头，也是，我现在脚崴了，再被他们追肯定受不了。

"你害怕吗？"刘若琛突然问道。

"有那么一点。"说实话不害怕是不可能的。

刘若琛却显得饶有兴致地说："你听过鬼故事吗？"

"不听。"我摇摇头。

"那你听过有关太平间的鬼故事吗？"刘若琛不放弃地又问。

"我不想听。"我捂着耳朵，把头摇得像拨浪鼓。

刘若琛拽下了我的手，坚持不懈道："就像是现在……"

"我不想听不想听……"

“在你后面……”

“啊啊啊啊！”

我一阵狂叫，钻进了刘若琛的怀中，他轻轻拍着我的肩膀道：“在你后面，有我啊。”

“刘若琛，你有完没完啊！”我忍不住埋汰道。

我正想从他的怀中脱离，他却把我困得更紧：“再等等，一下下。”

这个拥抱把我紧紧地困住了，让我不敢动弹。

冷森森的太平间里，只剩下两个呼吸声和两个“砰砰砰”跳跃的心脏。

“好了——”

他松开我的怀抱，黑暗中我看不清他的脸庞，但是彼此都默契地保持了阵沉默。

他才道：“他们应该走远了，我背你。”

“好。”

两人终于从阴森森的太平间里逃了出来，刘若琛一路驱车，这几天的经历，让我感到十分疲惫，只想回家好好地休息一下。

可是，我想到高儒文这个人和那几天被关的经历还是心有余悸。

他竟然把我当成一个研究对象。

“对不起，我没想到高儒文原来是王教授的学生。”刘若琛叹了口气道。

我摇摇头：“这不怪你，我们谁也没想到。他们会把我当成研究的课题。”

“高儒文的事情，我有办法。”刘若琛目视前方，忽然道。

“你有什么办法？”我忽然问道。

刘若琛侧眸看着我，眼神认真地说：“你只管回去休息，明天我会来接你去店里的。”

我半信半疑地看着刘若琛，他勾着唇，又看着我笑：“不会有事的，你放心。”

当晚我很早就入睡了，这段在研究所的经历，让我感到十分的疲惫，而第二天刘若琛一大早就来接我。

到了甜品店，他看着我笑了笑："事情解决了，你可以放心了。"

我疑惑看他，他到底怎么解决的？

"高儒文他……"

"放心吧，他不会来找你的。"刘若琛一副胸有成竹的模样，"至于我怎么解决这个问题，你能不能别问？"

"可是……"

我犹疑看他，他继续道："因为你和未来的他交往过？所以心疼了？"

"神经病！"我冷冷骂道，我怎么可能对高儒文抱有怜悯之心。

从未来到现在，他都是个渣男，何况他竟然想把我当成研究对象。

就这样过了几天，好像一切都显得风平浪静。可是我心里总有些不好的预感。转眼周末到了，我本想约刘若琛去郊外走走。

毕竟我不知道何时关于未来的记忆会崩塌了，所以只想好好珍惜在这里的每一天。

我连续打了刘若琛几个电话，都没人接。心里莫名有点着急，大周末的他一早上就出门了吗？

接近中午的时候，我终于接到了刘若琛的电话，可是电话对面的人竟然不是刘若琛。

"鹿番番，其实我很好奇……"

这个声音竟然是高儒文，刘若琛的电话怎么会在他的手上？

"你想怎样？"我厉声道。

听筒对面传来阴险的笑声，让人毛骨悚然。

"你也知道害怕了？"他哼笑一声，说，"刘若琛让我身败名裂的时候，你怎么不害怕？"

我根本不知道刘若琛同高儒文之间发生了什么，高儒文应该是和刘若琛同一届的学生，身败名裂又如何说起？

"高儒文，刘若琛他在哪里？"我又问。

他狂笑道："其实有个问题一直想问你，刘若琛和你选一个的话，你会选谁？"

我有点听不懂高儒文的意思，高儒文继续解释道："哦，这么说好像有点难以理解……"

"我的意思是14岁的你同刘若琛之间，你想选哪个？"他继续问道。

小少女！

他不仅控制了刘若琛，还抓了小少女？

我偷偷赶到了A大，按照记忆，高儒文应该是A大生物系的，他的成绩很好，在A大获得很多荣誉，应该声名远扬。

的确，我随便找了一个人问高儒文，就有人知道他的名字。

他打量了我几眼，说："高儒文，被开除了呢，真是可惜。"

"开除？"这又是怎么说？

他叹了口气道说："高儒文把学校的研究药品带回家，还偷偷地把老师的研究成果拿去卖，被发现了。学校的处理结果就是开除学籍。"

我大惊失色，知道这肯定是刘若琛干的。

这样高儒文就不可能顺利毕业了……

我心里有些慌乱，从来没有意识到自己也改变了高儒文的命运。

虽说高儒文很渣，可是他在生物学上的天赋毋庸置疑。

我在A大来回徘徊，竟然失去了方向，我要怎么救他们两个人？

报警，对，只能报警。

这个时候警方一定有他的方法。

可是我的身份根本不适合做这个报警人，那我应该找谁呢？

对，只有妈妈可以做这个报警人。

妈妈是某上市公司的职员，周末还得加班，这回应该还不知道小少女不见的消息。

我赶到了她的单位，在门口给保安打了个招呼，不一会儿，妈妈穿着一身正装走出了集团，她站在大厅里，眼神有些困惑地盯着我看。

"请问这位小姐，你找我什么事？"她礼貌问道。

这样面对面，我竟然一时失语。

还好还好，妈妈现在还完完整整地在我面前。

她见我许久不说话，又问道："这位小姐，你找我又不说话……是……"

我猛地握住她的双手，她的双手很暖很暖，给人安全感。

"鹿番番出事了，你要赶紧报警，去救她。"我着急地催促道。

她愕然地瞪大眼，显然出乎了她的意料。

"你……你在说什么？"她紧张地吞吞吐吐。

我又解释道："她是被一个叫高儒文的男人带走的，现在只有警察可以找到她，你快点报案。"

"好好——"她有些惊慌失措。

趁着接近中午，人群开始多了起来，我才缓缓地退出了集团的大厅，但愿小少女和刘若琛都没事。

我默默地在家等消息，高儒文不让我联系他，他的目标应该是我，肯定还会联系我。

果然，到了晚上，他终于联系了我，一个电话就开门见山："鹿番番，你是不是报警了？"

我沉默片刻，理直气壮道："没有，我以我的身份怎么报警？"

"也对，你本来就不该属于这里，"顿了顿，他继续道，"可是……还有别的人可以帮你报警。"

"你到底想要什么？高儒文，你绑架了他们对你没有好处。你不想要你的前途了吗？"我尖锐质问道。

他不顾我的威胁，又说："反正刘若琛已经把我害得没有前途了……"

我心想刘若琛绝对不会平白缘故地冤枉人，肯定是他做了什么错事，有了把柄，才会被刘若琛抓到。

"一切还可以挽回，只要你回头。"我低声劝说道。

他笑得更加大声，让我感到了害怕。

"我没有想回头，我拿了你的笔记本，已经搞懂你们三个人的关系，只要我把这本笔记本交给媒体，你说会不会掀起惊天巨浪？"

我深吸了口气，忙不迭地去查看卧室床隔层里的笔记本，果然已经不见了。

看来，高儒文趁着我不在的时候已经入室了。

那本笔记本记录了我在这个世界的事情，也记录了我在另一个平行世界的事情，因为怕遗忘，我每天按时写记录。

可现在却被高儒文给发现了。

我显然很担忧，可还是努力保持了平静道："你觉得你说的有人信吗？"

他却不以为然道："只要把你们三个交出去，我就不信没有人相信。"

我心里开始发慌，他说得不无道理，而且还有王教授做证人。就算不能让所有人相信，但是一定会有人对这件事感兴趣。

"高儒文，你到底想怎样？"我又问。

他怪笑一阵，很是得意："我要同你见面，地点我会发短信给你，但是我劝你一个人来，否则你会后悔的。"

不一会儿，高儒文的短信就进来了，他约我见面的地方是在西郊的一个湖边，而时间正是今晚凌晨 12 点。

我暗自看了看时间，只有不到一个小时的时间。

我打了个电话给妈妈，让她通知警察，然后收拾妥当出了门。我现在完好无恙，说明小少女应该毫发无损。

我打了辆的士，到达了西郊，在他给的位置等他，可这个点，已经是深夜，谁还有事没事地出现在这个景区？

深秋的夜，凉风刺骨，我一人沿着湖边的小道慢慢走路，整个人已经冻得瑟瑟发抖，还没看到一个人。

也不知道妈妈通知警察了没？

有没有布下天罗地网。

我就这样傻傻地在湖边走了将近一个小时，也不见他来联系我，我心里越来越心虚，难道高儒文知道我报警了？

骤然间，我感到脑袋一阵疼痛，钻心的疼痛让我猛地躺在了地上翻滚。

我在冰冷的水泥地翻滚了半响，才眼泪汪汪地起身。可倏然间，我已经发现了问题。

刚刚的疼痛一定是小少女挨了高儒文的打。

他到底想怎样！

果不其然，他的短信立马进来：随便试试，发现的确有点意思。

我望着周遭，黑漆漆的一片，除了暗淡的路灯别无他物，可他一定离得我很近很近，近得可以看到我这边发生的事情。

怎么办，下一秒我已经是满脸泪水，这种无助感比当时被赖国峰绑架更深刻。

至少那时，还有我陪在小少女的身边。

可是现在……

在我惊慌失措的瞬间，一条短信又进来：你不老实，你报了警。

我握着手机，全身都在激烈地颤抖，忙不迭回复道：你想要什么，我都可以给你。求求你了！

半晌，手机又颤抖了一下，我浑身不受控制，抖得更加厉害。

他说：很简单，你。

我含泪打下了几个字：那你放了他们。

瞬间，高儒文发了最后条短信：把警察赶走，我会再约你见面。

我匆匆从西郊打车到妈妈家中，我猛地按了门铃好几下，妈妈才开起了门，她已经满脸泪水，显然刚刚痛哭了一场。

"对不起——"我丧气地开口。

可是下一秒，迎接的我是一个力道十足的巴掌，妈妈失控地大叫道："你到底是谁？把我的番番还给我，还给我——"

她脸色憔悴，放声大哭，像一个没有依靠的人，我默默地蹲下来，扶住她的肩膀，嘴角隐忍了些话语。

妈，我是番番啊！

我也是你的番番啊……

我是 27 岁的鹿番番啊！可是你不知道，你不会知道。

"对不起，对不起……我帮不了你……"我只能不断道歉道。

她大声恸哭，全身颤抖，我突然起身，咬着牙说："你不要担心，我一定会把番番带回来。"

对，这次我不仅要救出小少女，还得带回刘若琛。

我走出家门，心里却莫名有种视死如归之感，小少女不存在，那么我也不将存在。

我打了个电话给高儒文，他倒是一点也不害怕地接起电话："怎么？你害怕了？"

"现在我要和你见面。"我淡淡回复道。

"这么晚？"高儒文问道。

我冷静自若道："对，现在，马上，不然你会后悔的。"

高儒文沉默片刻道："好，半个小时后，城郊的俞林湖见。"

俞林湖的位置很是偏僻，大晚上根本没人会去那里，我好不容易找了个愿意去那里的的士司机，一路疾驰到了目的地。

今夜的夜色不错，月色皎白，倒映在湖面上，波光粼粼。而湖边一片漆黑，突兀地停着一辆白色的轿车。

我从的士上下来，冷风飒飒，我捂紧了风衣，朝着那辆白色轿车走去。

刚到白色轿车前面，就有一个人下了车，那人就是高儒文，他穿的一身黑色夹克，唇边浮现得逞的笑意："你还真胆子大，一个人也敢来。"

"我为什么不敢？"我直勾勾地盯着他，冷冷地笑道，"本来我就不存在这里，所以我如果做了什么过激的事情，比如杀了谁？应该也是不成立的才对……"

高儒文愣愣看我，似乎未想到我会来这一出。

"你在威胁我？"高儒文反问道。

我又笑了："不是一直都是你在威胁我吗？"

高儒文哼笑一声，目光狡黠："两个人，你想换哪一个？"

我望了望车后座的两个人，一个是刘若琛，一个是小少女。两个人都被高儒文用绳子捆的严严实实。

暗黑的湖边显得寂静无比，可以听到细微的虫鸣声，而我的后脊梁莫名地瘆的慌。

"放他们两个人走，你无非是想研究我而已，为什么要为难他们。"我厉声道。

高儒文笑了笑，笑意浓浓。从他的眼里看得出他根本不想放过我，也不想和我交换任何人。

"他们两个人也很重要，一个是 14 岁的你，而那个男人是你来到这里见到的第一个人。"高儒文步步紧逼，发出阴险怪笑。

"况且是这个刘若琛让我失去了一切。"

我被他逼得缓缓后退，心里却莫名有点恐慌，最后偷偷从包里掏出了一把水果刀防身，我恐慌道："你想怎样？"

"如果我说，我谁也不想放呢？"高儒文双眼赤红，表情狰狞。

我往后一看，再退后就无路可退，只能摔倒在湖里。

既然如此，只能奋力一搏。

我冲上前，伸出水果刀，横在他的脖颈，威胁道："放了他们！"

高儒文显然没有预想到这突然的一幕，他显得很慌张，紧张地舌头都在打结："你……你这又是何必呢，我和你又没有仇。"

"这时候说这些会不会太晚了？"我大声叫嚣道。

宁静的湖边显得我的声音很是尖锐，高儒文吓得不轻，连连求饶："你不是说，其实未来我们会相遇还会谈恋爱，说明在你的记忆里我们也有段美好的回忆啊……"

"可是你是个渣男，你有了妻子，还骗了我的钱和感情！"我大声叫嚣道。

他战战兢兢地摇着头："不会的，现在一切都改变了，我的命运已经改变了啊，因为刘若琛，我都被学校开除了，未来我们已经不会相遇！"

是啊，悄然无息中，我却未料到其实我同高儒文的命运已然改变。

"在那个世界，我们的结局已经改变了！"高儒文继续道。

我看着汽车里的二人，刘若琛不知何时已经为自己解开了绳子，正在为小少女松绑。我缓缓地松了口气，手一松，"哐当"一声，水果刀竟然滑落在地。

我俯身要去捡，可高儒文快我一步，已经夺过了我手中的刀子。

"就是因为你们，我本该有的人生全部都改变了！"高儒文被激怒了，他瞪圆了眼珠，就朝我扑来。

"你不想配合我们，那就永远不必配合……"

直到高儒文手持刀子朝着我扑来，我才反应过来他的意思。

他想让我死！

月光下，锋利的刀刃仿佛泛着银白色的寒光，我闭起眼，心灰意冷地等待着那一刀。

刀尖已然靠近了我的鼻尖，可下一秒却被一个力量狠狠推远。

我睁眼，刘若琛不知何时已经在我的身边，他狠狠地推了高儒文一把，锋利的利器落在了一旁，可高儒文不甘心，他挣扎地跑到车厢背后。

见此，刘若琛趁着空隙把我扶起，对着我说："你赶紧带着小少女先走，我一个人来对付这个家伙。"

我噙着泪，心里害怕极了，点点头又摇摇头。

我不忍心，我不能落下他一个人！

"快走！"刘若琛急不可耐。

我慌忙打开车门，带着小少女狂奔，可跑了几步，我仍然不安心地往回看，发现高儒文从后备箱拿出的是一只高尔夫球棒，此时发狂地一棒又一棒地朝着刘若琛的身上砸去。

再这样下去，刘若琛会被他打死的。

我已经满脸泪水，喘着气对着小少女说："你赶紧回家，妈妈在等你。"

"那你呢？"小少女咬着唇，紧紧地拽住了我衣服的下摆。

"只有你完好无缺，我才能存在啊。"我又嘱咐道。

她看着我，眼睛含着泪："可是……"

"别说了，你快走，"我把身上剩余的零钱塞给了小少女，又道，"前面有个公交车站，还有班夜间的公交车，别犹豫了——"

直到目送着小少女安全地消失在我的视线，我才背过身来，往回走去。

黑暗中，高儒文已经丧心病狂，他仗着手中有武器毫不留情地击打着刘若琛。

刘若琛艰难地爬起身，嘴边已渗满鲜血，他跌跌撞撞走了几步，奋力地夺过高儒文手中的棒球棒。

两个男人再次扭打在了一起，打得不分高下，我在一旁有点手足无措，在旁边捡起一块大石头，用尽力气就朝着高儒文的头上砸。

"啪——"一声。

高儒文的头上立刻有鲜血像是喷泉一般冒了初来，我吓得不清，右手一松，石头滑落在了地上。

高儒文疼得嗷嗷大叫，他转头看向我，像是一只暴怒的狮子，迅速朝着我冲来，我迅速后退，可是还是被他抓住。

猛然间，我用力地摔倒在地上，恐惧地看着步步紧逼的高儒文。

"你……你想干吗？"我开始全身哆嗦。

他的头顶在滴滴答答地流着血，样子可怕万分。

"看来你也没什么研究价值了！"

话落，他用力地掐住我的脖颈，我眼前一黑，感觉无法呼吸。

"我这就杀了你！"

他龇牙咧嘴，表情狰狞，双手越圈越小，誓要把我勒死。我根本无法喘息，双脚拼命地往上蹬，想要使劲拍打高儒文，可我的手劲越来越小。

就在我就要放弃之际，高儒文突然轰然倒地。

我用力地喘气，咳得眼泪汪汪，好不容易才顺了气，起身一看，高儒文直挺挺地倒在了地上。

我转头看向刘若琛，他手中拿着的正是那把我带来的水果刀。

亮白的刀刃在月光上泛着熠熠光彩，此刻偏偏还带着滚烫的鲜血。

而地上，高儒文闭着双眼，没了动静，而地上突然溢出了潺潺的鲜红，触目惊心……

我的心口骤然发冷，高儒文，他就这样死了？

刘若琛的白衬衫已然是鲜红一片，他的脸色苍白，嘴唇毫无血色，手握着那把水果刀，冷峻万分地说："番番，你快走，我来善后。"

善后？怎么善后？

现在这个局面，我怎么能落下刘若琛一个人。

他是为了我才杀高儒文的。

"不行，要走一起走。"

我摇摇头，趴到地上，伸出手指，颤颤巍巍地靠近高儒文的鼻前。

还好，还好，还有微弱的气息。

没有死！高儒文没有死！

我像是绝望中终于看到了一丝曙光，拽住刘若琛说："我们快打急救电话，还有救，他还有救。"

刘若琛这才回过神来，我打了电话，躲在暗处，眼看着救护车把高儒文抬走，我的心才略微安心一点。

而身旁的刘若琛却依然目光深沉，沉默异常。

"若琛，不会有事的，救护车已经来了……"我握着刘若琛的手，希望他可以放松一些。

现在的他依然像一根绷紧的皮筋，脸色难看得要命。

似乎静默了很久，他才说："番番，你现在赶紧回家，最好有不在场的证明。"

我有些不明所以，问道："你什么意思？"

"其实……我真正担心的是他醒过来。"顿了顿，他才说。

我愈加困惑，问道："我越来越听不懂了……"

他动了动喉咙，神色沉重："只要高儒文醒来，他就会指认我是想杀死他的凶手。"

我心中发怵，有些语无伦次："那你赶紧逃啊！刘若琛，你赶紧走。他无非是想对我做实验，我依了他就是……这样就没事了……"

"鹿番番！"他严厉地喝止了我。

"怎么了？"

"一人做事一人当。我只是担心高儒文也不会放过你，如果他像个无赖一般不放过你……"刘若琛突然面色凝重，冷静异常，"所以，你现在赶紧回家。"

刘若琛催促着我回家休息，可我看着刘若琛，忽然有点不了解他的心思。

难道他一心想去自首，承认他是伤害高儒文的凶手？

那么他的前途呢？

未来他还得当大律师，怎么能有这样一大块污点。

不可以！

我当机立断，说："你不可以去，刘若琛。高儒文不可能会放过你。

只要他醒过来，他一定不会轻易放过你的。"

"你还得成为一个大律师，怎么能因为一个高儒文毁了你所有的前途。"我拧着眉，着急地想哭。

"就算我不去，他也会指认我的。"刘若琛神色淡然，沉着地让人害怕。

"可是有我啊……"

正因为我不存在这个世界，所以可以揽下所有的罪责。

"不要再争辩了，也许高儒文就这样死了，或许……"刘若琛深知自己已经难以圆谎，忽然沉吟不语。

"是死是活，我们都一起去医院看看。"我突然抬起眼眸，决然道。

刘若琛不再拒绝我的请求，点了点头。

到了医院，高儒文还在抢救，我和刘若琛戴着口罩帽子乔装了一番，在抢救室不远处的角落躲了起来。

差不多过去 20 几个小时，高儒文被推出了抢救室，他那副模样应该脱离了生命的危险。

我舒了口气，心中的大石终于落下，说："没事了，高儒文没事了。"

刘若琛点点头，唇边逸着一丝轻笑："没事了，番番。"

我看着刘若琛，他的神色沉重，却还在强颜欢笑。

我和他都知道，高儒文睚眦必报，一定不会放过我们。

但这微小的喘息也让人感到轻松。

第二天，高儒文终于苏醒，病房门外开始聚集了几个警察把守，我心想此事一定惊动了警方，只要警方细细调查，我和刘若琛都难辞其咎。

刘若琛已经回校上课，而我还守在了病房外。

不一会儿，病房外的警察突然都已经撤离，我大惑不解，深感奇怪。

难道高儒文放过了我们？

我偷偷凑在病房门外，往里探进去，眼看着高儒文一人半依靠在病床上，便小心翼翼地进了门。

我纠结了半天，才开口道："高儒文——"

他微微抬头看着我，眼神里有着深深的茫然，我兀自又道："谢谢你，放过我们——"

虽说我和高儒文之前种种的一切，足以让我对这个男人咬牙切齿，可如今他愿意放我们一把，我也理应放下这一切。

"请问……"高儒文犹疑片刻，又问，"你是哪位？"

我瞪大眼，心头大为震惊："你……你不记得我了？"

高儒文扬着唇，眼神里藏着深深的困惑："对，请问你是哪位？我们之前见过面吗？"

高儒文失去了对我的记忆！

我好不容易消化了眼前的一切，又问："那你……你为什么会住在这里呢？你是怎么受的伤？"

高儒文淡淡道："刚刚警方已经找我问过这个问题了，其实我也觉得很莫名其妙，但是他们说我是因为帮一个陌生人被歹徒捅了一刀。"

"见义勇为……"我像是陷入了深思，小声嘀咕着。

"我刚醒，有些事情不记得了……"

后续的话，我没有听进去，我知道上次的情况再次发生了。

就像我被赖国峰绑架的那次，所有经历过那件事的人都会失去关于我的记忆。

正如 *Lily's Crossing* 那本书所说，在这个世界上，知道我身份的人最后都会失去认识我的记忆。

因为我本来就不存在这里。

我心中忽然泛起涟漪，在高儒文的命运被改变的那一刻，我和他在未来也不会再相遇。

"这位小姐，你还好吗？"高儒文忽然问道。

我看着他，忽然笑了起来："我想你可能不记得，你当时帮的人是我，谢谢你啊。"

"是吗？"高儒文扶着脑袋，感觉疼得厉害，他说，"医生说我脑袋受到过撞击，有记忆丢失是正常的。可是……可是我对你一点印象都没有……"

他还在努力地搜索着记忆，而我笑了："没关系，记不得也没事。

这已经不重要了。”

有的时候想失忆也不是那么容易，也许这对我和高儒文是最好的结局。

“那谢谢你来看我。”他礼貌地回道。

这样的高儒文很好，彬彬有礼，毫无杀伤力。

我点点头，说：“那你好好恢复身体，我先告辞了。”

“等等——”高儒文忽然叫住了我。

我奇怪地回头看他，他突然从枕头背后掏出了一本日记本递给我，说：“你写的小说还蛮好看的。”

我看着那本日记本，正是高儒文从我家找到的那本我用来记录记忆的本子。

我惊喜地接过日记本，失而复得的感觉真好。

“你是小说家？”他又问。

我迟疑看他，显然他以为日记本的一切是个虚构的故事。我扯着嘴角笑了笑道：“业余的。”

“期待你的小说出版。”高儒文又道。

我微微笑着：“谢谢。”

这场风波总算告了一个段落，我暗自松了口气，现在只想把这件事告诉刘若琛，也让他安心才对。

我去学校找了刘若琛一次，发现他今天请假在家，便又到了他家，在门外猛按了几声门铃，才见一人开了门。

我吃了一惊，来人正是刘若琛的妈妈林友真。

见到我的瞬间，她的脸色很沉重，冷不防道：“为什么又来找若琛？”

我沉默不语，她接着道：“他受了那么重的伤，在学校晕了过去，都是因为你吧？”

“他晕了过去？”

想起那天，他与高儒文血战，一定受了不少的内伤。

我拧着眉，自知自己罪孽深重。她又道：“你到底是谁？为什么当初扮演若琛的后妈，现在又屡次和若琛牵连不断？”

我看着林友真，突然下了一个决心，向她坦白自己的身份。

"你真的想知道？这个故事会很长"我忽然说。

她古怪地看着我，半信半疑地说："进来吧，若琛睡了。"

我坐在客厅，手里握着杯热茶，茶香袅袅，我抿了口茶，之后便把所有的故事详细地说完了。

林友真听了很是震惊，她半天不说话。我又说："我知道这些是很荒唐，但是我说的真的是实话。"

"我相信。"林友真短短地回道。

我有点惊讶林友真能够这么快接受我是穿越而来，并且在另一个平行世界存在着 33 岁的刘若琛的事实。

"很小的时候，若琛就和我说过，他觉得他一定会成为律师，这是梦里的一个人告诉他的。"

林友真轻轻抿了口茶，又道："当时我只觉得这不过是小孩的胡话，但是听了你的话，我觉得这应该是真的。那个人应该就是未来某个平行世界的刘若琛。"

原来一切冥冥之中早已注定，那个世界的刘若琛应该是想让我留在这里做一些什么吧。

帮他治好厌食症？

还是来阻止那个梦里他未说完的那场飞机失事？

我陷入了深思，林友真又道："既然如此，我想请你帮若琛，别让他在那个世界患上可怕的厌食症。"

我点头说好，可是我现在还没找出他会患上厌食症的症结。

走之前，我去卧室看了刘若琛，他还在昏睡。那日，不仅高儒文受了一刀，他也受了很重的伤。现在理应好好休息一下。

我莫名觉得眼眶微微发酸，心里对刘若琛的感谢已然无法用言语详细说明，也许在这个世界我欠他的，已经还不清了。

可是，我没敢告诉林友真，其实我对另一个平行世界刘若琛的记忆正在慢慢地消失。直到那个世界的记忆全部消失，这里的记忆也会不存在。我就可以回到我该去的地方。

想到这里我默默擦去了眼角的泪，起身同林友真告别。

从刘若琛家出来，我一人去家附近的公园逛了逛。小少女安全到了家，妈妈应该能够放心。

就这样，我百无聊赖地在公园走了很久，直到天慢慢黑了，我才准备启程回甜品店上班，可忽然天空下起了大雨。

我匆匆地跑到附近的一个便利店里躲雨，秋天的阵雨，让人猝不及防。我望着落地窗外的雨帘，有着绵延不断愈演愈烈之势。

我叹了口气，口袋的手机忽然作响。

我接起一听，意外的对方竟是刘若琛，他已经醒了。

"来我家怎么不跟我打个招呼？"电话里传来了他轻轻的笑声。

我心头一惊，想来林友真已经告诉他我来过，我又道："你在睡觉，我不好意思打扰你。而且，你的确需要好好休息。"

"那你呢？现在在哪？"他又问。

"我，我在一个便利店等雨停。"

我暗自呼了口冷气，望着落地窗外的世界，雨珠密集，人来人往，车水马龙，大家都很忙碌，没有在雨中做任何停留。

"你没带伞？"刘若琛又问。

"没带。"

说着话，我去柜台买了杯热咖啡，又转过身要去便利店里的卡座上坐下。

"可是我带了伞。"

"嗯？"

我突然抬头，窗外的世界忽然变了，有个人在雨中停住了脚步，他身着一身藏蓝色的衬衫，领口微微敞开，露出的锁骨凹凸有致。他撑着一把黑色的雨伞，高大挺拔地站在雨中，微微勾着的嘴角，漾着一抹不深不浅的微笑。

窗外的那个人正是刘若琛。

"让我送你回家吧。"他继续道。

我看着他无声地微笑，隔着一个玻璃窗，却像是望着另一个世界的他。

　　我徐徐地走出便利店，来到他的身边。

　　巨大的黑伞接住了纷纷落下的雨珠，他俯身下来，眉目传神，薄唇轻启，似笑非笑。

　　倏然间，滚烫的薄唇轻轻地贴住了我的唇。

　　我猛地瞪大眼，这个猝不及防的吻让我大脑发蒙。

　　来回辗转，滚烫又热情。

　　我手中的咖啡忽然一松，散了一地，只顾环着刘若琛的窄腰。

　　我的内心像是突然上演了一场在雨中绽放的焰火，一个接着一个，在空中绽放，五彩缤纷，美轮美奂。

　　不知道过了多久，刘若琛才松开了我。

　　面对面的那一瞬，我竟然感到面红耳赤。可他那双低垂的眼眸，微微向扬的睫毛好似镶着浅笑。

　　雨点慢慢地打在我们的伞上，滴滴答答地又落在地上，形成了一圈又一圈的小水花。

　　半天，刘若琛才吭声："如果可以的话，能不能别忘了刚刚那个吻。"

　　我愣愣地半天说不出话，27 岁的我迎接的竟然是 20 岁刘若琛的吻。

　　他的目光仿佛蒙着一层诱惑的迷雾，看不透彻，偏偏带着深深的磁力。

　　这样真的可以吗？

　　命运真是会捉弄人。

　　在那个世界，我是多么想拥有刘若琛的一个拥抱，一个吻。可求而不得，而如今，我得到了刘若琛的吻。

　　可这种感觉，让我战战兢兢，感到不真实。

　　身旁的雨越来越大，我宛若失语了，只是定定地仰头看着他。

　　忽然，我脑海里似乎有什么在发生作用，耳边轰隆一声，头痛欲裂。

　　我双手捂着脑袋，徐徐地俯下身，闭起眼，难受万分。

　　"番番，番番——"

　　"番番，你怎么了？"

真的太疼了，我用力地抱着脑袋，眼前的世界开始逐渐模糊起来。忽然，我不受控制倒在了雨中。

待我醒来，病房空无一人，我揉了揉眼睛，侧头望了望来回荡漾的白色窗帘，听到屋外有人在说话。

"我建议照个 CT，我怀疑她的脑中存在着病变。"

"病变？"

"现在还不好说，但是为了安全起见……"

"好，我会考虑的，谢谢医生了。"

屋外脚步声渐渐消失，不一会儿，白色的木门才被推开。

刘若琛徐徐走进病房，见到我的瞬间，脸上扬着淡淡的笑意："你醒来了？番番——"

我直起身子，看着他说："嗯，刚刚屋外的人是医生吧。"

"你都听见了？"他的眼中有着深深的担忧。

我点头，虚无地笑了起来："医生怀疑我有脑瘤吗？"

刘若琛望了我一眼，欲言又止。我又道："我没有脑瘤，这只是回忆在慢慢消失的后遗症。"

"还是做个详细的检查，会更好。"刘若琛迟疑片刻，温柔又道。

我摇摇头，笑得很是苍白："你也不相信？"

"我相信你，我当然相信你，可是……"他蹙眉，漂亮的双眸里有着悲伤的情绪，"可我真的害怕你会忘记我，在未来再也找不到我……"

顿了顿，他又道："我大概无法体会回忆慢慢消失的感觉，可是我只想用我能想到的办法让你记住，记住我的存在。哪怕只是一个情节也好……"

"所以刚刚的那么一刻，我觉得如果医生有办法……"忽然，他又兀自笑了起来，闷闷地说，"后来，我知道，谁也不能治你的病，谁也不能留住你。"

我像是打翻了调味盒，心里百感交集，如果可以，这一刻我想留下来。

留在这个世界，因为面前这个年轻的男人。

我伸手忽然去抚平刘若琛眉心中的褶皱，笑的无邪："你怎么还爱皱眉，跟 33 岁的刘若琛一样，皱着眉头真的好丑！"

我笑得埋汰，他也笑了起来，说："是吗？"

"答应我，不要皱眉。"我又道。

他哼笑一声，说："如果皱眉能让你记得我，也不错。"

我忽然沉默了，命运给我开了很大的玩笑，让我自以为可以易如反掌地改变别人的命运，却不知道自己的命运早已像一辆不受控制的飞车失去了方向。

"我有个愿望。"我抬头看着刘若琛。

他疑惑看我，问道："什么愿望？"

"除了治好你的厌食症，"我抬头看他，牢牢地咬住唇说，"我还有个愿望，那就是救我的妈妈。"

他目光里盛满了震惊，有些意外。

"你是说，你……你妈妈是今年去世的？"他小心地试探道。

我点点头，对，我的妈妈就在我 14 岁那年去世。

我依然记得那日，我正在学校里上课，却突然接到了医院的电话，我被告知母亲被送往了医院抢救。

我当时只觉得头一懵，不知道应该找谁帮助，后来找到了小姨，同她急急忙忙地赶往了医院。

我从没有见过那样的场面，小姨帮我签了所有手术的字，而我独坐在了医院深深的长廊里，我从来没有觉得一个走廊可以那么长，也没有在医院等候过那么长时间。

我眼巴巴地看着墙上的时钟，一秒一秒地划动钟盘。时间太煎熬，直到医生走出了手术室，我这才冲了过去。

此时，小姨正好打了一盒小笼包，刚刚上楼，就见到这个场景。

她看了看我，又同医生交流了一阵，手中的饭盒忽然散落在了地上。

医生冲着小姨摇了摇头，那样的神情已然告诉了我结果。

滚落的小笼包似乎都在嘲笑我的笨拙。

小姨冲过来抱着我，让我想哭就哭吧。

可我当下竟然流不出眼泪，我无法相信妈妈就这样离开了我。

让一个 14 岁的女孩接受没有妈妈的消息真的太过残忍。

可那一刻，我真的和她分别了。

我这才明白什么叫生死别离。

就算你再想她，再爱她，甚至再怨恨她，也不会再见面。

"我可以改变别人的命运，我也可以救我妈妈的命，"我眼中有着坚毅，又道，"我要救她，我不要让她死！"

"如果按照事情的发展，我会回到那个世界，那么在这之前，我要救她。"我又道。

刘若琛点点头说："番番，我会帮你。"

"也只有你可以帮我。"我看着他，眼神里有深深的期待。

刘若琛点了点头，又道："既然如此，我们收拾收拾，出院吧。"

我现在没事了，待在医院也浪费时间。我点头说好，便收拾出院的东西。

转头的瞬间，刘若琛忽然递过了一个手机："你晕倒的时候，我发现你身上还有个手机，大概是没电了吧。"

手机？我疑惑半天，猛地拍了拍头，最近忙着同高儒文周旋，竟然忘记了这件事。

上次因为过敏，高儒文送我去医院，为了逃跑，我向一个年轻医生借了手机。后来，我就一直把这件事抛在了脑后，忘了还手机。

我找来数据线给手机充了会儿电，打开手机，一下进来了许多条短信。

我点开查看，其中一条短信写着：不知道你为什么带走我的手机，但我相信你情有可原，等你联系我。

看来这个医生还是个实诚的好人，居然没有挂失电话号码，也没有报案。

我回拨了那个电话号码，几秒钟后，有个人接起了电话，道："你好，我是沈世嘉。"

声音好听，是个让耳朵怀孕的低音炮。

"沈医生，不好意思，那天借了你的手机，忘了还给你。"我连连抱歉道。

对面的男人忽然轻笑一声："终于等到你联系我了。"

还好我现在所处的医院，正是上次高儒文带我去看过敏的那一家医院。我转头跟刘若琛打了个招呼，说要一个人去皮肤科还手机。

皮肤科在医院的五楼，我刚出了电梯，就见到一个身着白大褂的男人在电梯口等我。

他双手插在裤兜，胸前的口袋还别着一支钢笔，整个人身材挺拔，神采奕奕。

"沈医生？"我迟疑看他。

他点点头，笑了笑："对，是我。"

"不好意思，你的手机——"

我递过手机，低着头很是抱歉。他接过手机，却没有多问，而是兀自调侃道："没想到，过了这么多天，手机还能失而复得。"

我显得有点尴尬，又道："我不是小偷，那天……不是故意不还你手机的……"

"有回心转意的小偷也不错，"他微微耸肩，饶有兴致又道，"不过我相信你，不是小偷。"

"可你……不问我为什么拿了你的手机，这么久吗？"我忍不住好奇问道。

他勾着唇，笑道："这不重要不是吗？"

面前这个沈医生倒真是有些不同寻常，我点点头，道别道："那，沈医生，再见了。"

我转头就走，身后的沈世嘉忽然叫住了我："鹿番番——"

我吃惊看他，没想到他知道我的名字，他接着笑道："介意留个电话号码吗？"

我愣神片刻，忽然觉得这位沈医生有些唐突，但又不好拒绝，只好与他互换了电话号码。

他满意地同我告别，笑容盎然："再见，我总觉得我们会很快再见。"

没过多久，我和沈世嘉果然又见面了。

那是在甜品店内，我正在忙活着，忽然见到一人推门而入。定睛一看，来人竟然就是这位相貌堂堂的沈医生。

这次，他穿了身棕色的风衣，走路生风，一下就吸引了店里来往女学生的目光。

"沈医生？"我递过菜单，惊讶地看着他。

他抿着唇，笑容浅浅："没想到这么快就见面了。"

我不太相信这是个巧合，心存疑惑。

他倒是先开了口道："你几点下班，我等你。"

我看了看墙上的时钟，说："再过一小时吧。"

"那我看会儿书，来份杨枝甘露吧。"他眯着眼，笑了笑。

今天的客人比较少，所以能够准时下班。关了甜品店的门，我同沈世嘉一起往大路走去。

此时，已是晚上 11 点多，街头一排路灯亮堂堂的，我沉默半天，终于开口问道："其实……沈医生今天来这里，不是巧合吧？"

他倒也不隐瞒，坦诚道："你过敏住院，登记的身份证上写的是这里地址，很好找。"

"那你怎么不来这里找我讨要手机呢？"我疑惑道。

他不以为然地笑道："因为，我总觉得你会自觉地把手机还给我。"

这个沈医生的想法倒是不同寻常。

我心里对这个人有些疑惑，但又说不上来哪里不对头。

"上次带你来看病的男人，应该不是你的男朋友吧？"沈世嘉又问。

我迟疑看他，他又道："我看他对你的关心很少，好像只是在关心你能不能早点出院。可是你那时候过敏都没好，是为了躲他，才提早出了院吧？"

我警惕地停下脚步，他敏锐的观察力，让人害怕。何况我跟他并不相识，他为何对我这么关注。

"我就要到家了，沈医生，你就送我到这儿好了。"我停下脚步，对着他微笑。

他望了望马路对面的公寓，不动声色地说："好，再见，鹿小姐。"

见他转身走远，我才缓慢地舒了口气，他到底是谁？

是在故意地靠近我吗？

或者他并非不怀好意，只是我多想了？

我在街上伫立片刻，陷入了深思，忽然身后有人轻拍我的肩膀。

我猛地一惊，回头一看，来人竟是刘若琛。

他双手插在黑色长裤，望着不远处沈世嘉的背影，不动声色地扬着唇："看来那位沈医生，还蛮贴心的。"

我仰头看他，他波澜不惊，看似在等我解释。

我犹疑片刻，抿了抿唇笑道："看来你也做了不少的工作，知道他姓沈啊。"

话落，我走在前面，他亦步亦趋地跟在身后，又意味深长道："来路不明的人，还是少来往为好"

"好像我吃的盐比你多了好……好多年，怎么现在倒是显得你的识人本事比我强啊？"我回过头，忍不住反问道。

他语塞半天，看着我道："那你觉得这个沈世嘉是好人还是坏人。"

我停住脚步看他，说："暂时是个好人吧。"

"暂时？"

"看起来样貌堂堂，彬彬有礼，还特意送我回家，并不差啊！"我老实回答道。

他面色冷峻，嘴角隐隐动着，看似生了气。

我快速地绕过他，说："挺迟的，我先回家了。"

他突然拉住了我的肩膀，倒是有点不争个输赢不罢休的模样："那和我比呢？"

我怔了怔看他，他又重复问了一遍："我和他比，谁更好？"

"你吧。"我思忖片刻，回答道。

他唇边一扬，颇为得意："哪里好？"

"至少比他年轻啊！"我坦白回道。

显然这个结果，他并不是特别满意，他像是一个幼稚鬼一样，又追问道："那……其他呢？"

我打了个呵欠，耸耸肩，觉得刘若琛何时这么无聊了。只能敷衍道："还没发现。"

这导致刘若琛几天没有联系我，我还以为他这个幼稚鬼因为这样的小事在生我的闷气。不料到了周末，他忽然给我打了电话，约我去一个会所见面。

我心里有些纳闷，刘若琛这是搞什么鬼。

刘若琛约我见面的会所，很是高档。出入那个会所的人非富即贵，光在里头餐厅吃一餐饭就可以抵我一个月的工资，刘若琛这是有钱没地方花吗？

我在服务生的引荐进了包厢，推开门的一瞬，发现里头一片漆黑，我有些困惑，弱弱地喊了一声："刘若琛……你，在吗？"

我歪着头，四处张望，不一会儿，突然黑漆漆的空间里出现一个亮光。

我定睛一看，慢慢向我移动而来是一个生日蛋糕，而烛光摇曳中，是刘若琛棱角分明的脸庞。

忽明忽暗中，他轻轻地哼唱着："祝你生日快乐，祝你生日快乐……"

我怔怔地看着面前摇曳的烛光，半天没回过神。

今天是我的生日。

的确，今天是我 27 岁的生日。

只不过，我从未想到我的 27 岁生日竟然是在这个世界度过的。

"番番，生日快乐！"刘若琛勾着唇，笑道。

我忽然觉得眼睛有些酸，没想到在这个世界，还有人知道我的生日。

"你……你是怎么知道我的生日的？"我困惑地问道。

刘若琛不以为然地耸肩道："知道小少女的生日，就知道你的。"

我滞了滞，忽然想起了小少女，14 岁的我。对，今天也是她的生日。

"想和她一起过生日吗？"刘若琛弯唇微笑。

我点点头，说："还蛮奇妙的，对吧？"

"我能跟两个鹿番番一起过生日，的确蛮奇妙。"

他挑眉微笑，牵着我的手就往外走，边走边说："我们这就去找小少女。"

这就去打扰他们，好吗？

可刘若琛说做就做，他拉着我上了车，一路奔驰就到了十三年前那个属于我的家的门外。

窗户透着温暖的白光，他们应该还没睡。

还在切蛋糕庆祝吗？

在我遐想连篇的间隙，刘若琛拨了一个电话，不知道他冲着电话说了什么，挂了电话的一瞬，他忽然对着我笑道："今天我们运气特别好，赶上了切蛋糕。"

话落，我还没回过神，就跟着刘若琛敲响了家门。

是妈妈开了门，她礼貌地同刘若琛打招呼，又看了看他身后的我，笑了笑说："快进来吧，番番刚许好愿望。"

我愣了愣，站在家门外，没有进门。

印象中的这个家一点也没变，还是如昔。

我穿过了时间的洪流，重新走了一遭，可我已经 27 岁了。

而面前的这个家属于 14 岁的鹿番番。

我站在门口，百感交集，怅然若失。

刘若琛拉着我进了门，晃了晃手上的蛋糕盒："真是赶巧了，今天也是另一个鹿小姐的生日，你有福了，可以尝到两个蛋糕。"

刘若琛冲着小少女做鬼脸，小少女兴奋不已地大笑道："对啊，妈妈，真的好有缘分，你看姐姐和我同一天生日呢！"

我望着妈妈，她也看着我，顿了一会儿，她才抱歉道："对不起，那天那一巴掌……"

"我只是担心你是坏人而已。"她又道。

我尴尬地笑了笑："没关系，为人父母的确是会挺担心的……"

"谢谢你，刘先生，救了番番。"妈妈感谢地看着刘若琛道，"虽然那个流浪汉是个傻子，但是如果没有你救番番，她也不能脱险。"

我惊奇地看着刘若琛，又望着朝我使眼色的小少女。

他们应该一起撒了一个谎。

我笑了笑，点头问道："番番，你刚刚许了个什么愿望？"

小少女看着我，目光有炙热的光："希望我 27 岁的时候，我很勇敢很努力，仍然是个勇往直前的勇士。"

我望着她，知道这是她对我的期待。

妈妈笑了笑说："傻孩子，为什么是 27 岁？"

小少女望着我，眼中有着炙热的光芒："因为我对 27 岁有着很大的期待。"

我愣了愣，眼眶微酸，我就是她的 27 岁。

不知道我是不是活成了她的期待。

可 14 岁到 27 岁的路程太过漫长，我没法告诉她这一段路有多崎岖，更没法面对面地告诉她，就在今年她会失去挚亲。

我忽然起身，微笑告别道："太晚了，我还是先走了。"

"可是你还没吃蛋糕——"妈妈又道。

我隐忍着眼眶中的泪，说："对不起，我真的还有急事……"

我昏昏沉沉地走出家门，下了电梯，绕过花坛。刘若琛急急地追上了我，问道："你到底怎么了？"

"这对于我太残忍了！"我突然大哭了起来。

一个人明明知道未来会发生什么，却要装作一切都不知道，然后和过去和平共处。

这真的太难了！

我要怎么告诉小少女不久她就会成为没有妈妈的孩子？

"你在害怕什么？"刘若琛拧着眉，担忧看我。

我低垂着眼眸，心里很慌乱地说："刘若琛，我怕……我改变不了妈妈的命运。"

虽然因为我的出现改变了很多人的命运，可是真正面对自己的亲人的时候，我才发现我是多么害怕……

害怕失败。

害怕自己不能利用我自己明知的一切改变命运。

"有我在，有我在，我会帮你的。"刘若琛把我揽入怀中，他轻轻地拍着我的肩膀，让我安心。

月色皎洁，微风轻启，我仰头看着天空，心中却在默默地在倒计时。

如果按照命运的齿轮进行，这周六，妈妈就会发生意外。

第二天，刘若琛一大早就敲响了我公寓的门，我穿着睡衣，睡眼惺忪，见他带着早餐站在门外，很是惊讶。

"你怎么这么早？"我半靠在门外看他，眼眶有些微红。

他不知从哪里又掏出了一盒面膜，说："看你眼睛这么肿，还是敷个面膜吧。"

我看他熟门熟路地进门，不禁好奇地问道："你今天不用上课吗？这么早来我家？"

"我昨晚想了一晚上，只为了一件事。"他靠在沙发上，嘴角漾笑看我。

"什么事？"

"救伯母啊。"他靠在了沙发上说。

我望着他，没想到他想了一夜这件事，忍不住多问了句："你昨晚没睡吗？"

"救未来的岳母，我当然得当成大事。"他理所当然地说。

我怔了怔，竟然一时语塞。

刘若琛什么时候这么不要脸了！

"什么未来岳母，胡说八道！"我红着脸，厉声道。

他又大笑了起来："你不是很想嫁给33岁的我吗？我提前帮你预约啊。"

"刘若琛——"

"未来，你一定不要追我了。"他忽然眯着眼笑道。

看着他没心没肺地笑着，我冷不防白了他一眼，道："如果我不依你的想法，怎样？"

"千万不要再追我了，那样太辛苦了，"他顿了顿，挑眉笑道，"下回，让我来追你吧。"

话音落下，屋子突然变得静悄悄，静得仿佛可以听到彼此的呼吸声。

我不敢答应，不能答应。

沉默，无边际的沉默。

刘若琛突然打破了平静，笑了起来道："是不是在想着我追你的情景？"

"我怎么感觉你瘦了以后，连说话都不脸红了！"我脸烧得滚烫，有点语无伦次。

他轻松耸肩道："对啊，自从我不脸红以后，你倒是经常脸红了。"

"有吗？"我仰头，理直气壮看他。

他认真点头："有啊，特别红。"

我双手捂脸，有点羞愧。他冷不防又道："不过脸红的你也蛮好看的。"

天啊，谁会想到20岁的刘若琛竟然变成了这副模样！

那个容易脸红的刘若琛呢？

"刘若琛，你不要再撩我了，"我咳了两声，继续道："我是不谈姐弟恋的！"

他倒是愣了两秒，恍然大悟道："原来如此啊——"

原来如此个毛线啊！

"你来就是想和我说这个吗？"我清了清嗓子，继续道。

刘若琛又道："听了你昨天的讲述，伯母是因为旧屋强拆，在赶往旧屋的途中发生的车祸，所以我们有两个办法阻止这件事的发生。"

"哪两个办法？"我认真问道。

他有条不紊地又道："一，阻止旧屋强拆。二，就是阻止车祸的发生。"

我点头，觉得刘若琛说得很有道理。他接着道来："其实，也许阻止一场车祸的发生会来的更简单。你还记得肇事者的名字吗？"

我用力点着头，眼中有恨："我永远不会忘记他的名字。"

也不知道是不是日有所思，夜有所梦。自从那日生日后，我经常梦见那场车祸和那个肇事者。

梦里，那个肇事者跪在妈妈的灵牌前祈求原谅。

而我永远也不能忘记那张脸庞。

噩梦惊醒，我拂去冷汗，对着镜子一照，脸上又起了疹子，本想着疹子会自然消失，不料一天后，疹子还不见好转。

我只能第二天戴着口罩，来到医院。还好认识沈医生，给他提前打了个电话，他很热心地帮我挂了号，倒是省了排队的时间。

"没想到我们又见面了。"

沈世嘉坐着微微弯唇笑了笑。

我叹了口气摘下了口罩，说："其实，我也不想以这种方式和你见面。"

沈医生仔细看了看我的脸，低头就开始写病历道："这几天起风了，你那天过敏没有全好就出了医院，现在又复发了。"

"多久可以好？"我着急问道。

他抬头看我，问道："最近你还是少吹风，在家待着吧。"

我戴上口罩，低声道："我这周有事，不能天天待在家里。"

沈世嘉又道："那你要让我下猛药了吗？"

我点点头，很是认真道："我希望最近两天就能好。"

"那得打吊瓶。海鲜和辛辣食物就不要吃了……"沈世嘉洋洋洒洒在病历上写了一大段字。

我悲催地接过病历，就到了二楼打吊瓶。刘若琛这两天考试，我也不敢打扰他，只能百无聊赖地靠在病床，听着点滴掉落的声音，懒散地看着电视。

此时，正是傍晚时分，我饿得不行，望着旁边有家人陪伴着的病人，一张口就有人喂饭，羡慕得不得了。

我微微吸了口气，沮丧地看着墙上的时钟，一秒一秒显得特别漫长。

"叹什么气，饿了吗？"

我抬头，此时站在我身旁，双手插着白大褂口袋的男人，倜傥有型，笑得如沐春风。

"是啊，早知道就吃个饭来看病了。"我抱怨道。

他也笑了笑："正好我今天值班，就等你打完吊瓶，一起去吃个饭吧。"

我欲言又止，他又道："你该不会想拒绝沈医生的好意吧？"

我见他那么客气，难以拒绝，只好点了点头。

挂完吊瓶已经七点半，沈世嘉要去办公室换衣服，我就在大厅的出口处等他。低头玩手机的瞬间，沈世嘉已经出现在我的跟前。

他抱歉道："看来不能出去吃饭了，我妈妈今天送饭过来了。"

"没事，那我先回去好了。"正好，我也不想同这个沈医生走得太近，正好给我一个借口回绝。

"别啊，我妈今天带了很多菜，一个人大概是吃不完了，一起啊。"沈世嘉殷切地邀请道。

我愣了愣，自己跟沈世嘉不太熟，吃他妈妈带的饭更是不好。

沈世嘉看出了我眼里的心思，又道："看在我今天帮你挂号，走后门提前看病的份儿上，一起吃个晚餐吧。"

犹豫了片刻，我还是点了点头，说："好，那我就恭敬不如从命了。"

我跟着他往办公室去，刚出电梯，意外在长廊上看到一个中年妇女的身影，她穿着简单棕色套裙，拎着一个黑色皮包，就是一个普通的中年妇女，可我越看越觉得那人在哪儿见过，可又说不上来。

我呆呆地伫立在原地，沈世嘉连续唤了我好几声，我才回过神。

沈世嘉的妈妈厨艺不错，三菜一汤，荤素搭配。以我刁钻的口味来说，虽然是家常小炒，却也达到了大厨的级别。

我赞不绝口，沈世嘉笑着对我说："那你明天再一起吃饭吧？"

这……不太好意思吧？

他又道："你明天还得再打一天的吊瓶，就这么说定了。"

吃了饭，出了医院，刚到公寓楼下就见刘若琛一人骑着辆自行车，在等我。

他见我戴了个口罩，冷不防问道："大晚上的戴个口罩干吗？"

"过敏了。"我短短回道。

"所以，去看医生了？"他冷冷问了句，又道，"那位沈医生？"

"怎么？还不能找他看病了？"我反问道。

刘若琛拧着眉，有些不愉快："看来这位沈医生医术特别高超，让你接连地只找他看病？"

我不知道刘若琛生哪门子的闷火，只能回道："嗯，是挺好的。毕竟人家还特地帮我排了个队，请我吃了个饭。"

"吃饭！"刘若琛就更生气了。

我点点头，还蛮怀念他妈妈这餐饭的味道，忽然，我眼前又晃过了长廊上的那个女人……

不禁琢磨了半天，她会不会是沈世嘉的病人？

那个身影，到底是谁？

刘若琛猛地喊了我几声，又道："你干吗跟那个沈世嘉走那么近？"

"很近吗？不觉得。"我不以为然地耸肩。

"你没看出来我不太高兴吗？"刘若琛挡在我身前，幼稚地反问道。

我怔了两秒，又说："没看出来。"

话落，我就抛下了刘若琛独自一个人上了楼。

在医院磨了一天，委实有点累，洗了个澡，转头就想倒床睡觉。可未想到，自己往阳台看了一眼，竟然看到了刘若琛。

他高大的身影伫立在楼下，许久不动。

我趴在阳台上的栏杆，兀自看着他，心里有点困惑。

这么晚了，他为什么不走？

难道是无聊地要在我家楼下当雕塑？

我找来手机给他打了个电话，电话通了。

"你在哪里？"我故意问道。

他淡淡回道："在赏月。"

"赏月？"

我仰头看了看今夜的月色，薄雾蒙住了月亮，天上就悬了几颗疏星，哪有什么月色好赏的？

我饶有兴致地又问："月光好吗？"

"好啊，要是你在就更好了。"他的声音动听，磁性十足。

我呵笑一声，说："我现在正和你看着同一片天空啊。"

刘若琛突然回身，他抬头看我，我和他之间隔着高高的楼层，并不能看清彼此的神情。

可就在那一瞬间，我忽然觉得同片月色下，我和他心意是相通的。

他在望着我，而我也看向他。

彼此的目光中只有彼此的存在。

"番番，"他的声音低低柔柔地道，"我今天不高兴。"

我沉默不语，他又道："我不喜欢你和沈世嘉走得太近。"

耳边有轻微的风拂过刘海，而我却始终不说话。刘若琛的话，让我猛然心动。

"其实……我不介意姐弟恋"刘若琛继续道。

开什么玩笑？

我暗自轻轻舒了口气，刘若琛你知道你在说什么吗？

我们隔着的不仅仅是年岁的差异，而是隔着两个世界。

"你可以当作我提前爱上了你，再过十三年，我依然会喜欢上 27 岁的你。"

怎么可能？我忍不住又想起了他 33 岁生日那天拒绝我的场景。

我真的可以改变我和他的命运吗？

隔着听筒，我听着他的声音，想象着他此时的神情。他或皱眉，或抿着唇，无论何种表情，他都有一双好看的眉眼，目光深深。

还好，我没有在他面前，因为只要望着他的一瞬间，我一定会动摇。

"不可以。"我忽然道。

"因为我介意，"我顿了顿继续道，"因为我喜欢的是未来的那个你。"

他不再说话，隔着沉重的沉默，我又道："如果我们足够幸运就还会再相遇。"

对面忽然静默了下来，我想我伤害了刘若琛。

命运真是奇怪，曾经我被33岁的刘若琛伤害，未想到有一天我也伤了20岁刘若琛的真心。

我们走得太近，我就更加害怕命运翻手覆雨的力量。

未知太让人恐慌，我默默地在心里向刘若琛道歉，也许我们之间需要一些距离。

半晌，刘若琛轻笑一声："好，期待未来我们能够相遇。"

我无声地点点头，隔着这么远的距离，他该是看不见了。

"早点睡吧，晚安。"

"晚安。"

话落，他挂了电话，骑着单车消失在了我的视线里，而我轻轻舒了口气。

沈世嘉开的药很有效果，第二天，我脸上的疹子就消失了大半，但为了防止复发，我还是坚持去医院打吊瓶。

本想着不会碰见沈世嘉，不料他倒是有心地让护士给我传话说，他在诊室等我。

出于礼貌，打完吊瓶我想着跟他打个招呼再走。刚上了电梯，低着头走了段路却意外地撞到了面前的一个中年妇女。

我连连抱歉，可抬头的瞬间，忽然止住了脚步，面前这个中年女人还在低头收拾掉在地上的东西。

而我忽然呆滞了，没想到我会在这里遇见她。

我永远不会忘记她跪倒在妈妈灵前的模样，她痛哭流涕，拼命道歉却已经换不回妈妈了。

就是这个中年妇女——于丽清，那个可恶的肇事者。

"于丽清！"我忽然大喊了一声。

俯下身的女人忽然直起身子，她无害地对着我微笑道："这位小姐，你认识……我？"

我怎么能不认识，我永远都不会忘记你的脸庞。

是你害死我妈妈！

我恨得咬牙切齿，攥紧了拳头，根本无法控制自己愤怒的情绪。

"妈——"

我回头一看，朝着我走来的人是沈世嘉，他冲着于丽清微微笑了笑，又转头看向了我，说："番番，你也在这里？"

我望了望面前的中年妇女，又看向沈世嘉，她竟然是沈世嘉的妈妈？

"正是赶巧了，我跟你介绍，这是我妈妈，你昨天夸好吃的菜就是她亲手做的。今天她也是给我送饭，没想到你们会碰上，"沈世嘉扬了扬唇，笑道，"大概就是缘分吧。"

于丽清也冲着我微笑道："你好，世嘉只说有个病人喜欢我做的饭，没想到是个女病人……"

"真是过誉了，都是家常小菜。"

于丽清笑盈盈，而我却僵着张脸，十分难看。

"妈，她是鹿番番。"沈世嘉笑着介绍道。

于丽清又点了点头，同我打招呼："鹿小姐，你好——"

而我自始至终都面无表情，无法轻松地和自己的仇人轻松打招呼。

似乎就这样尴尬了几秒，沈世嘉又喊了喊我的名字。

许久，我才把凶狠的视线从于丽清身上移开，对着面前的沈医生道："对不起，沈医生，我今天有事情，就先走了。谢谢你的治疗，我的过敏也好了差不多，真是多谢了。"

我转身快步就走，也顾不得身后二人发愣的表情。

杀母仇人近在咫尺，我却心乱如麻。

刘若琛下午有场考试，我不知道他几点结束，兀自在法律系大楼前的公园坐了下来，直到考试结束的铃声打响，我才见到一群学生从大楼走了出来，他们三三两两地在讨论着考题。

我站起身，往里探头看去，一眼就看到了刘若琛，他意气风发，眉眼如星，背着双肩包，在人群中十分耀眼。

他也一眼看见了我，勾着唇，满满的笑意要溢了出来。

等到了跟前，他才笑着问："你在等我？"

我耸耸肩，也抿着唇笑道："考试考得好吗？"

他点点头，说："小意思，难不倒我。"

顿了顿，他又问："你的过敏好得差不多了，可是脸色怎么还是这么难看？"

我捂了捂脸，说："难看吗？"

"嗯。"他点点头，担忧看我。

"可能这大学城的风太大了。"我淡淡回道。

"是吗？"刘若琛上下打量着我，有些狐疑。

我努力扯出了一丝笑意，说："其实来你学校那么多次，还没四处逛逛，要不然你当个导游吧。"

"好。"

刘若琛点头说好，转头就去牵他的单车，涂鸦着红色的钢铁侠单车，在阳光下显得很是酷炫。

他拍了拍后车座，说："鹿小姐，欢迎来一场复仇者联盟之旅。"

什么鬼？我暗道刘若琛真是幼稚无比。

上了单车，我坐在后车座，身体谨慎地和他保持着一个拳头的距离。

刚开始，他还是把自行车骑得像是老爷车，后来忽然加快了车速，又道："我要加快速度了。"

我"嗯"了一声。

他接着道："你要是再不抓紧，坠车可不要怪我。"

忽然，他加快了车速，我惯性要倾倒，紧握着他的腰的那瞬间，突然发现自己的心跳忽然跳得很快。

"这样的机会恐怕很少了。"刘若琛莫名地来了一句话。

我怔然问道："什么意思？"

"有哪个小鲜肉愿意浪费时间载你这样一个大龄女青年在校园里闲逛。"

啊呸！

我猛地翻了个白眼："敢情我还浪费了你的时间了？"

"没办法，我愿意让你浪费。"

轻风闯入耳窝，他的声音细腻动听，宛若天籁。

我怦然心动，他继续道："不仅现在愿意被你浪费，未来也愿意被你浪费，鹿番番你真是好运气啊。"

好运气吗？我不置可否。

我遇到你是我的好运气，可是遇见我，又算不算是你的好运气呢？

我不吭声，刘若琛却显然不放过我问道："是不是啊？"

"是啊，花了八辈子的好运气，穿越到过去还得遇上你。"我冷不防道。

刘若琛的大学很大，一路上风景宜人，遍地的桂花树，更是散发着阵阵醉人的香气。

他绕着大学骑了半个多小时才停下车，问道："你现在可以告诉我，你有什么烦恼了吧？"

看来什么也逃不过他敏锐的眼睛。

我和他并肩坐在波光粼粼的人工湖前，不时有三两只白鹭轻轻点过湖面又飞走，湖水被扬起点点涟漪后又恢复平静。

我深深地吸了口气，说："我今天碰到了那个肇事者。"

他侧头看我，惊讶地问道："你是说是造成你妈妈事故的那个人？"

我点点头说："真的很巧，她竟然是沈医生的妈妈。"

刘若琛更是吃了一惊，说："竟然这么巧。"

是啊，命运还真是会开玩笑。

"那你打算怎么做？"刘若琛又问。

我迟疑片刻，朝着湖面投掷了一颗石头，说："她是个普通的妇女，和我妈妈一样很普通，如今我看到她，即使很愤怒，却无法把她当成仇人一般。"

"或许当时她也只是无心之失。"刘若琛忽然道。

我沉默不语，他又道："所以，我们这一次也许可以改变两个家的命运。"

我愣愣看他，他接着说："不仅要救伯母，还要避免一场交通事故的发生，这样沈医生的妈妈也不会背负着愧疚。"

我没有刘若琛想得那么远，只是打趣说："你不是不喜欢沈世嘉吗？"

"我只是不喜欢他和你走得太近，"顿了顿，刘若琛又道，"但是他不是坏人。"

我点点头，他继续道："你说，他会不会喜欢上你了？"

我怔忪看着刘若琛，他皱眉道："要是这样的话，可别怪我对他无情了。"

"你想怎样？"我瞪了他两眼。

他突然向我倾来，一张俊脸近在咫尺，简直让人想犯罪。

"你可是要为未来的我守身如玉来着。"他微扬眉，斜着嘴，唇边的笑意放浪形骸。

"神经病！"我面红耳赤地起身。

还有两天就是周六，我看着日历上的那个日期，是死神降临的黑色星期六。而我必须阻止死神的来临。

刘若琛说得对，也许正是命运让我阻止这场事故的发生才会让我遇见沈世嘉。

只要那天于丽清不出门，妈妈不出门。他们就不会发生车祸。

这是我的期望，但一切是否会照我所想的进行，我还是很是担心。

那日后，我没有联系沈世嘉，不想过了一天，他还是打了我的电话。看着电话的那个来电显示，我很是犹豫。

恐怕今后，我是无法坦然地面对他。

可为了妈妈，我还是接起了电话。

听筒对面的沈世嘉笑着问道："鹿小姐，过敏好了差不多就不来复查了？"

我愣了愣，努力保持平静地说："这两天有点忙，所以就没有去医院打扰沈医生了。"

"那鹿小姐，今日有空来打扰我吗？"沈世嘉又问。

"就怕沈医生没空。"

沈世嘉大笑几声，又道："随时欢迎鹿小姐的大驾。"

今天沈医生的病人很多，而我老实排队，到了快中午十二点才排到了他的位置。

他显然有点惊讶，问道："你怎么不跟我说你来了，这样你就能早点排到号啊。"

我微笑耸肩道："反正我也不急，排排队没什么不好。"

他帮我检查了一下脸上的疹子，点头道："恢复得不错，但是药膏还是要坚持涂，这段时间就不要化妆了。"

我一副虚心遵医嘱的模样，点着头。

他又道："既然我都快下班了，我请你吃饭。"

我愣了愣，沈世嘉生怕我拒绝，接着说："这回是真的请你在外面吃饭，我知道有家日料店不错。"

敢情他是以为我觉得他妈妈做的饭不好吃了吧？

我笑了笑，说："好啊，我也好久没吃生鱼片了。"

沈世嘉选的日料店是一家日本老板开的店，每天限量供应生鱼片，保持食材的新鲜，但位置比较偏僻，来的都是一些熟客。

那个日本老板同沈世嘉交谈得十分开心，显然他是个常客。

他挑了块金枪鱼说："这块是金枪鱼的'霜降'部位，肉质柔软，入口的一瞬可以感受到脂肪的回甘，特别棒。"

沈世嘉笑着介绍，我点点头，感慨道："看来你对食材的要求很高。"

"讲真，我要是不当医生，可能就会想当个美食家了。"沈世嘉微微耸耸肩说，"我们家每个人都是大厨，就我厨艺最差，但是我的口味最刁钻"

"怪不得伯母做的饭那么好吃。"我一副恍然大悟的模样。

"你还真有眼光，我妈妈以前开过一家饭店，那客人可是络绎不绝。后来，帮厨太少，我怕她太辛苦了，就没让她做了，"沈世嘉饮了一杯清酒，忽然想到了什么，又问，"其实，你是不是认识我妈妈？"

我惊讶看他，他又解释道："我妈妈说你知道她的名字。"

我目光闪烁，沉默不语。他又问："那天你突然神情大变，突然离开，是因为什么？"

我看着他，心想如若把自己的真实身份告诉他，他会不会相信。

犹豫片刻，我鼓起勇气说："沈医生，我知道我接下来说的话，你不一定会相信，但是宁可信其有，不可信其无。我希望你按照我所说的去做。"

他望着我，目光里藏着困惑，不禁说道："番番，你到底想说什么？我怎么听不懂。"

我很是认真地看着他，说："这周六，你能不能别让伯母开车出门。"

他托腮看我，好奇问道："为什么？"

"你就当我是个算命先生吧，这周六，伯母会有祸，她只要开车出门就会发生车祸，而且会让一个14岁的女孩失去母亲。"

我神情凝重，字里行间语重心长。可沈世嘉静默了几秒，忽然间狂笑了起来。

我的心早已经乱成了一团麻，可面前的男人却一点也不当成回事。

"沈医生，我是认真的。"我有些气恼，加重了语气。

"对不起，"他好不容易缓了口气，喝了口清酒，又道，"不是我不相信你，是因为根本不可能。"

不可能？怎么不可能？

他认真看我说："因为我妈根本不会开车啊，何来开车出门发生车祸一说啊？"

我震惊地看着沈世嘉，难以置信。

"你妈不会开车？"我大惊失色。

他认真点头道："对啊，我妈虽然考了驾照，但是因为年纪大了，容易头晕，从来没敢上路出门，更不会一个人开车出门。"

我的眉头紧锁，显然没有意识到真相会是这样。

那么，那天开车撞向我妈妈的人又是谁？

我神情恍惚，脸色难看得要命。沈世嘉眼见我有些不在状态，便说：

"番番，你好像不太舒服的样子，要不然我先送你回家吧。"

我点头应好，便让他先送我回公寓。

到了公寓楼下，他开了车门，同我一起下车，说："我送你上楼吧，我看你今天精神好像不太好……"

"不用啦。"我委婉拒绝道。

"其实……你今天是不是还有些事没有对我说？"沈世嘉小心试探道。

我望着他，欲言又止。他又靠近了一步，担忧问道："你是不是有什么需要帮助的？"

我咬着手指，踌躇的片刻，忽然身后有人在唤我的名字。

我回望了一眼，竟然是刘若琛。他迈着步伐，走到我和沈世嘉的跟前，似笑非笑道："这么晚还不回家？"

他困惑地看着刘若琛，问道："番番，这位是——"

"我弟弟。"我僵着脸介绍道。

刘若琛干干地扯了扯嘴，没好气地问："那你又是谁啊？"

"我是医生沈世嘉。你好。"沈世嘉礼貌介绍自己。

可显然刘若琛根本不顾沈世嘉的反应，拖着我的手就走，我慌忙回头同沈世嘉告别，却不经意地看向了他的那辆黑色轿车。

忽然，我止住了脚步。

熟悉的车型，熟悉的车牌号，这辆才是真正的肇事车。

见黑色轿车扬长而去，我才回过神，喃喃自语道："是这辆车，是这辆车撞了妈妈。"

刘若琛愣愣看我："这辆车？"

"沈世嘉的妈妈不会开车。"

"可是……你不是说肇事者是沈世嘉的妈妈，是她开车撞向你妈妈吗？"刘若琛一脸惊愕。

"我有一个怀疑，真正的肇事者应该是沈世嘉。"我长叹了口气，脸色有点难看。

刘若琛眉头微蹙："你是想说……真相是于丽清代替沈世嘉认罪

了。"

我望着刘若琛，点了点头。

虽然我不是很相信，沈世嘉这样一个好人真的会让自己妈妈替罪。可现实就是那么让人难过。

"不管怎样，我一定要阻止这个事故发生。"我心里暗暗下了决心。

可是我要怎么告诉小少女，我在阻止妈妈去世？

没想到的是，第二天小少女就出现在了甜品店。她穿着校服，身上背着书包，亭亭玉立，长高了不少。看到我的瞬间，笑了笑道："我要一碗豆花。"

我给她加了她喜欢的红豆，并多盛了些豆花。小少女独坐在角落，低头吃豆花。

直到我下了班，她才起身随着我出了店。此时的夜，有点微凉，但是远方灯火通明，好像有温暖在等候。

我和小少女并肩走在小路上，两个人却莫名地保持着默契的沉默。

直到过了红绿灯，小少女终于开口道："你是不是有事情没告诉我？"

我和她面对面地站在街头，身旁的人来人往，根本不会猜到，此时，有两个平行世界的人正在对话。

我是十三年后的鹿番番，而面前这个女孩就是我的过去。

我猜到应该是刘若琛同她说了什么，她又道："妈妈，她……她真的会死吗？"

她的眼眶已经红了，仿佛下一秒就要恸哭。

我咬着唇拼命摇着头："不，她不会死，因为我在这里。"

她怔怔地看着我，又问道："是不是周六不让她出门，她就不会发生意外？"

我不敢答应她，生怕意外会发生。

因为我的出现改变了那么多未知的事情，可在这之间同样出现了那么多难以预料的事情。

我怎么敢确定这次一定成功？

"是！"可是我还是答应道，"你一定要看牢了她，我不会让她死的。"

她仰头看着我，目光里期待满满，我忽然抱住了她，她才十四岁，是个长个子的年龄，可是瘦得惊人。

我抱着她，都能感受到她后背的骨头凸显。

"我想问你个问题。"我突然道。

小少女愣了愣，问道："什么问题？"

"我是不是活出了你的期待？"我在问 14 岁的她。

她很用力地点头，说："你已经超过我的期待，你比我想象的勇敢。"

我扬唇兀自微笑，得到了过去自己的赞美真是一种奇妙的感觉！

我回家看着日历，然后在 16 日上面用力地画了一个圈。

后天，就在后天。

第二天一大早，我是被小少女的手机吵醒的，她告诉我今天有人给妈妈打了电话，妈妈脸色有些难看，和电话的人吵了一架就出了门，她有些担心，想让我看看。

我答应了下来，我知道妈妈应该赶往旧屋去了。

我一人打车也往郊外去，那幢旧屋本是外公外婆居住的地方。外公离世后，妈妈本想接外婆一同居住，但外婆是个执拗的女人，她舍不得这幢旧屋，也舍不得外公留下的回忆，一直住到了去世。

外婆去世后，那间旧屋就空了下来。外婆一生共有一儿一女，舅舅早已定居国外，而那间旧屋就留给了妈妈。

妈妈每周都会去旧屋打扫，收拾妥当，里面存放着旧物品，大多都是外公和外婆的遗物。

旧屋不仅是妈妈童年的回忆，也是外公外婆唯一给她留下的东西。何况外婆去世前一直嘱咐妈妈要帮她看好家门。

所以旧屋的拆除，大约是把妈妈心中对外公外婆唯一的留恋给摧毁。她迟迟不同意，并不是因为价格的问题，而是真的无法割舍那份记忆。

我赶到旧屋的时候，妈妈正守在红色大宅的门前，同一个开着推土机的男人叫嚣。

她坐在一把竹藤椅上，神色凛然，毫不畏惧面前那个庞然大物般的推土机。

"这位大姐，你别让我们难做好吧？"男人终于从推土机跳下来。

我环顾四周，周围的旧屋已经拆得差不多了，尘土飞扬，一片残骸，唯独这幢三层楼高的旧屋傲然不倒，伫立在废墟中。

"反正你要是想拆这间屋子，就从我身上过去！"妈妈也不甘示弱，大义凛然。

男人摘下安全帽一脸无奈，显然妈妈在他的眼里就是个难搞的钉子户。

我缓慢地走到男人面前，说："我劝你还是先走吧，我们已经请了律师，同意书我们也没签，你这样胡乱拆迁是违法的。"

面前的男人冷冷瞥了瞥我，气愤不已，但只好放弃，悻悻离开。

见推土机终于开走，妈妈才微微地松了口气，感谢地对着我说："谢谢你啊，鹿小姐。"

"不客气，其实周围的旧屋都拆走了，你有没有想就算了呢……"我小心试探道。

妈妈叹了口气，说："我真不是因为钱的问题，只想多拖半个月，等番番的舅舅回来看一眼旧屋。"

我有些惊讶，这是我不知道的隐情。

她接着道："番番的舅舅从小就在国外，连番番的外婆去世都没机会回国，如今他病了，想回来看看旧屋，留个念想。毕竟我和他都是在这间屋子里一起长大的，这里的一切都是父母留下的纪念物。"

我点点头，忽然明白母亲当年拼死保护这间旧屋的原因。

她是在等舅舅的回来。

"如果需要帮助，我可以帮你请律师。"我接着道。

"谢谢你啊，鹿小姐，暂时不用了，我还是能应付的。"妈妈回道。

顿了顿她笑意盎然道："我总觉得我们哪里见过一样，很投缘。"

"是吗？"我扯着嘴角兀自微笑，"可能上辈子认识吧。"

妈妈哈哈大笑起来，说："看来今天他们也不会再来了，鹿小姐去哪里，我送你一程吧。"

此时，阳光正好，和煦地洒在了我和她的身上，明明是近在咫尺的距离，我却忽然有种她即将离我远去的感觉。

这种恐惧感渐渐蔓延开来，让我忽然红了眼眶。

"鹿小姐，你还好吧？怎么突然哭了？"妈妈皱眉担忧问道。

"可能阳光过于刺眼，"顿了顿，我又道，"不知道您等等还有事吗？"

她摇摇头，说："没什么事，今天请假了。"

"那能陪我去看部电影吗？"我期待地看着她。

妈妈点头答应，听到我说的电影片名，忽然道："番番也很想看这部电影，可是我一直没空陪她去看。"

是啊，按照事情的发展，直到妈妈去世了都没陪我去看那部电影。

最后的最后，过了很久，我也不敢看那部电影。因为每次看到那个片名，就会想起妈妈。

不过现在好了，老天爷让我有了一次改变过去的机会。

这次，我不会让你离我而去了。

电影院的灯光暗了，我坐在她的身旁，荧幕上忽明忽暗。这部电影是个喜剧片，全场时不时传来笑声，却没有人知道我默默地在掉眼泪。

我终于如愿以偿地穿过时间的洪流和妈妈补看了这部电影。

"谢谢。"我看着前方无声道。

回到家后，我同沈世嘉打了个电话，为了阻止他在同一时间出现妈妈发生车祸的海北路，我主动约了他吃饭。

显然他明天有安排，犹豫片刻，说："明天我有点事，能换个时间吗？"

"沈医生，我还想让你帮我看看我的病，好像疹子又有点复发了。"我纠结半天，终于找了个借口。

沈世嘉迟疑半天，最后答应道："好吧，可是我明天中午只有一个小时有空。"

"够了，吃个饭不会耽误很长时间。"我暗自舒了口气。

只要一个小时就可以改变我们既定的命运。

小少女答应我哪里都不去，第二天就在家守着妈妈，不让她出门。只要在中午 12 点半他们不出现在海兰大道，那场车祸就不会发生。

我收拾妥当，化好妆，准备出门，不想一打开门就看到了刘若琛。他看了看我的装扮，似乎猜到了什么，说："需要我陪你赴宴吗？"

"你觉得我要带着弟弟一起去吃饭吗？"我意味深长地打量着他。

他也恍然大悟，那天我向沈世嘉介绍刘若琛身份时候，说他是我的弟弟。

他迟疑片刻，笑了笑："其实我最近皮肤也不好，有蛮多问题想咨询沈医生的。"

"你哪里不好了？别耽误我办正事。"我忍不住白了他一眼。

"你没有感觉我最近皮肤粗糙了很多，沈医生对这块会不会也有研究啊？"他倒是一幅耍无赖的嘴脸。

我懒得同他扯皮，绷着脸，严肃道："我不能迟到，不能让沈世嘉出现在海兰大道。不跟你说了。"

"我借了我妈的车，送你一程吧，这样你就不会迟到了。"他晃了晃手中的车钥匙，又道。

我笑着看他，知道他还是担心我。

他刚开车不久，我的手机忽然响了起来，来显的名字，让我心里忽然闪过了不好的预感，忙不迭接起了电话。

"对不起，妈妈趁着我去厕所的时候出门了。"小少女着急不已，"怎么办？她是开着车走的。"

"你跟她打电话，说你病了。"我又道。

"好，我这就打，可是——"

"没有可是，一定要让她回家，快点！"我催促道。

挂了电话，我皱眉看向刘若琛，心乱如麻，我现在应该去赴约呢？还是应该赶往海兰大道阻止妈妈？

刘若琛看出了我的心思，突然道："我们现在兵分两路，你照常去见沈世嘉，我去阻止伯母！"

我六神无主地点着头，可是全身因为高度紧张而忽然在颤抖，刘若琛忽然紧紧地握住了我的手。

他侧头看我，目光如炬，沉声说："番番，不要害怕，我会帮你的。之前我们那么多次都成功了，这次，我们也一定会成功的。"

他的手温热有力，给了我无限的安全感。

一定会没事的，我在心里默默在念。

他把车开在了路边，放我下车，嘱咐道："我现在就去海兰大道，你一定要拖住沈世嘉。"

"好。"

话毕，他的车已经扬尘而去。而我也在路边打了辆的士。这一路，我紧握着手机，显得忐忑万分。

我提早到了餐厅，看了看墙上的钟才 11 点半，心里焦急地在等沈世嘉。可这一分一秒对我来说都是煎熬。

最后，我忍不住打了个电话，想催促一下他。

不一会儿，沈世嘉接起了手机，说："番番，你到餐厅了吗？"

"对，你呢？"我紧张地反问道。

"我正在赶来的路上，刚刚有点事情耽误了。"他不急不慢地回道。

"哦，"我回道，转念又问道，"你现在在哪里？"

"我现在在三八路口的交汇处，准备上海兰大道！"他平静道来。

我大惊失色，突然起身，大叫道："不要去海兰大道！"

"不要去！"我大声叫嚣，"沈医生，不要去海兰大道！"

可听筒对面的沈世嘉显然没听清我的话，兀自说："我马上就到了，现在信号有点不好，我就先挂了。"

"喂！喂！"我对着听筒拼命呼喊，可对方已经挂了电话。我的手开始发颤，好不容易才回拨了沈世嘉的电话，可电话那个女声一遍一遍地告诉我电话无法接通。

我着急地想哭，只能匆匆往餐厅外赶，在路边招了一辆的士，火急火燎地往海兰大道赶去。

不会有事，不会有事的。

我拨通了刘若琛的电话，听筒接起的一瞬，我急得要大哭："若琛，沈医生他也往海兰大道去了……"

"我知道了，我就快到了。"刘若琛冷静回道。

"怎么办？"我带着哭腔问道。

此时的我才有了一种明明既知了命运的走向，可也无能为力之感。

"请你一定要救我妈妈，这次我不想让她那么早就离开我……"我哭成了泪人，哽咽到快要无法呼吸，"既然上天再给我了一个机会，请它不要那么残酷……"

"番番，番番……"

对面的男人突然一直在叫唤我的名字，我努力平复了下心情，对着听筒"嗯"了一声。

他又道："你相信我吗？番番！"

"我当然相信你啊！"

"所以，我一定会帮你带回你妈妈，她一定会平安无事的！"

话落，刘若琛那边传来了一阵轰鸣声，我知道他正在过隧道，果然不一会儿，电话传来了嘟嘟声，没了信号。

过了隧道，就会到达海兰大道。

我看了看手表，已经快要十二点半。

我催促着司机开得快一点，我的一颗心怦怦跳，眼皮跳得厉害，车窗外飞驰的景色都让我恐慌不已，

车子开得很快，很快就经过了隧道，只是发生了大堵车的事件。

我望了望前面，一辆又一辆的车子在排队，根本看不到尽头。

我着急问道："这是怎么了？这个点怎么可能会堵车。"

司机也很纳闷地说："对啊，这个时间能堵车，该不会是前面发生了事故了吧。"

事故？！

我再也等不住了，塞了车费给司机，推门就下了车，我一路狂奔，前方看不到尽头，黑压压的都是车子，耳边是一声接着一声的鸣笛声。

我慌成了一团，不知道接下来我面对的是黑暗，还是曙光，而这时，

只能拼命地往前跑去。

直到看到沈世嘉的黑色轿车，他的车屁股在冒着黑烟，横在了隧道的出口处，我才忽然放慢了脚步。

很明显这里发生了车祸。

警车和救护车的声音交杂在一起，人来人往，大家都很忙碌，而我被人推到警戒线外。

"小姐，麻烦你退后一点好吗？"有人在和我说话。

"让我进去。"我挣扎地要跨过警戒线。

"你是……"

"我是他们的家属……"

我推开人群，只顾着往前跑去，沈世嘉的车上没人，我心里暗自想着，他应该被医护人员带走了，可是妈妈呢？

我在四处张望着，妈妈的车呢？

还有刘若琛呢？

他们人呢？

"小姐，你还是先回去吧。"

"小姐，请不要再阻碍交警办事了。"

我被人拖着往回走，而我不断用力挣扎，甩开他们的手，兀自地大叫道："放开我，放开我！"

"番番！"我猛地回头看，衣衫褴褛的刘若琛，迈着步伐，缓缓地朝着我走来。他的样子特别狼狈，白色衬衫沾满了血，额头破了一大块，右眼也有点红肿。

我匆匆地赶到他跟前，很是害怕道："若琛，你……你没事吧。"

"我阻止了沈世嘉通往海兰大道……"他又道。

我点点头，泪眼朦胧地看着他问道："妈妈呢？"

"她没有来……"

"好，好……"我暗自舒了口气。

下一秒，他软绵绵地靠在了我的肩膀上，他的身体很重，我害怕极了，轻轻拍着他的肩膀，担忧地问道："若琛，你还好吗？"

"刘若琛，刘若琛……"

他的身体很重，压得我喘不过气。

我又连续唤了好几声，他还是没有答应，我哭得大喊："医生，快点来，这边有人受伤了！"

我看着刘若琛被担架抬走，他的身上插满了仪器，那一刻我才知道他为了让我相信他所付出的代价。

他开着车同沈世嘉相撞，阻止了沈世嘉前往海兰大道。

刘若琛颅内受伤要做手术，我在急救室的门口等候，不一会儿，秦扬也来了。

他静静地坐在了我的身旁，问道："为什么跟我打电话？"

"因为我知道你会来，"我看着前方，重重地叹了口气，"还有，我不敢面对刘若琛的妈妈，因为他儿子每次都是因为我受了伤……"

"你就知道我会来？"

"因为他只有你一个朋友啊。而你也是啊，你也只有他一个朋友。"我定定地看着他，淡淡笑了笑。

他也自嘲地笑了起来："还真是无法拒绝你这个理由。"

"我去买杯咖啡，也帮你买一杯。"

话落，我起身去楼下带了两杯咖啡，热腾腾的咖啡让我终于从刚刚发生的事情缓过劲，还好，妈妈没有事。

只是，刘若琛还是因为我躺进了医院。

我有些懊恼，手握着两杯咖啡穿过长长的走廊，直到口袋里的手机打破了长廊的死寂。

我抽空接起电话："喂——"

听筒那面是沉重的哭泣声，我的心突然一颤，紧接着小少女大哭道："妈妈，她去了海兰大道！"

"我现在就去阻拦她……"

"来……来不及了……"

惊天动地的哭泣声在我耳边响彻，久久无法消散。

咖啡洒落了一地，我只觉得自己全身冷得在发颤，半天才动了动嘴角问道："你……你在说什么？"

"妈妈，她去世了……"

还是在海兰大道，明明以为已经改变了既知的命运，其实还是被蒙蔽了双眼。

枯坐在长椅上，我顿时感到时间漫长得惊人。

曾经失去过一次，而这次的失去明显更加的刻骨铭心。

妈妈的葬礼我没有去，我无法面对第二次的生离死别。医生说刘若琛没了生命危险，我才让秦扬帮我照顾刘若琛。

而我自己躲在公寓里，整天整夜地不睡觉。

我忽然想起了 Lily's Crossing 的那句 If you want to go back, please don't change the rules of this world.（如果你想回去，请不要改变这个世界的规则。）Otherwise, you may be punished.（否则你可能遭受惩罚。）

也许我的惩罚就是，我改变了别人的命运，却偏偏无法改变自己挚亲的离去。

妈妈最后还是离我远去了。

就算我在这个世界仍然无法改变她的命运。

就这样浑浑噩噩过了半个月，我是被一阵敲门声吵醒了，我窝在沙发上本不想开门，而门外的声音仿佛是房东太太。

她的大嗓门吵着我头晕，我只好懒散地拖着步伐去开门，一开门，我就闭着眼说："放心啦，我不会拖欠你房租啦！"

"你真是好运气，有人帮你付了房租！"

我睁开眼定睛一看，面前站着的人除了房东太太，还有个人是刘若琛。

他穿着件黑色风衣，挺拔地伫立在门前。看样子，他的伤恢复了差不多，整个人精神奕奕，琉璃般的眼眸有光。

房东太太离开后，我望了望他，心一动，突然说："你是谁？"

我知道无法摆脱刘若琛，只能装作自己已经失忆了。

从我改变于晓玥命运的开始，我就会渐渐忘记 33 岁的刘若琛，然后也会忘记这个世界的他。

他怔了怔，似乎迟疑了片刻，问道："你不知道我是谁？"

"不知道。"我目光闪烁地摇着头，

可他根本不相信我忘了他的事实，坚持不懈道："让我进门，慢慢告诉你。"

"你神经病啊！"我鼓起勇气大骂道，"我又不认识你，干吗让你进门！"

"砰"一声，我用力地合上了门。

也不知道过了多久，门外的脚步声才逐渐消失。

我想这是我和刘若琛最好的结局。

接下来的日子，我还是醉生梦死，等着在这个世界默默的死去。

反正我最后都不属于这里。

可是，刘若琛根本没有死心，他还是每天给我发短信，我干脆关了手机，不闻不问。

我以为这样就能让刘若琛放弃，没想到他还是通过外卖小哥给我送了一张字条。

纸条上只有几个字：我会和你看着同一片天空。

我怔了怔，到了阳台一看，今天是个月圆之夜，尽管路灯昏暗，但是月色照亮了整个小区的景观。

楼下站着的男人分明就是刘若琛，他仰头看着我，指了指手中的手机。

我知道他想让我听电话。

犹豫了片刻，我还是打开了手机。

不一会儿，他的电话进来，我接起一听，他磁性的声音响起："我不仅会和你看着同一片天空，而且会在这个世界陪你面对一切。"

我眼眶有点微酸，但还是狠心对着听筒道："我不需要，而且我不认识你，不要再来了。"

"鹿番番，你根本没有忘记我……"刘若琛又说。

"不知道你在说什么，别给脸不要脸了，我劝你别来了。不然我就告你骚扰！"我凶巴巴地对他怒吼，然后迅速挂了电话。

我躲在窗帘背后，默默地看着刘若琛离开，心里才用力地叹了口气。

希望这次后，他不会再来。

果然那天后，刘若琛没有再来找我。我以为他已经放弃我了，那就让我一个人在这个世界自生自灭吧。

本以为这个世界不会再有人理睬我，不料一周后，小少女联系了我。

两个世界的人，应该不用再见面，我以这个理由拒绝了她。可她最是了解我，她告诉我想跟我说关于妈妈的事情，这让我难以拒绝。

我们约定的地点是第一次见面的豆花店，她点了一碗豆花，看着我，脸色很是冷静。

"最近学业很忙吧，就要考试了吧？"我不咸不淡地问着话。

不一会儿，她冷冰冰地打断了我的话，说："妈妈知道你。"

我惊讶抬头看她，不解道："什么意思？"

"我告诉她，你就是我的未来！"小少女冷静看我。

我震惊无比，她继续道："我不知道她信不信，也许她觉得我童言无忌。但是她说如果你是我的未来，那也不错，至少你看起来很聪明也很漂亮。"

我埋着头，想要隐藏眼中的泪，抬头的一瞬，我看见小少女眼中晶莹的泪光。

她接着道："可我后悔了，我不想要一个你这样的未来。"

"因为我没有办法改变妈妈的命运，因为我没有救回她吗？"我忽然大声叫道。

这段时间，我努力地在压制情绪，试图让自己平和地面对着妈妈的去世，可真正面对小少女。

我才发现我无法面对过去，无法面对第二次失去妈妈的感觉。

"不，因为你软弱无比，只会逃避人生。"小少女接着道。

小少女有着她这个年龄不一样的成熟，也许当我出现的那一刻，她本该平静的人生就已经变得不一样。

"不怪你，也许有些命运注定无法改变。"她显得很是惆怅。

　　"还记得林老师吗？"她忽然又道，"我们的英语老师，她还是死了。"

　　我睁圆了眼睛看着小少女，她接着道："其实，她在妈妈去世之前就死了，是刘若琛不让我告诉你的。"

　　"为什么？"我困惑不已。

　　"他怕你失去信心，他怕你会觉得自己做的一切都是无用功，他怕你会觉得无论做什么都无法改变妈妈的命运。"小少女继续道。

难道不是吗？

即使我知道了结果，依然无法改变事情发展的方向……

我长叹了口气又道："是啊，无论做什么都没有改变结果……"

"不是，你还是改变了，你弥补了我的一个遗憾，"小少女顿了顿，嘴角微微动了动又道，"你陪妈妈看了那部电影，那部我一直想看的电影。"

我抬头看她，自惭形秽，没想到 14 岁的她比 27 岁的我更加勇敢和坚强。

她匆匆喝完碗里的豆花，抬头看了看店外，说："我要走了，爸爸来接我了。"

我同她起身，却迟迟不敢转身，直到身后有个浑厚的声音在叫："番番。"

"爸爸，我在这里。"

我这才徐徐转过身，眼前站着的人就是我的爸爸——鹿正。

我同他们一起出了门，小少女先上了车，鹿正笑着看我，他的身上有着重重的烟草味。

我站在他的对面，想起他那些年都说要戒烟，可是没有一次成功。那些年他说不加班就会在家陪我，说出差会给我带礼物，偏偏都没有实现，他太忙，忙得忽略了我和妈妈。

直到最后不得同妈妈分道扬镳……

"听番番说，鹿小姐是她的朋友？"鹿正作为一个父亲审视着自己女儿的朋友。

我知道，作为一个父亲难免担心自己的女儿跟社会上的坏人做朋友。

我不动声色地笑了笑，说："是啊，我以前做过番番的家教，在……"

"在番番妈妈还在的时候吧？"他接下了我的话，沉重地叹了口气，"谢谢鹿小姐对番番的照顾。"

我点点头，又说："您也少抽点烟。"

他明显一滞，一个来自陌生人的叮嘱的确让他有些奇怪。我又笑了笑道："我看你身上烟味很重，所以随口说说。"

鹿正心领神会，驾着车带着小少女离开。轿车扬尘而去，我才看到站在马路对面的刘若琛。

他穿着简单的棕色风衣，黑色长裤，背后一抹嫣红染着天边，落日缓缓下降。他处在一抹金色余晖中，看得不透彻，像是处在一幅美轮美奂的油画中。

我们默契地不打招呼，也不知道过了多久，我们还在隔着车来车往的马路对望着。

我来到这个世界已经大半年，从看着加大号的刘若琛变成现在这个中号的刘若琛。

我们改变了很多人既定的命运，却也有无能为力的时候。

曾经他那么想抛下我，可现在他却如狗皮膏药一般怎么也甩不掉了。

我定定地看着他穿过马路，来到了我的对面，笑得一尘不染，如沐春风。

天边的余晖渐渐消散开来，路灯像是得到命令一般，全部骤然亮起。

地上倒映着我和他长长的影子，他突然开口问道："为什么不说话？鹿番番。"

此时此刻要说什么？

我忽然有点语塞，眼见他一步一步朝着我走来，靠近的每一下脚步声都在叩响心门。

他见我不吭声，饶有兴致地又问："你还不说话吗？"

"那你别后悔了，当我踩到你影子的那一刻——"

那一刻又如何？

"我就要吻到你。"

话落，他已经到了跟前，彼此的身影交汇在了一块儿，鼻尖的气息让人迷乱。

刹那间，温热的薄唇已然靠近，我闭起眼，耳边的一切忽然变得模糊，只剩下交织的呼吸声。

闭起眼，这一刻，只能忘记自己，忘记一切。

夜色深深，我和刘若琛并肩走到了林英子家，抬头望去那个三楼的位置，我忽然问道："林老师，她是怎么死的？"

"生病，"他淡淡地叹了口气，"是癌症。"

"还是救不了她的命……"我忍不住长叹了口气。

他又道："不，你还是改变了她的命运，你让她摆脱了家暴的丈夫，跟女儿共享天伦之乐，那段日子，她是快乐的。即使走了也是平静安详的。"

我不说话，和他并肩在小区里的石板凳上坐了下来，突然叹了口气，说："刘若琛，那个世界的他还有找过你吗？"

他侧脸怔怔看我，我忽然笑了笑，说："感觉这么说好像有点奇怪，最近，我一直在想我存在这个世界的理由，我看到了我熟知的人的过去，也看到了我的过去，我来到这里，是不是为了改变已知的命运？"

"如果是这样，我仿佛又很失败，"我望着不远处的天空，说，"明明看到了命运的走向，却偏偏没能挽救妈妈。"

"鹿番番，你不是救世主，即使你看到了一切，可是你的力量也是有限的。"刘若琛的目光深沉，声音温软，"我们能改变的事情太少太少了……"

我遗憾地吸了口气，刘若琛又道："为什么一定要想明白，你来这里的理由。既然是没理由的到来，那就享受这里的空气，人和一切，如果有一天要不留痕迹的离开，也不要带着任何眷恋……"

我侧目看向刘若琛，未料到他何时变得这么深沉。

他轻轻扬唇，唇边的笑意耀眼："我说这么多，只想告诉你，你应该享受当下。比如，现在！"

顿了顿，我望向他，棱角分明的侧脸，微扬着嘴角，还有那双清澈无比的眼眸。这些都只属于 20 岁的刘若琛。

他接着道："我爱你，来自 20 岁刘若琛的爱。"

时光仿佛退后了十三年，我何其幸运，得到 20 岁他的爱。

我望着他，心中其实已经掀起千层浪，可还是故作没事地转过身，兀自说："可惜我没带日记本，应该立刻记下来，不然到时候回到那个世界后，你要是忘了，我还能提醒你……"

"还是我来提醒你吧。"刘若琛忽然道。

"啊？"我愣愣地盯着刘若琛。

他不偏不倚地看着我，那样专注的目光望得我有点心虚。

他忽然笑了起来："我会提醒你，你还欠我很多钱的！"

我暗自舒了口气，还是没有正面回复刘若琛。

那夜回家后，我意外地梦见了 33 岁的他。

像是一场无声电影，我在他的办公室看着他在做事，他低着头处理着案台上的公文，秘书小林被他折磨得团团转，他还是眉头紧蹙，不见舒展。

我悄悄地朝着他走近，看着他这么发愁，想让他休息一会儿。

就在我走近他的一瞬，他突然抬头看我，那样阴翳的目光，忽然让我吓了一跳。

紧接着，他忽然消失，场景渐渐变化，我突然站在一台电视机前，电视上正在播报着一场飞机失事的事故，飞机场里堆满了遇难乘客的家属。

而我却看见了刘若琛。

噩梦惊醒，一身冷汗。我揉了揉双眼，看了看身旁的闹钟，这一觉竟然到了第二天的正午。

我看了看手机，看到了刘若琛的短信，他好像知道我今天会很晚起床的样子，只是道：醒了记得吃饭，下午我在扬晨健身房等你。

健身房？我很是困惑。

但是，还是按照地址找到了那个健身房。奇怪的是这个健身房好像是专门为胖子准备似的，跑步机上一排清一色的是超重人士。

我忍不住问了刘若琛一句："这个健身房的减肥人士也太多了吧。"

"对啊，这些都曾经是我的难兄难弟。"刘若琛笑着介绍道。

我亦步亦趋地跟在刘若琛背后走了一段，忍不住问了一句："你之前不是觉得胖很好吗？也来这里减肥过？"

"这不是因为瘦不下来，所以自暴自弃了。"刘若琛不以为然道。

"看来我来到这里，至少做了一件好事。"

"对啊，所以我给你找了份工作。"刘若琛停下脚步，笑着看我。

我迟疑看他，不解地问道："什么工作？"

"你不是说你之前是位私人营养师，让你在甜品店工作委实是委屈了你，"刘若琛信誓旦旦地说，"所以，我想让你在这里做营养师。"

我眨眨眼看他，十三年前营养师这个职业还是很新潮，并没有广泛流传。

"这边的老板说，缺少一位指定健身餐的专业人士，我就想起了你。"刘若琛扬着唇看着我笑。

我心里有些感动，知道刘若琛在为我找到存在的价值。

"干吗对我这么好？"我上下打量着他。

他不以为然地耸耸肩道："我是实在付不起那房租了，你还是多赚点钱，自己付吧。"

新工作很好，跟卡路里打交道简直是我的长项，特别是健身房一票身材健硕的健身教练，简直是美不胜收，让我每天都大饱眼福。

一切仿佛都上了正轨，直到那天，我在健身房又遇见了沈世嘉。他一身藏蓝色的运动服，还背着一个偌大的黑色健身包。

那场车祸到现在也过了将近一个月，我未料到会再次同他相遇。

但这次委实有点奇怪，之前赖国峰，高儒文一般，他们都会失去我的记忆。

可沈世嘉明显还记得我，他笑着同我打招呼，道："看来，你换工作了？"

我手上正拿着一份减脂食谱，他打趣道："看来食谱得跟我开一份！"

我稍显尴尬笑了笑："你怎么也会在这里？"

他怔了怔，解释说："哦，朋友送了张体验的健身卡，就来试试了。没想到这么有缘碰到了你。"

"既然这么有缘，我请你喝杯咖啡吧。"我笑了笑。

我同他到健身房的休息室内坐下，倒了杯咖啡给他，他不以为然道："你倒是很会借花献佛，这咖啡可是会员福利，不需要你请的啊。"

我耸耸肩，又道："那等我下班，我请你去外面再喝杯咖啡？"

"别、别，你想我晚上失眠来着，"沈世嘉顿了顿，又道，"何况，我还欠你一餐饭，理应我请你才对。"

想起那天的事情，我的神情瞬间黯了下去。

沈世嘉误以为我因为他的失约而感到不快，接着道："那天，我失约的原因是发生了车祸。"

我点点头，说："我都知道了。"

"那你一定知道，同我相撞的是你弟弟了。"他又道。

我看着他，知道他说的弟弟实际上是刘若琛，便解释道："是，他是阻止你去海兰大道。"

"你知道我为什么去海兰大道吗？"他点点头，又问。

"为什么？"我不解地看着他。

"抱歉，我要收回那句我妈不可能开车的理论。"

我皱眉，忽然意识到了什么，忍不住问道："我不太懂你的意思……"

他长长地叹了口气道："不好意思，我没有告诉你，我妈妈其实有老人痴呆症，那天她忽然发病，也不知道为什么会独自开车出门，保姆立刻打了电话给我，所以我才会开车去海兰大道去阻拦她。"

"可惜，那天我被你弟弟拦住了，没有追上我妈妈……"

我脑袋发麻，震惊地说不出话来，半天才闷出了一句话："所以……那天……你妈妈……"

"很遗憾，如你所料，她的确发生了车祸……让一个14岁的女孩失去母亲。"沈世嘉皱了皱眉，眼里流露出深深的遗憾。

这是我从未预料到的真相。

我一直以为肇事者应该是沈世嘉，而沈母是替罪羊。

却没想到事实竟然是如此赤裸裸。

妈妈是被我自己的自作聪明害死的，我明明可以救她一命的！

那瞬间，我忽然恸哭，沈世嘉显然始料不及我突然的反应。

"你怎么了，番番？"他皱眉，忧心忡忡。

我缓缓起身，目光已经没了焦距，踉跄走了几步，摇头说："没事……我没事……"

沈世嘉起身扶住了我，我却用力地掰开他的手，尖锐地说："不要扶我，我可以。"

他很是担心，但是拗不过我，只好让我走。

我只觉得面前的一切变得模糊，跌跌撞撞地推开了玻璃门，巨大的悲痛和自责让我浑身无力，头脑混沌。

我没办法原谅自己。

我坚持走了几步，可是身体还是太重，下一秒只感觉自己重重地倒在了地上。

"番番——"

"番番，你醒醒啊——"

我迷糊地睁开眼，沈世嘉正坐在病床旁边，他翻了翻手上的书，见我醒来，紧张地起身说："你醒了？我去叫医生。"

"不用啦——"我起身看他，说："我没有什么事……"

"真的不用吗？"

"我自己的问题我知道，我还有很重要的事情要办。"我起身准备出门。

"这里的脑科专家和我是校友，如果你有需要——"沈世嘉欲言又止。

我知道，医生一定也和沈世嘉说了怀疑我是脑瘤的事情，可只有我知道这是回忆在流逝的正常感觉。

我从未这么深刻地感受到记忆在像水滴一般一滴滴地逐渐流逝。

我想，所剩的时间应该不多了。

"番番……"沈世嘉突然叫住了我。

我回头看他，他又道："你弟弟也来了，你要等等他吗？"

看来沈世嘉通知了刘若琛，我迟疑了会儿，沈世嘉扬了扬唇又道："他……应该不是你的弟弟吧？"

我愣了愣，不知道沈世嘉想说什么。接着，他又走到我的面前，笑着说："无论如何，你还是得好好照顾自己。别太累了……"

"对了，你的书——"沈世嘉把手中的那本 *Lily's Crossing* 递给我说，"刚刚你包里的手机在响，我找手机的时候，正好看到了这本书，就翻了几页，不介意吧？"

"当然不介意。"

我笑了笑接过书，心想包里还有本日记本，正是我用来记录我穿越在这个世界的经历，不知有没有被沈世嘉发现。

"我下午得去医院，下回我们再约。"话落，沈世嘉已经迈开步伐。

此时，刘若琛正好推门而入，同沈世嘉差点撞个满怀。两人互相打了个招呼，沈世嘉又对回头嘱咐我了很久，便走了。

见沈世嘉走远，刘若琛才道："你怎么又突然晕倒了？"

"你是不是早就知道妈妈的肇事者就是沈世嘉的妈妈？"我忽然打断了他的话。

他怔了怔，神色阴沉："对不起，这事情怪我，如果我开车不阻拦沈世嘉……"

"不，都怪我，我的自作聪明……"

我神情落寞，瘫坐在了床上，而刘若琛悄无声息地坐在了我的身旁，他忽然道："刚刚沈医生好像很担心你……他给你推荐了个医生……"

"没用的……"

"怎么会没用？"

"每一次的晕倒，我都能感受回忆被抽离的感觉，"顿了顿，我忽然觉得眼眶微微发酸，"我就要忘记你了，若琛。"

刘若琛突然沉默了，我看得出他的神情微微僵住了，我侧目认真看着刘若琛，说："我没有时间了，所以这次我不想留下遗憾。"

"你在说什么啊？番番……"刘若琛一脸不解。

妈妈的事情已经让我留下遗憾，而现在这件事才是当务之急。

我梦里一直出现的那场飞机失事一定和刘若琛的厌食症有关。

难道那场飞机失事让刘若琛会失去挚亲吗？所以他才会抑郁得了厌食症吗？

我忽然靠在了刘若琛的肩膀上，他轻轻地拍了拍我的肩膀，温软的嗓音让人心动："番番，你还好吗？"

"若琛，这次，我希望不要留下遗憾。"我接着道。

"我也不希望。"下一秒，他拢紧了怀抱。

那天后，沈世嘉倒是经常来扬晨健身房健身，我们互相约出去吃了几次饭。我心里也明白沈世嘉的意图，他对我有好感，我就拒绝了几次，故意跟他保持了一段距离。

圣诞节在即，红色的圣诞帽，绿色的圣诞树和白色的雪花装饰了大大小小的街道和商场，大街小巷都充满着节日的气氛，而我却忽然想起那个世界。

每一年的平安夜，我都会安排各种节目。而这里，我一个朋友都没有，谈何节目啊？

如果还在那个世界，此时我应该同于晓玥一块去北海道滑雪了。

不知道，她在那里找不着我会着急成什么模样？

平安夜，我漫无目的地走在大街小巷，不敢回健身房，主要是怕遇上沈世嘉。他约了我几次一起过平安夜，我找了种种借口拒绝，如今只好委屈自己在马路上吹冷风了。

可恨的是刘若琛还有什么校园的化装舞会参加，他那样的相貌应该有很多女孩愿意跟他跳舞吧，想到这里，我竟然无端地有点嫉妒。

　　年轻真是好啊！

　　我仰头看着商场前的那块巨大的荧幕，正在宣传着今天钱明栎在体育场的一场小型歌友会。

　　我抬了抬手表一看，时间差不多了，再过20分钟演唱会就要开始了。

　　就在此时，刘若琛的电话进来，我接起电话没好气地问："你的舞会结束了？"

　　"没有。"

　　"那你还有空打电话？"

　　"舞会太无聊了，我就是焦点啊，想做我舞伴的女孩实在是太多了……"

　　我忍不住冷笑，对着空气翻了个白眼，刘若琛还真是不要脸了！

　　"那你那么忙还有空打电话？"

　　"可是……我不会跳舞啊！"刘若琛无奈道。

　　我忍不住狂笑了几声，他颇为遗憾地叹了口气说："你就别幸灾乐祸了……"

　　"有吗？"我明知故问。

　　他又问道"那你呢，这平安夜，你在哪里过啊？"

　　我咳了两声，十分不愿意承认自己在大马路上吹冷风，硬气地说："等着看钱明栎的歌友会啊。"

　　"看来你买到票了？我还想……"

　　"难道你有票？"我心中一喜，打断了刘若琛的话。

　　"有两张特别贵宾专属票，"刘若琛顿了顿，又道，"现在时间还剩下最后20分钟，就看你赶不赶得上了！"

　　我有点不相信，刘若琛买了平安夜歌友会的票，犹疑了会儿，又确认道："你真的买了票？"

　　钱明栎的票有多难买我又不是不知道，何况这还是在平安夜的歌友会，更是抢手货。

可刘若琛言之凿凿道："看来你并不相信我啊，现在还剩下十八分钟，你看着办吧。"

"喂喂，等我啊，"我赶紧快步往路边去，招呼起了的士，对着听筒嘱咐道："你等我呀，我这就过去。"

我打的赶到了体育馆的门口，焦急地等着刘若琛。体育场的门口空荡荡，观众差不多都已经提前入场了。

我看了看手表，刘若琛再不来，这歌友会都要开始了。

就在我心急如焚时，刘若琛才慢吞吞地移到了我的跟前。

我一把拉住他快步朝着检票处去，他却忽然停下脚步，疑惑道："去哪啊？"

"检票啊！"我理所当然地看着他。

他怔了怔，摊摊手道："我没票！"

开什么玩笑？没票？没票来看什么歌友会啊？不是说有两张特别贵宾专属票来着？

敢情刘若琛是耍我？

我正欲破口大骂，刘若琛却波澜不惊地抿唇笑了笑道："我们的贵宾专属位不在这里。"

那……是在哪？

我跟着刘若琛来到了体育馆对面的小区，一路跟着他上楼，好不容易爬到了八楼的天台，迎接着袭来的刺骨冷风，他才说："我们的位置在这里。"

天台本就空旷的很，这下冷风呼呼地吹着，让我不禁打了个冷颤。

我有点失望，嘟囔道："原来你说的贵宾位置是这儿啊。"

"这里有什么不好吗？"刘若琛不以为然道，"正对着舞台，视野宽阔无比，立体环绕效果，还能看到歌友会后的焰火，重点是，这里还有我陪你。"

我还能说什么呢？好话都被你说了呀！

不得不说，刘若琛还真是天生适合当律师的料！

夜色朦胧，我和他席地而坐，这里的视野的确不错，能把歌友会现场的一切一览无余。他还贴心地给我买了两只荧光棒，我立马入戏，假装自己也在歌友会的现场，跟着偶像一起唱歌。

可这冬日的晚上实在是太冷了，我一下连打了几个喷嚏，不自觉地捂紧了衣服，瑟瑟发抖。

早知道在这里看歌友会，我就该穿件军大衣。

就在我游神瞬间，身上多了一件大大的风衣。

我回头一看，刘若琛脱了身上的风衣披在了我的身上。

而他身上只穿着一件黑色毛衣，我连忙说："你穿这么少，会生病的。"

"我不冷啊。"

"你怎么不冷了？"

我掀开身上的大衣要还给刘若琛，却被他阻止了，他微扬薄唇笑的没心没肺："其实，我觉得我还是要学会跳舞。"

"说什么呢，莫名其妙？"我一阵困惑。

他指了指演唱会的屏幕，认真无比地说："接下来，钱明栎唱的是 crazy 我准备学会跳这支舞——"

话音落下，动感的音乐就响起了，钱明栎的劲歌热曲不多，这算是其中一首比较脍炙人口的。

他笨拙地学着舞者挥舞着手，不协调地迈着步伐。活脱脱地像个失控的提线木偶。

我忍不住鄙夷笑出声来，天呐！33 岁的刘若琛要是看到这一幕估计会哭吧！

他那么冷峻的一个人怎么可能干出这样的蠢事？

"别跳了，丑死了，快把大衣穿起来。"我催促道。

"我现在热血沸腾，根本不冷啊。"他耸耸肩，笑容璀璨。

我盯着他，心里忽然暖烘烘的，刚刚那一幕应该是他故意为之，想让我心安理得的接受他的大衣吧。

我望着他，眼下大概是难以拒绝他的好意了，只能照单接收了。

歌友会接近尾声，天上突然飘起了零星小雨，刚开始还是细微的雨滴，后来越下越大，我和刘若琛都没带伞只能匆匆跑下天台，到楼底等雨停。

"现在离偶像这么近，这次你还想见见钱明栎吗？"刘若琛忽然问道。

我犹豫地侧头看了看他，说不想见偶像是假的，虽然此前已经要到了签名，但是要是再能合个影也不错啊。

顺便还能问问于晓玥的近况，14岁的她现在摆脱了霸凌，过得还好吗？

不想还未等我答应，刘若琛就拉着我的手往体育馆的后门跑去，刚到体育馆的后门，找了个屋檐躲雨，就听到背后有人在叫刘若琛。

我和刘若琛齐齐回头，才发现不远处走来一男一女，叫刘若琛的女孩长得娇小可人，浓眉大眼。最令人羡慕的就是她的皮肤特别白，白皙像是块毫无瑕疵的白玉，让人羡慕不已。而让人愕然的是她身旁跟着的男人竟然是沈世嘉。

"沈佳蕊，你怎么也在这？"刘若琛惊讶地问道。

那个叫沈佳蕊的女孩应该是刘若琛的同学，也不知道我在害怕什么，在她走近的瞬间，我不由自主地松开了刘若琛的手。

女孩走到跟前，笑靥如花地同刘若琛寒暄了几句，又望向了我："你好，姐姐。"

我怔了怔，礼貌地同她问候，又看向沈世嘉道："这么巧啊，沈医生。"

沈佳蕊狐疑地看了看身后的沈世嘉说："哥，原来你们认识啊。"

沈世嘉点点头，意味深长地看着我道："本想今天约你一起来看钱明栎的歌友会，没想到你原来有约啊。"

"哦……怪不得哥哥会那么好心地邀请我去看歌友会，原来我一直是后补啊，"沈佳蕊眨了眨眼，恍然大悟道，"那你……应该是刘若琛的……姐姐吧……"

我微微颔首，正准备回答"是"，身旁的刘若琛却忽然截住了我的话。

他从容不迫地向沈佳蕊介绍道："不是姐姐，是女朋友。"

我突然怔住了。

而对面的沈佳蕊，她显然有些震惊，半天没有说话。倒是沈世嘉先说了话："佳蕊，时间不早了，我们要回去了。"

沈佳蕊却不情愿，她又道："可是……她……比你大吧？"

"你是看哪里觉得她比我大了？"刘若琛冷静地反问道。

"她……"沈佳蕊欲言又止。

"她就算比我大也没什么吧……"刘若琛淡定无比地看着沈佳蕊，而手却始终牢牢地握住我的手。

我想要挣脱，他却抓得更紧了。

我突然有点恼，心里忽然觉得自己好像被刘若琛当成搪塞女同学的借口。

四个人尴尬地杵了一会儿，沈世嘉打破了尴尬，说："看来得下次请你们吃饭了。"

话落，他生生地拽着欲言又止的沈佳蕊离开了。而沈佳蕊还在不断地挣扎："哥，你干吗，我还没问完了……"

"哪有那么多话，没看到雨下大了吗？"

"可是……"

雨的确越下越大，噼里啪啦地像冰雹似的落下，最后在地上形成一圈又一圈的水花。

见他们走远了，我才甩开了他的手，气愤不已道："沈佳蕊喜欢你对吧？就算这样，你也不需要把我当成逃避她的工具！"

"你怎么会以为我是把你当成逃避她的工具？"刘若琛定定地盯着我，目光幽深。

"那你为什么要在她面前说那些话？"

我看着面前的刘若琛，年轻的沈佳蕊漂亮有活力，我自知自己那些自卑的小心思在暗暗作祟。

"因为，我想在沈世嘉面前介绍你。"

雨珠一颗颗地落在他的头上，顺着他棱角分明的脸庞慢慢往下滴落。

那一刻，我在他眼中看到莫名的忧伤。

"他喜欢你，我想断了他的念头。"他又解释道。

我有点懊恼，刚刚的恼羞成怒和无理取闹。

可是，这一刻，我的内心是多么自卑和杂乱。

来自未来的我真的可以和他谈一次恋爱？

随即，我又默默地否定了这个可能性，原来我一直都没有正视自己的想法，我根本没办法面对 20 岁他的爱。

雨水渐渐地打湿了我全身，我叹了口气，把身上的黑色风衣还给了刘若琛，口气淡得不着痕迹："对不起，是我没有摆正自己的位置。"

他独自立在倾盆的大雨中，雨水渐密，他的脸庞渐渐模糊不清，可眼神中的忧伤渐浓。

"根本不是年龄的问题，我们本就来自两个平行世界。"

他不甘心地问道："番番，你什么意思？"

我微微动了动唇，忽然觉得自己很是矫情，我在难过什么呀？有什么好难过的？

得到他的照顾就够了，还想要什么？

我是来自 2018 年的人又怎么能同处在 2005 年的刘若琛谈一场恋爱？

"我不能做你的女朋友。"我决绝地说。

他眉头紧皱，又问："这不是你的愿望吗？"

"不，我爱的人是 33 岁的你，而不是这个世界的你。"

话落，我转过身，不敢正对着他的眼神，冒着倾盆的大雨离开，人们常说尘归尘，土归土，可我想回去的地方，真的能回去吗？

那天后，我生了场大病，请了几天假。回到健身房后，才知道刘若琛也没来健身房，我知道他一定生气了。可这并没什么关系，我们如今保持一定的距离，真的到了告别的时候，也不至于措手不及。

我设计的减肥食谱很受健身房的会员欢迎，后来我向老板建议，干脆每天推出几款特定的健身餐，由我亲自做。没想到我的厨艺倒是吸引了一堆新会员入会，扬晨健身馆本来位置不佳，但是因为有这项独特福利生意忽然变得特别好。

那天我正在办公室，会籍顾问忽然敲响了我的办公室，说是有位先生因为订不到我的健身餐正在外面愤愤不平，想要闹事。

我一听觉得不对，连忙出去看看情况。

不料来者竟然是沈世嘉，他对我笑的勾魂摄魄，说："看到你们的运动营养师，我就知道今天一定订得到健身餐。"

我让会籍顾问先走，微微叹了口气道："沈医生，我还是被你逮住了。"

这段时间我一直在躲避着沈世嘉，没想到他用这个办法把我引了出来。

"千万别这么说，"沈世嘉顿了顿，笑道，"听说你要请我喝杯咖啡的。鹿小姐不会忘了吧？"

我无奈地叹了口气，打趣地说："好，你就算喝两杯，我也得请啊。"

沈世嘉抬起手表看了看时间："现在是中午了，还是我请你吃饭后，再喝咖啡吧……"

看来这回是无法拒绝沈世嘉了，我提着包同他去楼下随便找了一家餐厅吃饭。饭后，我本想带他去喝咖啡，他倒是拒绝了我："还是明天吧，明天我再找你喝咖啡。"

我愣了愣，问道："现在不喝吗？我午休时间很长的。"

他倒是笑了起来："我怕你今天请了我喝咖啡，明天就不会见我了……"

我心虚地看着他，看来他知道了我在躲避他，我咳了两声道："怎么会呢，你什么时候来找我，我都会见的啊……"

"是吗？你今天的话我可是记住了。"沈世嘉像是抓住了把柄一般，得意异常。

我和沈世嘉出了餐厅，一同往回走。路过商场二楼电梯口时，正好看到了个夹娃娃的机器，我好奇地站在机器的前面看了一会儿，里面有个新娘芭比，穿着白色婚纱，戴着蕾丝头纱，神情栩栩如生，精致无比。

"你喜欢哪个，我帮你夹。"身旁的沈世嘉忽然道。

我抬头看了他一眼道："我14岁的时候，特别喜欢收集芭比娃娃，可是我妈妈说我都念初中的人了，怎么还那么幼稚，就是不给我买。"

"那后来呢？"他饶有兴致地又问。

"后来？"我叹了口气道，"我就想没关系啊，等我以后长大了，自己给自己买，买多少都不过分。可是呢……"

我有些遗憾地又道："后来，我妈妈去世了，我也有钱了，却发现自己已经对芭比娃娃提不起兴趣了。"

"你是想说及时行乐的重要性吗？"沈世嘉又问。

我微微耸耸肩道："没什么意思。就是突然有点触景生情。"

"其实我今天来也是想跟你道歉，那天……很抱歉，我妹妹的反应。"沈世嘉道歉道，"我也没想到事情会这么巧，我妹妹竟然是刘若琛的校友，她暗恋刘若琛很久了……"

"我和刘若琛……其实不是你们想象的那样……"我欲言又止。

沈世嘉点了点头，看着我说："其实，有件事我也骗了你。"

"你晕倒的那天，我不仅看了你带的那本 *Lily's Crossing*，还看了你的日记，"顿了顿，沈世嘉定定地看着我道，"我知道了，你来自未来。"

我吃惊地看着沈世嘉，显然没有料到他已经知道了我的身份，这让我半天说不出话来。

而他却还是一脸平静地说："本来我觉得这一切很不可思议，怎么可能？这样的事情怎么可能发生，就像是小说一般，可是我想起了那天……"

顿了顿他接着道："你让我别去海兰大道，还有那场车祸，一切都显得那么巧合。"

我深吸了口气，不再吭声，他遗憾地又道："如果我想得没错，你说的那个失去母亲的 14 岁女孩就是你。"

"你是在救自己的母亲。"他大胆猜测道。

我望着他，点了点头。我的眼神暗了下来，不愿再提。

"对不起，番番。"他眉眼低垂，声音低沉。

"我没想到我们之间是这样的关系……"

我微微低头，沮丧道："不怪你，有些事可能是注定的。比如我在这里同你相遇，却还是无法救回妈妈。"

他目光深深地看向我："也许你在这里遇见我，是想让我补偿你。"

我不解看他，他继续道："刘若琛都看出来了，难道你一点都没察觉？还是不愿意承认，在逃避？"

我目光闪烁，躲避着他炽热的目光，他继续道："我喜欢你，鹿番番。"

"虽然这一切很突然，我们认识得并不久。但是我很确信自己是喜欢你的。其实知道你的身份后，我的心情很复杂，有些讶异，不知道该如何面对你，但是还是难以回避自己的情感。"沈世嘉的目光温柔，声音低沉。

我迟疑片刻看他："沈医生，撇开其他不说，我根本就不该存在这里，你知道了这些，不应该后退才对吗？"

"这不是穿越电视剧，你不觉得你喜欢我很奇怪吗？"我又问道。

"不，"他摇摇头，说，"发生了那么多事，同你在这个世界上有交集的人大多都会忘记你，可我却没有失去这块记忆，你知道这是为什么吗？"

沈世嘉说得没错，每次我改变了身边人的命运，那些身处事件的人都会忘记我，除了在13年后还会相遇的那些人。

这说明……

"说明，在未来，我们还会相遇。"他的话证明了我的猜测。

未来？

十三年后的那个世界，我和沈世嘉还会相遇？

顿了顿，沈世嘉又道："你可以拒绝现在的我，是不是可以给未来的那个我一个机会？"

这样的沈世嘉很好，他颜值在线，说话温柔，又是一个专业的医生，很容易吸引女性的眼光。

特别是他刚刚的那句话，的确让人容易心动。

可是我早已为另一个男人倾心。

我冷笑一声，突然道："你就那么确定，我会离开这里，未来我们也会相遇？"

"的确是个很奇怪的预感，"他忽然笑了笑说，"时间也不早了，我得先回去了，明天，还是我请你喝咖啡吧。"

话落，他转身要走，我却忽然靠近了他，硬生生地揽住了他的肩，身体紧紧靠近了他，轻声道："择日不如撞日，就今天吧。"

靠着他的肩膀，我看到了前方来来往往的人群，他们匆匆而过，根本不为谁而停留。

而这人群中还有个如沐春风的男人。

他就站在与我相离不过五米的地方。

那个挺拔的身影，有着冷峻好看的脸庞，双眼如星般闪亮，可如今却突然暗淡无光。

就是那样的失落，那样的悲伤让我的心紧紧地颤抖。

对不起，刘若琛，不要怪我的残忍！

这一刻，我该下定决心了。

我们互不打扰，就不会影响彼此的人生。

这样你也不会再为了我受伤。

我眼睁睁地看着他徐徐转过身，那样的脚步仿佛染着沉重的哀伤，一步又一步迈得特别慢。

如果再相遇，希望我们彼此都失忆，忘记这个世界的一切。

"看来你并不是想请我喝咖啡。"沈世嘉松开了我，他看向远处的那个身影，说，"你在怕什么？"

我侧目看着沈世嘉，不自觉地深吸了口气。

"你不应该在乎别人的眼光，我妹妹的话不应该影响你和他，虽然我并不想你们在一起。"沈世嘉诚实说。

"我只只是想，不要再影响他的人生，"我的眼眸低垂，又道，"这个世界的他才 20 岁，不应该经历那些。"

他的 20 岁不该有我。

"可是，你不是想找出他厌食症的病因吗？"沈世嘉忽然道。

我怔了怔，忽然意识到了这个问题的严重性。我要怎么帮刘若琛，却又不介入他的生活呢？

"有什么需要我帮忙的吗？"沈世嘉微微笑着。

我摇摇头说："你帮不了我，我也帮不了他，只有他自己能帮自己。"

生活就这样平淡无奇地进行着，这样波澜不惊的生活，差点让我有了一种自己早晚会在这个世界死去的错觉。

直到，我接到了祝意潇的电话。

她这一走也过了好几个月，突然接到她的电话，我还是吃惊不已。眼下就要放寒假，她回国也是为了提早回家过年。

她约我一起参加她的跨年派对，我本想拒绝，但听筒对面的她却道："若琛不会来，你不来也太不给我面子了吧。"

"可我……"

"你该不会是在躲我吧？"祝意潇坚持不懈地追问道。

我犹疑片刻，还是答应了下来。

祝意潇的派对在一个私人会所，以粉色装饰了整间屋子，邀请了十几位都是她的同学，这样显得我格格不入，形单影只了些。我随便找了个角落，本想送上个礼物，就提前告别。

等了一会儿，祝意潇才有空来找我，她喝了很多酒，有点微醺，眼神迷茫地看着我道："番番，你来了？"

我点头微笑，把手中的礼物递给祝意潇："你难得回来一次，我就给你买了个礼物。"

买的是枚玉佛，寓意着给远行的人保平安。她爽快地接过礼物，说："又不是我生日，买什么礼物啊，这么破费。何况，国外什么没有啊。"

我抿唇笑了笑道："我的心意啊，国外没有。"

她点点头，在卡座坐下，说："本想难得回来一次，想见一些故人，可若琛不来，秦扬也有事，就你来了，特别感谢你。"

那两个男人显然有逃避之嫌。

我暗自觉得我和祝意潇的关系也没有到特别好的地步，而且心里也对那日没有坦诚未来他们不会结婚一事而感到抱歉。

此时，我的内心有些惭愧，觉得应该把真相告知她："其实……我看到的未来……秦扬的妻子并不是你。"

她的表情并不吃惊，自嘲地笑了笑道："我竟然被这样的谎言吓到了是不是很可笑？"

我一时语塞，她又看着我道："你看到的未来很可能已经改变了……"

我愣了愣，她又一脸醉意道："难道不是吗？假设你不出现的话，或许，我会和刘若琛在一起。"

她说的是实话，从我出现的那一刻，他们的命运就已经改变。

她脸颊红扑扑的，红着眼，突然哭了："他为什么就不喜欢我呢？我有什么不好的？比你差吗？"

话落，她就抓起茶几的红酒，直接往嘴里灌，我抢过她手中的红酒说："意潇，你不能再喝了，你醉了。"

"我没醉——"祝意潇根本不听，俯下身来就要夺酒。

我忙不迭喊来旁边几个女同学，让她们照顾祝意潇，自己便先行离开了。

看来就算走得再远，祝意潇也还是想不通，我今天的确不该来。

我叹了口气，走出会所，冷风呼呼地就窜入了我的大衣，我不自觉地围好围巾，双手插入口袋，没走几步，就在前面看见了秦扬。

他站在离会所不远的地方，穿着黑色礼服，显然精心打扮过，却像个雕塑一般不动。

"你怎么不进去？"我问。

他迟疑了会儿说："不见面会更好吧。"

我察觉到他眼神中有浓浓的悲伤，忽然道："其实，也未必像你想得那么糟糕吧……"

他心有疑虑地盯着我看。我解释道："如果我回到那个世界，你和祝意潇的命运说不定又会不一样了。"

早晚有一天我要回去，那时结果也会不一样吧。

秦扬的眼睛里突然有了光，我看他重燃起了希望，又说："在这之前，你能不能帮我看着刘若琛。"

他侧目看我，不解地问道："你和他，怎么了？"

我猛地呼了一口气，说："我想要同他保持距离，可我最近老是梦见他，那个33岁的他，还有那场飞机失事，我总是有些不好的预感……"

秦扬点点头，我纠结了半天，还是问道："他，他最近好吗？"

我弱弱开口，那个他就是刘若琛。

"快要期末了，他应该在准备考试了……"

"你不觉得，向我的死对头问我的近况，很奇怪吗？"

我猛地抬头，发现刘若琛不知何时悄无声息地立在了我和秦扬的面前。

他很高，站的又很直，在人群中也是耀眼的存在。

"我现在就在你的跟前，你可以亲口问我，过得好不好？"他平淡无奇地说。

有多久没有见面了？

这么一说，还真是有点想念刘若琛。

可是，面前的刘若琛怎么突然瘦了那么多？那样憔悴的神情莫名地让我一阵心疼。

秦扬哼笑了声："看来今天我在哪里都是多余的，先告辞了。"

话毕，刘若琛倒是叫住了秦扬："就要期末考了，也许我们可以一较高下了。"

秦扬鄙夷地笑了声："学渣的口气倒是蛮大的，拭目以待吧。"

话落，秦扬转身离开，徒留我和刘若琛面对面，似乎静默了会儿，我才说："你来找祝意潇的吧，她还在里面，就是醉了。"

"不，我来找你的，"他轻轻扬唇又道，"我知道你今天会来参加祝意潇的派对。"

这座城市本就不大，而我的生活圈又那么小，想找一个人不困难。

"你找我有事？"我明知故问。

他斜着嘴，似笑非笑道："你不是想知道我过得怎样，其实我最近过得还不错，学业上有进步，家里也有个大变化，我母亲和我父亲决定复婚。好像一切都在变好……"

"那不错啊，"我点点头，内心莫名有些局促道，"那要恭喜你了，你看，我离你远一点是没错的，这样你的生活才会越来越好。"

　　我暗暗苦笑，可面前的男人却不动声色，眼里乌黑静默，深不可测。

　　"是吗？原来我过得越来越好，是因为这个原因啊。"他冷笑了声，口吻中的讽刺不言而喻。

我看着他阴翳的双眼，怒气满满。

他生气了，那样的愤怒无处遁形。

"你为什么不说话？"他质问道。

我抬头看他，他眉头紧皱，眼睛里有深深的戾气。

这是我从未见过的刘若琛，不是那个 33 岁的刘若琛，也不是我刚认识的那个 20 岁的充满正能量，阳光异常的刘若琛。

我明知故犯，无端地叹了口气："也许吧，也许我们应该保持距离······"

他看着我，眼里有漫天的悲悯，很是感伤，最后只能点点头说："我以为你会反驳我，原来你早就下定决心。"

那样的眼神，深不见底，看不透彻。

我"嗯"了一声，回复他的话。

他忽然扬了扬唇，看似在笑，却难看万分，不甘心地又问："为什么我们不能在一起？"

为什么？

因为，我害怕把你同未来的那个他分开来看。

因为，我害怕在这里的每一刻都在影响你美好的未来。

因为，我本不该待在这里。

我望着刘若琛，冷静异常道："因为，现在我才发现，我不喜欢你，我一直把你看成弟弟啊。"

过了许久，刘若琛才冷笑了一声，说："我不信。"

他的确不相信我，我出卖不了自己的眼睛，从看他的那一刻起，我已经难以抑制眼中的爱意。

我无可救药地爱上了这个刘若琛。

命运真是滑稽，那个世界的他拒绝了我满腔爱意，现在倒是反了过来，我拒绝了面前的他。

"你不信，我也没办法。"我转身就要走。

他望着我的背影，又道："你不是想坐摩天轮吗？"

我回头看他，33岁的他曾经以恐高拒绝了我的请求，现在想想这的确是个幼稚的恋人游戏。

什么爱情电影，上面说只要两个相爱的人在摩天轮上接吻，就可以一直走下去。

都是假的！

"别想多了，只是一个告别仪式。"他轻松耸肩，看似漫不经心。

游乐场静悄悄的，空无一人，倒是最高的摩天轮还在闪烁璀璨的光芒，一圈又一圈地绕过天际。

"除非检修，这个游乐场的摩天轮是不会停歇的。"刘若琛缓缓道来。

我望着面前偌大的摩天轮，色彩斑斓，仿佛要同深深的夜色融在一块儿，坐上摩天轮，仿佛真的离星星很近很近，一伸手就可以抓住夜空中那几颗闪烁的星星。而这座城市的街道，车辆，房子和人变成蚂蚁般大小。

冬天的夜本就冷，大半夜来坐摩天轮的人只有我同刘若琛。我和他静静地坐在其中一个格子里，透过玻璃望着外面，却默契地不作声。

就这样一圈又一圈，终于停了下来，也到了散场的时候。

刘若琛扶着我的手，下了摩天轮。

我的愿望应该算是达成了吧，同刘若琛坐一次摩天轮，虽然提前了

13 年。

站在游乐场的门口，他忽然道："你知道为什么这个游乐场，这么晚还开放摩天轮？"

我迟疑一阵，的确有点好奇，其他游乐项目都停了，却偏偏这个项目还在运行呢！

他目光深深，平静道来："因为这个游乐场的老板和她丈夫是在摩天轮上认识的。"

我恍然大悟正欲点头，他接着道："后来她的丈夫去世了，她觉得她的丈夫就是天上的一颗星星，坐在摩天轮的那刻，就可以离他近一些。而她和她丈夫这段回忆也提醒着她去珍惜现在的一切。"

故事有点伤感，我忍不住叹了口气："刘若琛，我们合影一张吧。"

我忽然说了这句话，让刘若琛也微微一滞。

"这么有纪念意义的地方，我想同你留个纪念。"

我缓缓地解释道，讲实话，在那个世界我也没有和刘若琛的合照，而现在遇到了 20 岁的他，我忽然想要合影一张，留个纪念。

"好啊。"他点头同意。

以巨大的摩天轮为背景，刘若琛手持着手机，打开自拍模式。我朝着他挨近了一点，两个人不约而同地对着镜头假笑，尴尬无比。

我忽然道："你能不能笑得开心一点？"

他瞪了我一眼，忽然揽住了我的肩膀，英俊的脸庞突然贴住了我的脸，笑意盎然地问："这样可以吗？"

"可以——"我还能拒绝吗？

摩天轮坐了，照片拍了，也到了告别的时候了吧。

我和刘若琛并肩站在游乐场的门口，冷风毫不留情地钻入我的耳朵，呼呼作响。

"以后你要好好活着，好好保护自己，不要再去做那些危险的事情。"

我抬头看他，都到了这个时候，他还在担心我。

我默默点点头，说："你也是。"

不知沉默了多久，刘若琛又开口道："从今以后，你千万不要来找我，不要打我电话，不要让我知道你的任何消息……"

我抬眼看他，他的目光如匕首，寒冷锋利："我不会再见你。"

他说得异常缓慢，每个字却仿佛是利刀，句句割心，"我希望你赶紧失忆，赶紧忘记我，所有的所有都不将存在，你回到你该去的地方。"

可我不能，每天我都在看那本自己的日记，我在一遍又一遍地看，一遍又一遍地回忆，就害怕失去这里的记忆。

这样的美好，我怎能忘记？

"而我对你最好的祝福就是，你的世界不再有 20 岁的刘若琛在。"

他抛下了最后一句话，潇洒转身，走得又快又绝情。

这才是我记忆里成熟的刘若琛，干净利落，毫不留情。

我相信，未来他会是一个很出色的律师。

可是那一刻，我才发现了我眼里的热泪，滚烫又刺人。

我哭得像是个泪人，直到眼前的一切都变得模糊不清。

我决定搬出刘若琛给我安排的公寓，既然决定同他绝交，我就不该再住在那里。

我现在的工作收入明显比之前高了好几倍，也有钱给自己找一套大一点的公寓。我找了秦扬，请他给我当担保，很快在市中心又租了一套公寓。

搬家的前一天，我还在收拾行李，在这个世界的时间不长，却也多了很多身外之物。

好不容易整理到了深夜，我倒床就睡。这一觉并不安稳，我在床上辗转反侧，半梦半醒间做了梦。

那是在殡仪馆，门前堆满了一排一排白色的花圈，我看着身旁来来往往的人们，感到非常好奇。

我慢慢往里面走，黑压压的一片穿着肃穆的人们，他们显得沉重又伤感。穿过人群，我看到一个男人跪在灵台前。

我忽然脚下滞然，跪着的人正是刘若琛。

是谁死了？

我看着刘若琛徐徐地转过身，他穿着黑色西装，肃穆异常，而脸色苍白又憔悴。

我抬头看了看灵台，发现那张上面的照片竟然是自己。

死的人是我自己？

我大为震惊，快步地走近刘若琛问道："是谁死了？"

"是鹿番番。"

"不，我没有死啊！"

噩梦惊醒，我只觉得全身发冷汗，看了时间还是深夜，我起身去洗手间洗了个脸，看着镜子中的自己，心里却莫名涌起不好的预感。

这个梦是不是告诉我，将会有坏事发生？

第二天搬家，我把钥匙装进了信封，心里还是有点担心刘若琛，便同他写了纸条，提醒他。我之前梦见的那场飞机事故和最近的不好预感，希望对他有所帮助。

可我还是很不放心，还是把找了秦扬出来，我把最近做的所有梦都告诉了他。

他犹疑地看我道："可是这些梦不能说明什么。"

"可我总觉得刘若琛会发生什么大事。"我眉头紧皱，担忧不已。

他却忽然道："就算这是真的，恐怕你也做不了什么了。"

我困惑看他，他又解释道："没有时间，没有地点，也不知道人物是谁。就算你知道你母亲会在那时去世，你也没能改变她的命运，何况这次，未知的实在太多了。"

秦扬说得没错，即使早已知道了结果，也依然无法改变命运。何况我只能凭着这虚无的预感和梦境，还能改变什么？

"为什么要离开他？这个时候你不是应该守在他身边吗？"秦扬好奇又问。

我笑了笑，换了个话题道："你呢？和祝意潇怎样了？上次没去人家派对，这次人家难得回来一次，不去见见她吗？"

"我和祝意潇，跟你同刘若琛不一样，她不爱我，可你们却相爱。"秦扬哼笑一声，有些自嘲。

我不再说话，眼里藏着不易察觉的难过。

沉默片刻，我包里的手机打断了我的思绪，我看了看电话是沈世嘉，这才想起今天他约我帮他挑些东西，就同秦扬先告了别。

到了沈世嘉约的地方，才发现是个茶叶店，他一次性买了十几盒铁观音，装了满满四大袋，两只手都不够拿。

我忙不迭帮他拿了一袋，问道："买这么多茶叶？送礼？"

"不是，我自己喝的。"他笑了笑道。

"这么多，得喝到明年了吧。"我埋汰道。

"得多买点，那里买不到茶叶的。"

我愣了愣，沈世嘉说最近要出个远门，我以为他是去哪里旅游，可是这么听他一说，倒是像去哪个偏僻的地方待很久似的。

他随手掏出手机，念起了备忘录："还得买肉酱，豆酱、辣椒酱……"

他皱皱眉，又忽然想到了什么："你有没有什么防晒霜推荐的？对了，还得买几双鞋，据说那里想买双适合中国人穿的鞋比较难。"

我纳闷地看着他，问道："你这是要去哪儿？旅游吗？"

沈世嘉笑了笑道："不算旅游，是随医疗队去喀麦隆做支援。"

他说得云淡风轻，我却有点意外，不禁问道："你要去非洲做支援？自愿的？"

"嗯，"他微微点点头道，"本来并没有这个计划，但是一个前辈刚巧从喀麦隆回来，他的描述让我觉得我或许可以出一份力。"

"决定去多久？"我又问。

他笑了笑说："没有归期。"

我感到惊诧，沈世嘉在医院里算是中流砥柱，升职指日可待，这时候决定去非洲做支援，而且归期遥遥无期，的确让人觉得奇怪。

"可是……"

"我在国内已经没什么留恋。"沈世嘉又道。

"没有留恋？你父母还有妹妹他们应该舍不得吧……"我又道。

他点点头，坦白道："那里条件那么差，他们舍不得是自然的，那你呢？你舍得我吗？"

突然这么一问，我竟一时无语，他只好大笑来缓解尴尬："开玩笑的，你别当真。"

"对了，我等等要去参加一个饭局，那位刚从喀麦隆回来的前辈也会在场，一起去吧。"他忽然道。

"这种场合我去不太好吧。何况我都不认识。"我委婉拒绝道。

他意味深长道："我倒是觉得这个饭局你非去不可。"

我狐疑地望了望沈世嘉，更是不解道："我不太懂你的意思。"

"这位前辈他得过厌食症，作为一个医生，他医者自治，治好了自己的厌食症，"顿了顿，他又道，"我觉得你可能会很想知道他的方法。"

第八十八章

我本来没有兴趣，但是厌食症这三个字还是让我来了劲，也许这位前辈可以给刘若琛一些帮助啊。这样即使我回到未来也能帮到刘若琛。

沈世嘉凑的饭局，来的都是医学行业的人，共同话题特别多，倒是显得我局促万分，而沈世嘉口中的刘老师却半天没出现。

直到菜上了一半，那位刘老师才徐徐推门而入，他看上去五六十岁的样子，可能是常年待在非洲的缘故，皮肤状况并不好，特别黑。

刚入门的一瞬，他就露出了大白牙，抱歉道："不好意思啊，我耽误了点时间。"

"刘老师——"

看来沈世嘉对这位刘老师很是尊重，连忙起身，到了门口迎接说："刘老师，你难得回国一次，我还担心你不来呢！"

"我才要抱歉呢，家里出了点事情，耽误了。"那位刘老师一脸抱歉道。

席上的几个人也起身迎接，足以见得这位刘老师在他们眼中十分德高望重。席间谈笑风生，刘老师突然转向我道："世嘉，这位朋友没见过，怎么也不介绍介绍。"

"老师，这位是鹿番番，是位营养师。"沈世嘉介绍道。

刘老师点头，惊喜看我道："现在这行的人特别少，鹿小姐是在哪里工作？"

"我现在在个健身馆工作。"我老实回道。

他又道："我最近在撰写个课题是关于膳食结构的，希望得到鹿小姐的帮忙。"

"您说笑了。"我谦虚笑了笑。

等到饭局散场，几人告别后，沈世嘉主动要送刘老师，便独自去车库拿车，让我和刘老师在门口等他。

我趁着机会，冒昧地试探道："刘老师，听说您患过厌食症？"

刘老师点点头，坦白道："这厌食症说实话同我儿子有很大的关系。"

我好奇不已，又问道："您儿子，也有厌食症？"

"几年前，我同我妻子离婚，我儿子患上了神经性贪食症，一下爆肥，为了治好他的贪食症，我主动同他一起节食。他没瘦，我倒是患上了厌食症。"

他叹了口气，若有所思道："唉，那段时间，我才深刻地体会到身患厌食症的痛苦，当时我恰好婚姻失败再加上厌食症，所以觉得每一天都是灰色的，无论做什么都是痛苦的。直到，我向医院申请去喀麦隆做志愿者。"

"所以，是在喀麦隆待了一段时间你的厌食症才好的？"我又问。

他点头说："非洲每年有很多人面临饥荒。需要人道主义援助和保护，在那里你就会觉得你的悲伤简直不足挂齿。"

我恍然大悟，如若那个世界的刘若琛还患着厌食症，倒是可以让他换个环境，去非洲感受下那里饥饿人们的痛苦。

我越想越觉得这办法不错。

正当我走神瞬间，刘老师接了个电话，挂电话的瞬间说："我儿子正好来接我，就别让世嘉送我了。"

话落，沈世嘉的黑色轿车已经开到了门口，车窗徐徐摇下，他笑盈盈道："刘老师，上车啊。"

"爸——"

"哎，不用啦，我儿子来接我了……"

我顺着刘老师看的方向看去，那穿着黑色卫衣的男人缓缓地朝着我们这个方向走来，直到到了跟前，我还没能移开眼睛。

来人竟然是刘若琛。

他不紧不慢地走到我的跟前，对着刘老师微微笑了笑，说："这个地方还真是不好找，我把车停在了前面的小巷，爸，我们可能得走一段了。"

"不是让你别来接我了，你偏要来，来来来我给你介绍，这是我的学生沈世嘉，这位是鹿小姐，是位营养师。"

刘若琛对着我微笑，展开的笑靥如皎月凉风："鹿小姐，好巧。"

那样陌生和疏离，让我微微吃惊。

沈世嘉也下了车，他也对着刘若琛微微笑了笑："若琛，你好。"

"没想到你们认识，"刘老师一阵惊讶，又道，"早知如此，就让若琛也来了。"

刘若琛笑了笑，道："你们这样的聚会，我又插不上话，算了吧。"

"对了，爸，你和鹿小姐都聊什么？聊得那么认真，我都喊了您很久了。"刘若琛又问道。

"哦，刚刚鹿小姐还在咨询我厌食症的事情，应该是身边的朋友有这样的烦恼吧？"

我望着刘若琛，若有所思地说："是啊，他患上了厌食症。看着他患病的模样，我就想着他健康时候的样子，那么阳光，那么美好。"

"是啊，健康最好，像若琛之前患过神经性贪食症，可是爆肥了不少，"刘老师继续道，"鹿小姐，应该没有见过吧。"

我局促地笑了笑，刘若琛略微有点尴尬道："爸，都这个时候了，还说那些事干吗？"

刘老师笑着调侃道："其实吧，我觉得鹿小姐的朋友可以试试谈场恋爱，像若琛就是因为一个女孩减了肥，相信你朋友也可能因为一个人或者一件事改变对生活的态度……"

"是吗？"我盯着刘若琛，眼里深意满满，"那是怎样的女孩呢？"

"不光鹿小姐好奇，我也很好奇。若琛，你的那位 No. 1（第一）呢？"刘老师期待满满道，"也不带给爸爸看看，她到底是什么样的女孩！"

她很普通却又不普通，她全身上下都带着独有的闪光。"顿了顿，刘若琛唇边又染着和煦的阳光道，"这样的闪光不易察觉，不是每个人都看得见，但只有真正懂她的人才看得见。"

　　"那怎么不带给爸爸瞧瞧？"刘老师又问道。

　　我怔了怔，刘若琛倒是坦然又直率："分了，早分了。"

　　"这不是没多久吗？怎么就分了？"刘老师不可置信，又说，"现在小年轻的世界可真难懂，动不动就分手，哈哈哈哈……"

　　刘老师望着我和沈世嘉打趣着，可刘若琛默默地又补充了句话："就算在一起，您也不一定会同意吧。"

　　"怎么这么说，我这还没见过面呢！"刘老师埋汰道。

　　刘若琛深深吸了口气，又道："爸，人家比我大七岁了，您同意吗？"

　　我用力地咳了一声，面红耳赤。刘老师微微吃了一惊，半天没回过神。

　　倒是轮到沈世嘉打圆场了："时间也不早了，我同番番先走了。"

　　刘老师点点头，说："好好，谢谢今天的热情款待，鹿小姐，希望我们下次还有机会见面。"

　　送走二人，我对着身边的沈世嘉问道："你早就知道刘若琛是刘老师的儿子？"

　　"不，也是最近才知道。"他诚实回道，"你不是很想知道是什么让他十三年后身患厌食症吗？我以为这是个很好的契机。"

　　"谢谢。"我忽然道。

　　"谢什么，我也没办上什么忙。"沈世嘉叹了口气。

　　我又道："不，至少知道他的父亲曾经患过厌食症。"

　　没想到过了多久，刘老师就约上了我，他的确在写一个关于膳食结构的论题，希望得到我的帮助。

　　我跟他聊到很晚，直到书店快要打烊，他这才收起资料，欣喜万分道："鹿小姐，谢谢你啊，你真的给我提供了很大的帮助。"

　　"不，刘老师，跟你一起讨论这些论题，我很开心。"我也收起笔记本，到了这个世界我差点忘记了自己的专业，现在终于让自己有了价值感。

"其实……你跟若琛熟吗？"刘老师小心翼翼地问道。

我愣了愣，看着面前的刘老师，又说："刘老师，是不是有什么问题想问的？"

"其实我跟若琛母亲离婚后，逃避过一段时间，你也知道我一直在喀麦隆，所以若琛的生活我一直不了解，他身边的朋友我也一个不认识，既然你认得若琛，应该能和我说说他的生活状况吧。"

看着刘老师深深的目光，我迟疑片刻道："若琛是个很好的学生，他会以论文第一名的成绩毕业的，以后也会成为一个很出名的大律师。"

谁想刘老师听着就笑了："可是教导主任跟我说的不是这样的。他啊，是个学渣，早知道就应该随我学医了！"

"刘老师，你相不相信有人有预知未来的能力？"

他深感意外地盯着我看，我笑了笑说，"你相信我的话，我看人的眼光，不会错的。"

刘老师半信半疑，最后点点头："但愿吧，我就是不放心这个孩子。"

我忽然想起刘若琛说过他的父母就要复婚，让他觉得很开心，便随口问道："听若琛说，您就要复婚了？"

刘老师点了点头，又道："应该会留在国内了这回。"

我暗自松了口气，想起那场飞机失事的事故，我倒是希望刘若琛身边的人都平平安安留在他的身边，不要远行。

"这些年我亏欠他们母子太多了，这次想好好补偿他们。"刘老师一脸情深义重。

"真是为若琛感到高兴，他有个这么好的父亲。"我又笑了笑。

"鹿小姐，其实，那天若琛说的那个比他大的女孩，你认识吗？"刘老师专注地注视着我，似乎希望从我口中寻找答案。

我犹豫了会儿，很认真地摇摇头道："不认识。"

走出书店，夜已经深了，我们处的位置正是城区的旧街道，这么晚并不好打车。我查了查公交车，最近的公交车站的公交车也已经没了，来来往往的的士都已经有客，我心里莫名有点着急。

"鹿小姐，我儿子等等来接我，顺便送你一程吧。"旁边的刘老师建议道。

"这怎么好意思？"

我正欲拒绝，刘若琛已经把车开到了我和刘老师的跟前，他望了眼我，口气轻飘飘道："一起吧，感觉这天要下雨了。"

说得没错，我已经感受到零星的雨滴落了下来，我望了望刘若琛，他也正好看向了我，眼神中中像是藏着什么，看不透彻。

我忽然转过头，犹豫开口拒绝，却被刘老师抢了先："走吧，有我儿子做司机，他一定把你安全送回家。"

刘若琛冲着我点了点头，我只能点头说好。

"爸，我先送你回家，再送鹿小姐……"刘若琛持着方向盘，不动声色地说。

这个地方的确离刘若琛的家比较近，何况我现在还是搭顺风车的人，只好默默同意了刘若琛的安排。

先把刘老师安全送回家，天上的大雨下得越来越猛烈，路边的树飘飘摇摇的怪吓人。此时，我已经换了个位置坐在了副驾驶的位置上。

两人默契地望着前方的路，却始终保持着沉默。

直到到了家门外，我才忽然松了口气，咬着唇，莫名有些紧张地说："谢谢你……放我在这里下车就好了……"

"嗯，"顿了顿，他忽然道："我有伞，借给你。"

话落，他从后车座拿了把黑色三折伞递给我，我推辞道："不用啦，就两步路的事情。"

"还是拿着吧，雨下了那么大，这里到你住的楼还得走一段路。"刘若琛面无表情地说。

"还是……"

"你是怎么认识我爸爸的？"

刘若琛突然的一句话打断了我的推辞，我想了想还是接过他手里的伞，说："我听沈医生说，他的老师对厌食症有研究，没想到……竟然是你的爸爸……"

"哦。"他不咸不淡地点点头，看似云淡风轻。

我纠结半天又开口道："我总觉得你的厌食症和我梦里的那场飞机失事有关……"

"你想说什么？"他突然侧头看向我。

我动了动唇，知道接下来的话并不悦耳，但还是鼓起勇气道："梦里，我看到你是遇难乘客的家属。"

"你是想说我身边有人即将会死？"他瞪大眼，一双明亮的眼睛忽而暗了下去。

梦里给我的信息应该就是如此。

而灵台前那张我的遗照，我没有告诉刘若琛。

我欲言又止，又道："不过也是个梦而已。"

他点点头，问道："鹿番番，你还梦到了什么？"

我仰头看着刘若琛，他的神情凝重，似乎有话在口中。

我摇摇头，目光闪烁道："没有了，还能梦到什么？"

他拧了拧眉，慢慢开口说："可是，我梦到你了。"

"你梦到我了？"

"对。"刘若琛短短回道。

"你梦到了什么？"

"梦到你死了！"

我惊诧地看着刘若琛，他慢慢道来："在殡仪馆里，灵台上的照片是你。"

我只是觉得头皮发麻，无法呼吸，我同刘若琛竟然做了同一场梦？

而那场梦里，我死了！

我呆滞地盯着刘若琛，他也定定地看着我，不知过了多久，他才微微扬唇，说："你也说了，不过是场梦而已。"

我慌张地点头，他又望向了我，目光深沉道："我不会让你死的，鹿番番。"

我握着他手中的伞，说："我先回去了。谢谢。"

冒着雨，我下了车，回头一望，刘若琛的车还停在原处。

刘老师很积极地融入刘若琛的生活，他把刘若琛成为学渣的原因归于了自己。竭力地在扮演一个好家长的角色，努力弥补自己空缺的那段时间。

刘若琛学校有场辩论会，邀请家长参加，刘老师郁闷自己没有西装，让沈世嘉陪他去挑一身正装，而我也成了参谋。

看得出刘老师真的很疼惜刘若琛，为了能够光彩照人地出现在辩论会，异常含蓄地让我给他找个发型师。

"我在喀麦隆那种地方待久了，感觉都跟这里的生活脱轨了，不知道参加这种场合会不会失礼。"

刘老师是个教授，在学生面前就是权威，没想到却因为儿子的一个辩论会而战战兢兢，委实让我有点讶然。

"当然不会，刘老师你还年轻。"我笑着说。

那场辩论会，秦扬也有参加，他和刘若琛是正反双方的辩论对手，两人在场上剑拔弩张，士气相当。

这是我未看到的年轻的刘若琛。

说他是学渣都没人相信，他眼中满满的自信让我看到未来的那个大律师，但是又完全不同，未来那个世俗，聪明却势利的刘若琛远远没有现在的他那么富有朝气和勇敢。

刘若琛的妈妈林友真也参加了这次辩论会，她同刘老师全程无交流，俨然不像是要复婚的一对。

直到辩论会结束，林友真才叫住了我。

我和她一起在校园里散步，冬日的校园，大多植被都已经枯萎，没了生机。

似乎顿了很久，她才开口道："番番，其实我有件事想嘱托给你。"

我愣了愣看着她，有些不解地问道："嘱托？这个任务也太大了，我怕我担不起。"

林友真继续道："我想你也看出来了，我跟他父亲的复婚并不是出于真心，我们是为了一笔遗产，就是若琛曾祖父的遗产。"

我从林友真的口中得知，若琛曾祖父留下了一笔秘密遗产，但是需要夫妻二人齐齐签字，所以他们才会想到复婚。

　　我恍然大悟，林友真又道："我不想让若琛知道我和他的父亲竟然是因为这个原因才复合，我想他会失望的。"

　　我心领神会，知道刘若琛要是知道真相，恐怕真的会失望至极。

　　"假设，你回到了未来，而若琛真的面临了困难，请告诉他，曾祖父给他留下了一笔财产是一幢别墅，但是只有在他万不得已的时候才能卖了那幢别墅。"林友真缓缓道来。

　　我有点不解又问道："可是……你为什么不直接告诉若琛呢？"

　　"他不应该看到他父母争夺遗产时的模样，那么冷酷绝情。"她握住我的手，目光温热。

　　"可是那个世界你也在啊，你也能告诉他。"我又道。

　　她盯着我看，淡淡道："只是以防万一。"

　　我总觉得林友真有些事情并未告诉我，但我也不好多问。

　　时间悄无声息地过去，直到刘若琛即将迎来他21岁的生日。我看着日历上的日期，百感交集，没想到我在这个世界待了这么久。

　　下周就是他21岁的生日，我是不是也该给他准备个礼物呢？

　　正在游神的瞬间，沈世嘉倒是给我打了电话，说是今天刘老师正好有个讲座，让我一起去捧场。

　　刘老师这个讲座正好涉及了部分营养学的知识，所以我十分热衷，投入万分。台上的刘老师神采飞扬，深入浅出，让人受益匪浅。

　　讲座结束时，台下掌声如雷动，人群迟迟没有散去。

　　沈世嘉趁着缝隙凑在我耳边道："我先去外面接个电话！"

　　"好。"我点点头。全场的人散得差不多，刘老师也才从咨询的人当中抽身。他握着书本走到我跟前，说："让鹿小姐见笑了。"

　　"怎么会！刘老师讲的确实是好。"我由衷地赞叹道。

　　此时，会场已经没人了。刘老师突然掏出了一张邀请函递给我，说："这次伦敦营养学的高峰论坛邀请我下周去参会。"

　　我看着他，能参加这样的高峰论坛是对刘老师在学术界一个很大的肯定，这的确是个学习到更多的东西的机会。

可是，我却忽然有点担忧，因为我忽然想起了梦里的那场飞机失事，心里希望刘老师不要去。

"那刘老师要去吗？"我又问道。

"恐怕不能。"他摇摇头道。

我暗自舒了口气，暂时放松一下，顿了顿，刘老师又道："因为我在国内还得处理一些重要的事情。"

我点点头，他又道："但是我推荐了你去参加，以我学生的名义。"

我看着他，心里有点百感交集，我的确梦想过参加这种高端的论坛，这也的确是提高自己在行业内权威的好机会，可是现在这个时机，而且……

"番番，你不会去的吧。"沈世嘉忽然打断了我们的谈话。

他突然的加入，让我和刘老师都微微一怔。沈世嘉又道："我可以代替番番去的，刘老师。"

"可是，世嘉你的专业不太符合……"刘老师犹疑片刻，看向我道，"番番，你好好考虑下，我先走了。"

刘老师走远后，沈世嘉才开口道："你不能去，番番。"

"为什么？"我疑惑地看着沈世嘉。

他轻叹了口气，解释道："那场梦，你梦见的那场飞机失事你忘了吗？如果你去了恐怕就会发生在你的身上。"

"这只是我的梦而已。"我纠结片刻，又道，"何况，就算真的发生了，也未尝不是件好事。"

"你不会相信小说里说的情节吧？"沈世嘉睁大眼，震惊看我，"你不会真的相信一场飞机事故可以让你回归原位吧？"

Lily's world 的续集 *Lily's Crossing*，它的结局便是女主因为一场飞机事故，回到自己该在的平行世界。

命运总是惊人的相似，相信一回又如何！

　　"你不要那么紧张，因为可能有些事并不会发生。"我实质上也有些害怕，并不敢正眼望着沈世嘉。

　　"如果发生呢？"沈世嘉突然转向了我，皱眉反问道。

　　他的眼神里有着深深的担忧，我又道："只……只是一场梦而已。"

　　他忽然把我揽入怀中，道："番番，我不想你死。"

　　这样的怀抱太过用力，让我半天无法挣脱。

　　"沈医生——"

　　他突然松开我，望着我的瞬间，抿唇轻笑："这就是你的决定？"

　　"嗯——"我点点头看他，"这也许是一个让一切回归原位的办法。"

　　他欲言又止，最后长叹了口气："看来，我们也许真的要告别了，我要去喀麦隆了，而你也要回到你该去的地方。"

　　就这样静默了片刻，我忽然拍了拍他的肩膀，大笑道："喂，别那么伤感好吧，说不定我只是替刘老师去伦敦参加高峰论坛而已，时间并不长！"

　　他耸耸肩，也轻松地笑了声："感觉可以让你做代购了，我得想想让你给我带什么礼物好……"

　　话落，他兀自思考了起来，我又点头道："可以可以，要不要我帮你把大本钟带回来。"

"我觉得这个主意不错啊。"沈世嘉也笑道。

玩笑归玩笑，但是我还是忐忑不安。

我答应了刘老师，决定代他参加峰会，他很开心，我启程那天正好是若琛 21 岁的生日，他恐怕不能来送我了。

我出发的那天竟然是刘若琛 21 岁的生日。

是不是冥冥之中都已经注定了呢？

我决定给刘若琛买一个生日礼物，思来想去竟然也不知道该送什么礼物给他比较有纪念意义。

想起我在健身房做的那些健身餐，一时间突然有了主意。

在我出发的前一天，我去学校找了秦扬。他正在安排社团活动，几个人被他指挥来指挥去，直到看到我才放下手中的事情，朝着我走来。

"不好意思，我们这边准备开个法律讲座，所以有点忙。"秦扬抱歉道。

我递过手上的牛皮纸信封，里面是我一字一句写出来的健身餐食谱，简直是我的呕心力作，不仅健身也十分健康。

递过的一瞬，我说："明天是若琛的 21 岁生日，能把这份礼物帮我送给他吗？"

"为什么找我？"他不接信封，有些不耐烦。

"因为，我希望当我回去的时候，你们还是好朋友。"我意味深长地看着秦扬。

他怔了怔看我，不禁问道："你……你要去哪里？"

"哪里来的，就回到哪里啊。"我微微耸肩看着他微笑。

他迟疑片刻，不再说话，似乎顿了很久，才接过信封，说："好吧，我勉为其难帮你这个忙吧。"

"帮我叮嘱他别吃成了胖子，也别不吃，患上厌食症。"我特意嘱咐道。

秦扬不耐地睨了我一眼，说："你怎么那么多废话，你要是不放心，当面嘱咐他啊。"

恐怕是来不及了，只能在 2018 年再与他相遇。

"2018年，我们会再见面吗？"秦扬忽然问道。

"会，一定会。"我肯定道。

启程的前晚，我早早收拾好了行李，望着空荡荡的房间，我忽然真正有一种很强烈的预感，这里的一切都将结束了。

我真的要和这里的一切说再见了！

这座城市的国际机场，人来人往，没有人会留意到任何一场告别，也没有人会相信一场告别就会是生死离别。

我手握着登机牌，看着沈世嘉，竟然一时之间不知道该说些什么。

"你现在要是后悔还来得及！"沈世嘉忽然道。

我望着他，忽然觉得很抱歉，辜负了他对自己的情感。

可这次我非走不可了吧。

如何穿越到另一个平行世界？只有你不存在这个世界，那么如何不存在？

就像 *Lily's Crossing* 的结局一样，一场飞机事故真的能带我离开吗？既然上天给了我这个契机，应该是告诉我这就是机会。离开的机会！

沈世嘉面容冷峻，我看得出他在难过，可又偏偏想隐藏，不被我发现。

可人的眼睛偏偏最容易出卖人的情感。

"如果你没有遇见刘若琛，我们还有机会吗？"沈世嘉不甘心地又问道。

我看着他灼灼的目光，没有给他机会："没有如果，在哪个世界我都会同他相遇。"

沈世嘉呆呆地站着，他点点头道："我们也会再相遇的。"

"再见。"

"再见！"

再见沈世嘉，再见了刘若琛，再见了2006年，再见了这里的一切！

"下午好，欢迎乘坐本航……"

飞机快要起飞，我把随身的旅行箱放好，看了看时间，把手机关机。望着外面的景色，我忽然想起来，是不是也要跟这个世界的刘若琛告个别啊？

我又重新打开了手机，同他发了条短信：happy birthday，再见了，刘若琛！

随后我又关上了手机。

我望着窗外，晴空万里，飞机腾空而起，飞到距离地面有 8 千米的高度，这次的行程有 12 个小时，算是个漫长的旅程。

"小姐，您好，需要个薄毯吗？"

我猛然抬头，一个笑脸盈盈的空姐正在分发薄毯，我摇摇头，并不想睡。

可是，时间太过长，我还是熬不住，渐渐地入睡了。

我最后是被广播吵醒了，飞机似乎遭遇了不平稳的气流，在激烈的颠簸。

"女士们、先生们，我是本次航班的乘务长，如机长所诉，我们决定采取陆地紧急迫降……"

"Ladies and gentlemen, it is necessary to make an emergency landing. The crew have been trained……"

"请大家不要慌乱……"

飞机在激烈地颠簸，乘客们开始议论纷纷，场面混乱不安。

我拉起遮挡帘，看了看外面浓浓的漆黑。

这片黑夜太过浓重，可我知道，即将迎来黎明。

"2006 年 1 月 20 日 21 点 10 分，航空 XXX 飞往伦敦的航班在中途紧急迫降，机上 258 人全部罹难。此次的空难原因暂且不明……"

"调查人员表示找到黑匣子之前，不做最后的定论……"

"……"

像是场梦一般，我再次看到刘若琛站在灵台前，他面无表情，冷静至极地望着那张黑白遗照。

照片里的我笑靥如花。

鲜艳的血，哗哗地从脑袋往外流，一滴又一滴，四周太吵闹，我想要安静一下。

我突然觉得好困好困，一定是昨天没有好好睡觉，真是好累啊！眼睛慢慢地合上，耳朵变得安静，心脏快要停止跳动。

我从来不知道，原来死亡是这种感觉。

身体变得轻松，思绪慢慢被抽空。

像是睡了一觉，却不会再醒来。

时间忽然静谧，世界突然停止，仿佛一切在定格。

可下一秒，我耳边忽然有了细微的哭声。

太奇妙了，我想。

是来到天堂了吗？

妈妈口中的天堂是这样的吗？

可脑海里有个声音又在告诉我，我并没有死。

我仿佛做了一场特别奇妙的梦，像是穿过了时光机器，我看着自己从十四岁慢慢变成熟，一步一步地回到现实。

我努力睁开眼，只看到吊瓶在一滴滴地往下落。

于晓玥哭成泪人："番番，一年了，你终于醒了。"

我越想越觉得奇怪，急急地找来手机看时间。

2019 年 3 月 2 日，今天是刘若琛的生日。

"晓玥，你什么意思？"我用力地直起身子，问道。

"番番，你都不记得了吗？"于晓玥眼眶噙泪问道。

我摇摇头，完全不知道于晓玥的意思。

她慢慢道来："去年你刚刚搬家，你的邻居因为燃气泄漏，发生了爆炸，燃爆威力巨大，你当时正在马桶上，整个人因为爆炸的余威受到了撞击，还好那时，刘若琛正好来看你，你才没有葬生火海。"

"你说的是真的？是……刘若琛救了我？"我根本难以置信。

"嗯，你已经昏迷了一年。"于晓玥哽咽了半天，才说，"谢天谢地，你终于醒了。"

"我不是穿越了吗？"我揉了揉太阳穴道，"我穿越到了 13 年前，遇到了 14 岁的自己，遇到了 20 岁的刘若琛，还有 14 岁的你……"

"你在胡说些什么啊？"于晓玥一脸难以置信。

"我还改变了你的命运，你没有嫁给那个煤矿老板，然后刘若琛的厌食症也好了……"

我喋喋不休了半天，于晓玥忽然扶住了我的手，说："这一年发生了很多事情，若琛的厌食症好了，他几乎每天都有来看你。"

我动了动喉咙，又问："好了？"

"嗯，神奇的好了。"于晓玥回道。

阳光明媚的正午，是整个春天最温暖的时候。我伫立在刘若琛律师事务所的写字楼前，22 楼，那个有着巨大的落地窗的房间就是刘若琛的办公室。

身边有来来往往的人从写字楼出来，这时候正好是吃午饭的时候，大多数人都已经下了班，而我手上提着份水果沙拉。

可我站在楼下踌躇了半天，还是没有勇气上楼，难道我穿越到 13 年前发生的那些事情不过是我的一场梦吗？

我独自漫步到时代广场，昏睡了这一年，还好这座城市的变化并不大，很多建筑物都依然矗立。我抬头看着巨大的屏幕，发现今天宣传的是一个作家的签售会。

可当看到作家的名字，我还是微微一惊。

居然是 *Lily's world* 的作家安娜。

我居然是在那场穿越的梦里读过她的小说，真是让人不可置信。

我当即去书店买了安娜的两本新书，到了现场才发现我真的忽视了安娜这个作者的号召力，看着广场密密麻麻的人，仿佛是迎接着大明星一般，我俨然是吓到了。

我看了看时间，这么等待估摸着傍晚都不一定签得上名。

眼看着前面黑压压的一片，虽说已是春日，但这天气依然冷得厉害，我冻得全身发抖。

"番番——"

耳边的那个声音，让我的脖颈微微一僵。

仿佛隔着千山万水，又近在咫尺。

我回身的瞬间，见到刘若琛朝着我走近。

他穿着一身黑色西装，挺拔高大，干净利落。笑意如春风和煦，光芒万丈。

我也不知道是冻得嘴角发颤还是感触太多，竟然目光湿润地看着他："刘若琛——"

千言万语在口中竟然道不出了。

"病好了，也得多穿衣服啊。"他忽然把身上的西装披在了我的身上。

这个动作太过突然，让我忽然失了神。

"可是我一直不觉得自己病了，我仿佛做了一场梦。"

我忽然胡言乱语，心想刘若琛大概不知道我在说些什么。

"番番……"他忽然低头看我，眸光晶莹。

那样和煦又温暖的眸光竟然让我想起了梦中 20 岁的他。

"我也做了一场梦，一场很漫长却很让人心动的梦，"刘若琛笑了笑道，"你猜我梦到了什么？"

"你梦到了什么？"我忽然发现自己全身颤抖得厉害。

"我梦到了 20 岁的自己，那个世界有你，鹿番番。"刘若琛唇弧微扬，笑意夺目。

"你还记得什么？"眼泪不自觉一直倾倒，我不能自己。

"还记得，当我踩到你影子的那一刻，就要吻到你。"他勾着唇，笑得更加深。

到底是不是梦？

我已然不确定。

我深深吸了口气，就算是一场奇妙的梦又如何，只要他也做了这样的梦，他都记得就好。

顿了顿，刘若琛又微微笑着："番番。在那个世界里，我爱你。"

"哪里有那个世界，只有现在的世界。"我哑着嗓子说。

"对，只有现在的世界，那也不错。今天我生日，签售会完一起吃饭吧。"刘若琛目光缱绻，让人难以拒绝。

我用力点了点头。

不知不觉，队伍已经消减了一半，很快就排到了我们，我有点意外安娜竟然是华人，她黑色长发齐肩，身材十分窈窕，穿着身黑色西装，里面搭着件白色V领长裙，十分轻薄却仙气十足。现在才刚刚初春，天气还是有点冻人。我都有点替她冷了。

我看着她低头快速地在书本的扉页签上大名：安娜。

我笑着说："谢谢。"

等她抬头的瞬间，我却微微怔住。

那个熟悉的眉眼，鼻尖，嘴唇……

她的年纪仿佛比我大了很多岁，可那张脸庞竟然同我那么相似！

我竟然半天没有吭声，只是道："安娜，你好。"

"你好，番番，终于等到你。"

她也微笑，伸手同我握手。

那一刻，书店里正放着一首英文歌《See You Again》

When I see you again（与你重逢之时）

Damn who knew all the planes we flew（谁会了解我们经历过怎样的旅程）

Good things we've been through（谁会了解我们见证过怎样的美好）

那瞬间，时间猛地定格。

我不能自已，热泪盈眶，温热的手掌，让我有种错觉，我仿佛在同平行世界的另一个自己握手。